U0133679

European and American Literature: from Byron to Beckett

欧美文学：从拜伦到贝克特

邝明艳　主编

图书在版编目(CIP)数据

欧美文学:从拜伦到贝克特 / 邝明艳主编. -- 重庆:西南大学出版社, 2022.5
ISBN 978-7-5697-1445-6

Ⅰ.①欧… Ⅱ.①邝… Ⅲ.①欧洲文学-文学研究②文学研究-美洲 Ⅳ.①I106

中国版本图书馆CIP数据核字(2022)第069594号

欧美文学:从拜伦到贝克特
OUMEI WENXUE:CONG BAILUN DAO BEIKETE
邝明艳 主编

策　　划:郑持军　雷　兮
责任编辑:雷　刚
责任校对:谭　玺
装帧设计:熊　熊
排　　版:杨建华
出版发行:西南大学出版社(原西南师范大学出版社)
地址:重庆市北碚区天生路2号
市场营销部:023-68868624
邮编:400715
印　　刷:重庆市正前方彩色印刷有限公司
幅面尺寸:185mm×260mm
印　　张:10.75
字　　数:204千字
版　　次:2022年7月　第1版
印　　次:2022年7月　第1次印刷
书　　号:ISBN 978-7-5697-1445-6
定　　价:46.00元

如需本书教学用PPT,
请联系市场营销部:
023-68868624

本书编著者分工情况

（以执笔章节先后为序）

邝明艳（西南大学）

第一章第一节“概述”；第一章第四节“普希金”

龙　娟（重庆师范大学）

第一章第二节“拜伦”；第二章第二节“斯丹达尔”

邱雪松（西南大学）

第二章第三节“巴尔扎克”；第二章第五节“陀思妥耶夫斯基”

王雪佩（重庆幼儿师范高等专科学校）

第一章第三节“雨果”；第四章第四节“海明威”

徐　江（四川音乐学院）

第二章第四节“果戈理”

付飞亮（西南大学）

第二章第一节“概述”；第三章第一节“概述”；

第三章第三节“列夫·托尔斯泰”

高颖娜（燕山大学）

第三章第二节“哈代”

陈宏琳（重庆对外经贸学院）

第四章第一节“概述”；第五章第一节“概述”

周仁成（长江师范学院）

第四章第三节“罗曼·罗兰”；第三章第四节“易卜生”

赵　静（对外经济贸易大学）

第四章第二节“高尔基”

陈　镭（北京社会科学研究院）

第三章第五节“波德莱尔”；第五章第二节“艾略特”

肖丽华（宁波大学）

第五章第三节“卡夫卡”；第五章第五节“贝克特”

李俊杰（四川师范大学）

第五章第四节“福克纳”

目　录

绪　言

“外国文学史”是中国语言文学专业本科的必修课程，教学内容是以外国文学发展史为脉络，梳理、评析源远流长的历史和丰富复杂的精神现象，包括代表性的文艺思潮、作家作品、文学流派、文学现象等。课程的目的是使学生了解世界文学发展的过程及规律；能运用马克思主义立场、观点，正确研究、评价外国文学发展潮流、重要的作家作品；吸收世界文化精华，获得开放性的眼光与胸襟；为从事中学语文教学及其他文化工作打下坚实的基础。同时，也通过外国文学的基本知识和文学成就的讲解，使学生灵活掌握现代思维方式，以更全面辩证地看待文学与社会发展演进的关系，健全人格道德与心理机制，树立对人类命运的终极关怀的意识。这部教材的编写遵循高等教育课程设置原则，但在具体对象上倾向于网络学院学生和二本、三本高校的本科生，考虑到学生的学科基础和阅读习惯，在保证内容严谨准确的基础上，表达则采用平易通俗的方式。此外，本教材在代表作品的选择上也尊重了撰写者的个性自由。对于经典的解析细腻新颖，兼具学术深度和文化普及性，其地位和价值，与作为惯例的文学史实和作者生平梳理同等重要。

这本教材涉及19世纪至20世纪欧洲主要国家及美国的文学发展，以18位作家为连接点，勾画了西方近现代两百年文学思潮，历经浪漫主义、现实主义到现代主义的演变。其起点是英国诗人拜伦，终点是爱尔兰戏剧家贝克特。前者以“恶魔”般浪漫主义的姿态引导了一场文学革命，后者在荒诞错位中洞察现代人性的“异化”。毋庸置疑，这两个世纪间，体量最大、能量最大的是现实主义文学。这本教材共有五章，第一章浪漫主义文学只选了三位作家，都是各自国家新文学时代的开启者，其中普希金被誉为“俄罗斯文学的太阳”，由他拉开了俄罗斯文学的“黄金时代”。接下来的三章是现实主义文学，其于19世纪30年代最早产生于法国，其后向东欧、俄国扩展,遂成为全欧最为声势浩大的文学潮流,延展至当下。我们选取的十二位作家,除挪威剧作家易卜生与法国诗人波德莱尔外,都以小说为主要成就,他们的作品展现广阔的现实,深刻洞察社会的脉动。最后一章是20世纪现代主义文学,这一阶段不像前两个文学思潮有相对一致的思想基础和艺术特色,而是呈现出多元化、充满变动性的面相,四位作家在体裁、思想、写作手法上彼此迥异。他们的作品初读晦涩难懂,而借助法国理论家罗杰·加洛蒂将现代主义视作现实主义的当代形态这一视角,或许能为我们提供理解他们的路径。

本教材的编者和撰写者并没有下权威判断的野心。众所周知,对书中每位作家每部作品都存在不同的观察和理解,我们仅提供一家之言。这本教材最大的助益来自各位撰写者,此外,还得到了西南大学文学院、教务处、出版社等的支持。

第一章

19世纪浪漫主义文学

本章的重点是理解识记浪漫主义文学的概念,结合19世纪欧洲的历史背景,阅读主要国家的代表作家拜伦、雨果、普希金的作品,理解浪漫主义文学的基本特征,明确其在欧洲文学整体历史中与传统的关联以及影响。

第一节 概述

1 浪漫主义文学产生的历史背景及基本特征

作为一种思潮,浪漫主义[1]承续的是文艺复兴和启蒙运动的人本主义理念,其现实上的直接促生原因则是法国大革命。18世纪,法国大革命所追求的"自由、平等、博爱"理想得到整个欧洲进步力量的响应,然而,1815年俄国、普鲁士、奥地利等国组成的"神圣同盟"支持波旁王朝复辟,革命失败,社会矛盾加剧,人民群众斗争高涨,导致了1830年的七月革命。英国则较早地完成了工业革命,工业资产阶级、土地贵族、金融资产阶级之间存在矛盾,同时还有劳资矛盾,贫富分化加剧,酿成了19世纪初的工人捣毁机器运动;在德国,资本主义发展缓慢,资产阶级在政治和经济上软弱无力,国家处于分裂状态,内忧外患;封建农奴制的俄国,沙皇贵族残酷剥削农奴,对外侵略扩张,试图镇压欧洲资产阶级革命的烈焰,最终引发了"十二月党"贵族革命。此外,一些欧洲国家,如意大利、西班牙等,民族意识高涨,独立解放运动此起彼伏,其人民反抗土耳其的奴役以及"神圣同盟"封建势力。

在变革激荡的风云渐息中,历史进入了19世纪。新的世纪,大变革曾承诺的无限可能性逐渐清晰,结局或好或坏,需要重新思考,以做出进一步选择。浪漫主义文学从18世纪80年代萌发,19世纪初迅速发展,先后在欧洲许多国家占据主流,各国兴起的时间与程度不同。浪漫主义文学从个性受到压抑,个人才能得不到发展,个人愿望和抱负得不到实现等角度,表现人在这种矛盾状态中的感情、行动和悲剧,往往将美好幻

---

1 浪漫主义(Romanticism),词根为法语词romance,原意是指从拉丁语派生出来的通俗白话语言。在11~12世纪,大量地方语言文学中的传奇故事和民谣就是用罗曼语言写成的。这些作品着重描写中世纪骑士的神奇事迹、精神及其神秘超凡,具有这类特点的故事后来逐渐被称为romance,即骑士故事或传奇故事。到17世纪,"浪漫"的含义扩大,用来形容想象的、虚构的、神奇的事物,带有贬义。18世纪"浪漫"被用来描写美丽的自然景观。19世纪的浪漫主义并不局限于文学,还涵盖其他艺术领域,在绘画上有欧仁·德拉克洛瓦,其代表作《自由引导人民》是对雨果小说《悲惨世界》的呼应;在音乐上则有李斯特、肖邦和比才,后者基于梅里美小说《卡门》创作的同名歌剧,成为世界最著名的歌剧之一。

想寄托在抽象的大自然、宗教或民间之中。与其同时，另一些思想家和作家，则致力于通过客观历史的分析，寻找社会规律，揭示现实的种种问题，以求解决之道，这便是与浪漫主义思潮并驾齐驱的现实主义思潮。

在理论上，浪漫主义思潮是传统罗曼语传奇艺术与18世纪新兴的德国古典哲学和空想社会主义思想，通过法国大革命作用混合而成的。以康德为起点，由费希特、谢林、黑格尔继承的德国古典哲学，强调天才、灵感，认为人是自然法则的制定者，把人的心灵提高到客观世界创造者的高度，有着极强的主观性和神秘性。法国和英国的空想社会主义则发现了资本主义的贫困现象、民主自由的虚伪、婚姻制度的腐朽和殖民掠夺的残酷，并设计出全体社会成员各尽所能，没有统治者与被统治者之分的理想国度，为浪漫主义注入了理想色彩。

浪漫主义文学最基本的特点是浓厚的主观感情色彩，理想的自由抒发，强烈的个性张扬。19世纪新兴的文艺所面临的首要阻力便是来自前两个世纪的古典主义。古典主义以君主专制和宗教专制为基础，其理性原则严重束缚了文艺的发展，越来越不适应时代的要求。浪漫主义作家们纷纷以战斗姿态反抗古典主义厚古薄今、因循守旧的原则，突出天才的价值，自由张扬个性，既是对文学特性的正确认识，也是时代思想转折的表现。爱情被浪漫派认为是人类最强烈的情感之一，故而他们往往把爱情当作探索内心世界的主要途径，极力展现爱情的力量。英国诗人雪莱出身贵族，自小接受传统教育，对自然科学、泛神论、形而上学感兴趣，最终成为一名无神论者，他推崇个人的智慧与美德，矛头直指教会与专制，他因此与拜伦同被列为“撒旦式”[1]诗人。雪莱的著名诗句“冬天来了，春天还会远吗？”出自《西风颂》一诗，已成为革命光明的预言。其代表作四幕诗剧《解放了的普罗米修斯》，以盗火者普罗米修斯在爱的鼓舞下重获自由，开创新天地为主体，结合了雪莱经典的主题——社会变革与人间情爱，其中的“自由”从早期诗作中的具体政治自由转变为超然而深厚的抽象含义，可见雪莱的革命理念更具理想色彩，也可以说更彻底。

浪漫主义文学的另一个特点是注重对中世纪民间文学的挖掘，如英国和德国。英法进行资产阶级革命时，德国还在封建割据的分裂动乱中挣扎，在欧洲资本主义发展过程中处于落后位置。为追索民族独立统一意识，德国出现了重新发现中世纪的热

1　鲁迅最早介绍外国文艺的一篇论文《摩罗诗力说》，译成汉语就是“论恶魔派诗歌的力量”。“摩罗”一词，是梵语音译。“摩罗”也有人译作“魔罗”，或简化为“魔”，“摩罗诗派”其实就是浪漫派。鲁迅在文中主要介绍、评论了拜伦、雪莱、普希金、莱蒙托夫、密茨凯维支、斯洛伐斯基、克拉辛斯基和裴多菲八位浪漫派诗人，认为他们“立意在反抗，指归在动作，而为世所不甚愉悦者”“无不刚健不挠，抱诚守真，不取媚于群，以随顺旧俗”。

潮。继18世纪的“狂飙突进”运动之后,施莱格尔兄弟引领的“耶拿派”,或缅怀过去,歌颂中世纪,或回归宗教,霍夫曼则以奇异和荒诞来讽刺现实黑暗。“海德堡浪漫派”着眼于民间,发掘方言、民歌和童话,其中格林兄弟收集整理了《儿童与家庭童话集》。中世纪民间文学与晚期封建时期的宫廷文学不同,语言平直通俗,形式自由,想象丰富,情感纯朴,进一步有助于浪漫主义文学风格的形成。

浪漫主义文学在内容上最明显的特点是对大自然的歌颂,尤以英国最有代表性。英国是最早出现浪漫主义文学的国家之一,与德国一样起始于对民间传统的发掘,在19世纪初形成了浪漫主义文学的高潮,远远超越德国。由于英国资本主义经济迅速发展,社会结构急剧变化,在法国大革命和空想社会主义思想的影响下,英国作家不满于保守的宗教政治现状,并开始发现工业剧烈膨胀导致的牺牲与不公,于是,一批不满于资本主义城市文明,愤世嫉俗、向往自然的浪漫主义诗人诞生了。先驱者是诗人罗伯特·彭斯和威廉·布莱克。彭斯的《苏格兰方言诗集》从本民族民歌中吸取养分,语言通俗轻灵,将讽刺与抒情完美结合。威廉·布莱克在英语诗歌的神秘色彩与象征手法上做了宝贵的尝试,其代表诗集《天真之歌》和《经验之歌》,对20世纪英国诗歌创作产生了重要影响。紧随二位先行者之后的是“湖畔派”三大诗人——华兹华斯、柯律略治、骚塞,因其皆定居于英国西北湖区而得名。他们与两位前辈一样曾经为法国大革命而热血沸腾,欢欣鼓舞,“法国站在黄金时代的巅峰上,/人性似乎获得了再生。”(华兹华斯《序曲》)拿破仑的失败导致他们的理想受挫,他们相继离开都市,蛰居湖区,寄情乡村田园、自然景观,沉迷于奇思妙想和异域风情。华兹华斯与柯律略治共同构思了《抒情歌谣集》,历经三次增改修订,集合了二人的多篇佳作。由华兹华斯执笔的序言被视作英国浪漫主义诗歌的创作宣言,提倡朴实无华、接近大众语言的诗风,在用词、选材、诗歌功能上与古典主义文学传统截然对立。诗集中《丁登寺》一诗是华兹华斯诗歌理念的完美实践,浓缩了自我的成长、自然与心灵的交流、回忆与生命等典型的华兹华斯主题,哲思意味浓厚,诗歌展现了诗人五年间前后两次游历古寺完全不同的心灵感受,往日的欢快和狂喜被当下的幽静和哀伤取代,这种变化既是经历动荡和危机之后的生命损失,也是补偿,因为自己正因此在大自然中发现了贯通万物、驱动一切并为自己的思绪定位的精华,作为创作诗篇的养分。华兹华斯本就生长于湖区,眼见耳闻,对大自然有着切身的感触,成年后,经历理想幻灭,重返湖区,耳目一新,《我像一朵流云》《孤独的割脉女》《露西》等诗作或叙事或抒情,山水景致,形象生动真实,韵律沉稳迟缓。

在艺术上浪漫主义文学情景交融，想象力丰富大胆，情节跌宕，人物情感化，手法夸张，语言瑰丽。想象力被当作“各种才能之母后”，浪漫派作家大胆发挥想象，追求异乎寻常的情节和人物，大大发展了夸张手法，也是浪漫色彩最明显的体现。在主题上，浪漫派推崇革命和情感，倾向和基调则因作家个体立场而异，大致可分为悲观与乐观两种。悲观者，如法国作家夏多布里昂的中篇小说《阿达拉》和《勒内》，前者在异国情调中寻找慰藉，后者则开创了“世纪病”形象的先河，缪塞追随其后，小说《一个世纪儿的忏悔》的主人翁沃达夫自我陶醉，消极厌世，孤独苦闷，展现了世纪末的颓唐情绪，忧郁、孤独、叛逆的形象也成为浪漫主义文学中最为常见的形象；乐观者，前有雪莱，拜伦，后有德国的诗人海涅，无论是声援工人起义的短诗《西里西亚纺织工人》，还是海涅流亡12年后的政治长诗《德国——一个冬天的童话》，都是在现实基础上构筑幻想或梦境，造成讽刺效果，成为一种战斗武器。

2 浪漫主义文学在欧美各国的发展

从浪漫主义的发展过程来看，首先是在德国出现浪漫主义的理论，在英国和法国产生创作成果。英国以浪漫主义诗歌成就引人瞩目，而历史小说作家司各特则以《艾凡赫》等30部小说影响了后世的巴尔扎克、托尔斯泰等作家的创作，他笔下的罗宾汉成为英国绿林侠士的经典形象。法国的浪漫主义文学则更多样化，持续的时间更长，19世纪初的斯达尔夫人，受德国古典主义哲学影响，写成《论文学》和《论德意志》两篇论文，文中对欧洲文学做出了南方和北方的区别，大力赞赏以英国、德国为代表的北方浪漫主义文学，贬低以法国为主的南方古典主义文学，并敏锐地把握住浪漫主义文学的历史性、宗教性和民族性等主要特征，成为法国浪漫主义文学的奠基之作。随后，维尼、拉马丁和雨果（另设专节），用抒情诗创作接过大旗，最终击溃了持续200多年的古典主义传统，将浪漫主义推向巅峰。在浪漫主义逐渐落潮之后的19世纪三四十年代，女作家乔治·桑继续在《安吉堡的磨工》《磨沼》等作品中，构想完美人格和理想社会以“抚慰人心”，而大仲马则用超凡的想象力写出富有传奇色彩的长篇历史小说，其中《基度山伯爵》和《三个火枪手》广受欢迎。

除德国、英国、法国之外，在欧洲文化处于相对边缘位置的俄罗斯和美国也在19世纪的浪漫主义文学舞台上崭露头角，以普希金为首的19世纪俄罗斯作家，包括果戈理、列夫·托尔斯泰、陀思妥耶夫斯基、屠格涅夫、契诃夫等，共同成就了俄罗斯文学的黄金时代。俄国浪漫主义文学与英国一样以诗歌为主，但是更具战斗精神，向往自由和民主。俄罗斯第一位浪漫主义诗人茹科夫斯基对俄国浪漫主义的形成起了重要作用,抒情诗《俄国军营的歌手》唱响了俄罗斯民族的伟大精神,并革新了诗歌的形式和格律。雷列耶夫、普希金等十二月党诗人,发扬民间文学力量,呼唤爱国热情,宣传革命思想。诗人莱蒙托夫做出了丰富多样的浪漫主义尝试,长篇叙事诗《童僧》和《恶魔》塑造了具有叛逆性格的英雄形象。《高加索》一诗则用高超的技巧描绘了自然,充满热爱故土的情怀。他的小说《当代英雄》,用反讽的手法塑造了一个经典的"多余人"形象,用细致的笔触展示了处于大时代时期陷入迷茫的一代俄罗斯年轻贵族的矛盾心灵。

远在大洋彼岸的美国,资本主义迅速发展,深受西欧影响,超验主义思想流行,促生了具有争取和歌颂个性自由和精神解放的浪漫主义文学。超验主义理论家爱默生和梭罗,强调人的精神作用和直觉的意义,认为自然界充满灵性,人应该回归大自然,实际上提出了浪漫主义的主张。作家欧文、库柏、艾伦·坡为前期代表。其中,欧文被称为"美国文学之父",散文小说集《见闻札记》通过描述具有民族特色的自然景物和风土人情,试图摆脱英国文学传统的束缚。另一位美国民族文学奠基人库柏,则以《皮袜子故事集》开创了边疆小说,其最重要的作品是《最后一个莫西干人》。艾伦·坡是一个独特的作家,他的作品多以死亡、凶杀、复仇为题材,较早地揭示人类的变态心理、犯罪意识和非理性。代表诗作《乌鸦》描写对已故恋人的哀悼,以象征手法,构造了一个半梦半幻的情景,体现了艺术应使读者获得刺激而达到灵魂升华的诗歌理念,被视为现代主义文学的先驱。后期浪漫主义文学的重要成果有:霍桑的《红字》,通过象征揭示清教徒殖民统治的虚伪和残酷,具有浓郁的宗教神秘色彩;与霍桑齐名的麦尔维尔,在小说《白鲸》中记述人与鲸的生死搏斗,堪称英雄悲剧;诗人惠特曼的《草叶集》,为"美国精神"热情高歌。

第二节 拜伦

1 生平与创作

乔治·戈登·拜伦(George Gordon Byron,1788—1824),英国19世纪初期伟大的浪漫主义诗人、革命家,被公认为极具个人特色的浪漫主义文学泰斗和世界诗歌史上独步古今的天才诗人。他塑造了一系列有着自身烙印的"拜伦式英雄"——他们高傲倔强,既不满现实,要求奋起反抗,具有叛逆的性格,但同时又显得忧郁、孤独、悲观,脱离群众，我行我素，始终找不到正确的出路。由于复杂矛盾的性格和桀骜不驯的作风，拜伦被同时代的评论家所诟病，但是他对于欧洲的诗歌、音乐、小说、绘画等艺术形式和思想流派都产生了巨大影响。拜伦不仅是一位伟大的诗人，还是一个为理想战斗一生的勇士；他积极而勇敢地投身革命，参加了希腊民族解放运动，并成为领导人之一，终因操劳过度、久病未愈而英年早逝，享年36岁。

拜伦出身于伦敦一个日趋没落的贵族世家，其父约翰·拜伦（John Byron）在拜伦年幼时离家出走，撇下家中的孤儿寡母便杳无音信；拜伦的母亲凯瑟琳·戈登（Catherine Gordon）也是苏格兰没落贵族之后，带着年幼的拜伦返回苏格兰过着拮据清贫的艰苦生活。拜伦一出生便是跛足，而且他的母亲由于家庭不幸而造成性情乖戾、喜怒无常，从而使得拜伦从小便形成了孤僻忧郁的性格和放荡不羁的习性。拜伦十岁时继承了伯祖父的爵位和产业，成为家族世袭第六代勋爵，被称为“拜伦勋爵”（Lord Byron），于是1800年他和母亲移居到诺丁汉郡的世袭领地生活。

不久以后，拜伦就被送入哈罗公学[1]就读，他对正规的课堂学习不感兴趣，却热衷于课外阅读，博览群书，并从中获得了渊博的知识，因此他的中学时代被总结为“懒散而博学”。当时的诺丁汉郡地区正是英国的大工业中心，是产业革命最早的地区，也是最重要的工人运动的发源地之一。拜伦是在英国和世界历史的一个大转变时期中成长起来的，他恰逢波澜壮阔的法国大革命和各国人民为了独立、自由和解放而进行轰轰烈烈的战斗，并目睹了种种农民起义、工人暴动和士兵哗变等事件。早慧敏感的小拜伦那时已经意识到他所处的是一个社会变革和发展迅猛的革命时代，而这样的时代必将出现乱世英雄。

1805年，拜伦中学毕业后进入剑桥大学，主修文学及历史。在剑桥大学期间，他对启蒙思想家的著作产生了浓厚的兴趣，大量研读了伏尔泰和卢梭的作品，并开始创作诗歌。1807年，拜伦出版了处女作诗集《懒散的时刻》，他通过诗歌表达对现实生活的不满和对贵族生活的鄙夷，并受到了消极浪漫主义刊物评论家的攻击。1809年，面对铺天盖地的批评和指责，拜伦用长诗《英国诗人和苏格兰评论家》回击批评者们，却无意中点燃了积极浪漫主义对抗消极浪漫主义斗争的战火，也让拜伦在英国诗坛中崭

1 哈罗公学（Harrow School）位于伦敦西北角，是英国历史悠久的著名公学之一。它由哈罗当地的一个农民约翰·里昂于1572年创建，最初的目的是为当地的男童提供受教育的机会。维多利亚女王时期哈罗公学迅速发展，规模不断扩大，成为与伊顿、温彻斯特、威斯敏斯特等齐名的学校，当时英国几乎有四分之一的首相来自哈罗公学。著名的校友包括了诗人拜伦、英国前首相温斯顿·丘吉尔、伊斯兰学者马默杜克·皮克索尔、摄影术的发明者福克斯·塔尔博特、印度前总理尼赫鲁和考古学家阿瑟·伊文思等。此外，约旦国王侯赛因、前伊拉克国王费萨尔二世等中东王室成员也毕业于哈罗公学。

露头角。

1809年,拜伦大学毕业获得文学硕士学位,在英国政坛上议院取得了世袭的议员席位。同年6月,他开始出国访游,先后到达了葡萄牙、西班牙、马耳他岛、阿尔巴尼亚、希腊和土耳其等地。1811年7月,拜伦回到了英国,这次访游使他饱览了各地的自然景色,观察了各国的社会生活和政治制度,接触了各阶层的人们,让他看到了欧洲被压迫民族为自由和独立而战斗的场面,也让他目睹了英国在与欧洲大陆明争暗斗中不光彩的一面,这次旅游也使他的政治视野得以扩展,使得他的写作素材得以丰富,并极大地激发了他对南欧各民族文化的强烈兴趣。以上这一切,都对他的思想和创作产生了重大影响。1809年,拜伦在阿尔巴尼亚开始创作长诗《恰尔德·哈洛尔德游记》。长诗的第一章和第二章在1812年3月出版后轰动文坛,风靡全国,给拜伦带来了巨大声誉,他也成为伦敦社交界的闪耀之星。然而这并没有改变拜伦对当时的社会及其统治阶级的对抗立场。《恰尔德·哈洛尔德游记》是拜伦早期的代表作,记述了自己游历欧洲各国后的见闻和感想。诗歌中的恰尔德·哈洛尔德是位对上流社会的生活感到厌倦的贵族青年,他孤独失意、多愁善感、性格忧郁,这一形象也反映了作者自己的某些思想情绪。

拜伦一直积极参加政治活动,同情工人自由主义运动。1812年,他在上议院发表了两次激烈的演说,因此结怨于统治集团。孤独苦闷的拜伦写出了一系列"东方叙事诗":《异教徒》《阿比杜斯的新娘》(1813),《海盗》《莱拉》(1814),《柯林斯的围攻》《巴里西纳》(1816)。他在这六部长诗里塑造了一批侠骨柔肠的硬汉形象——海盗、异教徒、被放逐者,这些人大都是高傲、孤独、倔强的叛逆者,他们与罪恶的社会势不两立,孤军奋战与命运抗争,追求自由,最后总是以失败告终。拜伦通过他们的斗争表现出对社会不妥协的反抗精神,同时反映出自己的忧郁、孤独和彷徨的苦闷。在19世纪浪漫主义的诗人当中,以拜伦的世界观表现得最为矛盾。他既是一位倔强无畏的战士,又是一个突出的个人主义者;他揭露虚伪残忍的资产阶级的罪恶,却没有明确的政治方向;他同情被压迫民族的解放斗争,却又表现出高居于群众之上的错误思想;他热烈地讴歌自由,却又散布愤世嫉俗、悲观失望的情绪。"东方叙事诗"中的这些形象便留下了作者如此鲜明独特的思想性格烙印,因此叙事诗中的主人公被称作"拜伦式英雄",他们是拜伦世界观矛盾的最形象概括,也是文学史上著名的人物形象,故这些作品又被称作"叛逆者叙事诗"。虽然诗歌为拜伦赢得了巨大的声誉,但由于他的思想和英国政坛的思想截然相反,他受到了政客和上流社会的攻击和谩骂。1816年,英国上流社会以他和妻子离婚的事情进行炒作和攻击，只有他的异母姐姐奥古斯达是他唯一的忠实朋友，拜伦最后被迫离开了英国。

之后，拜伦去了比利时，随后去了瑞士，在这里他同雪莱建立了亲密的友谊，在此期间他创作了《普罗米修斯》《锡雍的囚徒》和《恰尔德·哈罗尔德游记》第三章，同时由于了解到欧洲各地的战场和人民的苦难遭遇，拜伦伤心难过到了极点，他创作了悲观主义诗剧《曼弗雷特》。

1816年下半年，拜伦到了意大利，他投入到烧炭党人的运动中，继而成为地方组织的领袖。他同时创作了《恰尔德·哈罗尔德游记》第四章、《马力诺·法里埃罗》《该隐》《审判的幻景》《青铜世纪》和鸿篇巨作《唐璜》。《唐璜》是拜伦最重要的代表作品，它半庄半谐、夹叙夹议，有现实主义的内容，又有奇突、轻松而讽刺的笔调，是一部气势宏伟、意境开阔、见解高超、艺术卓越的叙事长诗，在英国以至欧洲的文学史上都是罕见的，拜伦的创作也在此时达到了顶峰。1823年7月，拜伦加入希腊反抗奥斯曼奴役的武装斗争中，并担任希腊某支军队的司令，过度的劳累和奔波使得他的身体健康状况恶化，在一次行军途中拜伦突遭暴雨，感染风寒后便一病不起。1824年4月19日，拜伦因治疗无效病逝于希腊军队的军帐中。希腊政府视拜伦为民族英雄，为他举行了隆重的国葬仪式，全国哀悼三天。

2 经典解析：《唐璜》

《唐璜》(Don Juan，1818—1823)是拜伦的代表作，是一部气势恢宏、缤纷多彩的长篇叙事诗，被公认为拜伦的顶峰之作，也是欧洲浪漫主义文学的最重要代表作之一。《唐璜》约16000行，共16章，由于诗人病逝而未能完成，但因其深刻的思想内容、广阔的生活容量和独特的艺术风格，被认为是英国文学史上艺术最辉煌的诗歌之一。

在西班牙的古老传说中“唐璜”的形象是个玩弄女性，没有道德观念的花花公子，在历代文学作品中已多次被塑造为各类“情圣”的角色。但是在拜伦的笔下，唐璜出身于西班牙的一个贵族世家，父亲早逝后，母亲决心把小唐璜培养成为一个优秀杰出的大人物。唐璜幼年时活泼可爱，长大后更是一表人才，清秀俊美、知识渊博的唐璜在贵族子弟中出显得出类拔萃、与众不同。但他生性风流，喜欢同女孩子们纠缠不清，传统的封建伦理道德规范在他的身上得不到任何体现。才16岁的他就和已婚贵妇人私通，东窗事发后唐璜的母亲为了儿子的安全，只得把他送往欧洲避风头。途中，唐璜所搭乘的航船遭到了大风暴的袭击,他安抚船员的恐惧情绪,组织大家修复破损船只,最后因拒绝吃人肉而被迫跳海,后来漂流到希腊的海岛上,却被希腊大海盗的美丽女儿海黛所救,并对他一见钟情。正当这对年轻人准备婚礼的时候,海黛的父亲突然返回海岛,硬生生地拆散二人,把唐璜送到土耳其的奴隶市场贩卖。他被土耳其王宫的黑人仆役出高价买下,被打扮成妇女,进入后宫,被王妃收为男宠。但是唐璜依然想念天真纯洁的海黛,想方设法逃出了王宫,加入了俄国军队,反过来攻打土耳其军队。由于他卖力地打仗,立下了大功,受到女皇凯瑟琳二世的青睐,封为宠臣。在宫中唐璜依然放荡不羁,导致身体亏空,御医建议他出国疗养,女皇也就顺势派遣他作为外交使节前往英国进行外交事务谈判,于是他带着在战争中收养的土耳其孤女离开了俄国,进入了英国上流社会。唐璜入住了英国贵族富豪居住的伦敦西区,他觉得这是英国充满最多阴暗和罪恶的地方,但是他的行为依然不加约束,和当地贵族妇女勾勾搭搭。直到某天晚上,国王的情妇、风流妖娆的费兹甫尔克公爵夫人裹着教士的僧袍,悄悄溜进了他的房间……故事到此便中断了。

拜伦曾表示要使“唐璜”完成欧洲的旅行,经历各种围攻、战役和冒险,最后,以他参加法国革命为长诗的结尾,但英年早逝,最终未能如愿。唐璜不同于拜伦其他诗歌中的英雄人物,作者无意将他塑造成“拜伦式的英雄”,其中却不乏诗人自传的成分。拜伦笔下的“唐璜”被描写成为一位屡次被迫坠入情网,成为压抑人性的天主教伦理道德的无辜牺牲者,他的爱情故事大多是对上流社会虚伪道德的讽刺,他的处事行为都源于他的不幸遭遇。通过唐璜每次“被迫”的艳遇也表达了作者肯定人的自然欲望,主张自由恋爱,反对传统婚姻的思想主张。诗歌中所描画的英国上流社会外表华丽,内部却糜烂透顶,丑陋不堪,拜伦也对英国贵族和资产阶级的拜金主义做了淋漓尽致的揭露,对当时的资本主义社会制度的种种弊端进行了辛辣尖刻的讽刺。

在叙事方法上,诗歌中安排了一位“叙事者”,他在故事之中或故事之外不断出现的议论、感慨、回忆、憧憬,拉近了作品与读者的距离。叙事者大量的富有抒情性的议论,充满哲理和深刻的思想,以及淋漓尽致的嘲讽,具有很强的艺术感染力。在场景渲染方面,《唐璜》不仅揭露现实真实深刻,而且想象丰富奇特,它所描写的风暴、沉舟、战火的场景等十分精彩,对大自然壮丽景色的抒情描写非常出色。在写作技巧方面,拜伦善于用各种诗体进行创作,语言幽默洗练,在英语口语入诗方面无人可与之匹敌,对当时和后世的文学创作有着巨大的影响。

第三节 雨果

1 生平与创作

维克多·雨果(Victor Hugo, 1802—1885),法国文学史上最伟大的作家之一,法国浪漫主义学运动的领袖。他的一生几乎横跨整个19世纪,在他长达60年的创作生涯中,见证了法国的政治风云和文学流派的更迭。其创作体裁涉及诗歌、戏剧、小说、文艺理论和政论等。他的作品历经时间的考验仍具有独特的魅力,被广大读者喜爱,被人们称为"法兰西的莎士比亚"。

雨果1802年生于法国东部的贝尚松城。祖父是木匠,父亲莱奥波特·雨果是拿破仑麾下的军人,共和国军队的军官,经常追随拿破仑的哥哥约瑟夫·波拿巴转战西班牙和意大利等地,被授予将军衔。雨果的母亲索菲·特雷布谢不时便会携幼年雨果和他的两个哥哥赴意大利、西班牙等地和丈夫团聚。母亲信奉旧教,是波旁王朝的拥护者,这直接影响了少年雨果的思想倾向于保王主义。

雨果未成年便开始写诗。19世纪初的法国,文学创作开始复苏,雨果开始尝试诗歌创作。1816年,他为母亲创作了诗歌《伊尔塔梅娜》。15岁时写的《读书乐》受到法兰西学士院的褒奖,在雨果17岁时,他参加图卢兹百花诗社比赛获得了第一名。在文学创作上,雨果以浪漫主义的代表作家夏多布里昂为楷模,表示:"要么成为夏多布里昂,要么一事无成。"

夏多布里昂曾创办《保守者报》,雨果便与哥哥合办刊物《文学保守者》,1819年雨果还与诗人维尼等人创办《保守文艺双周刊》。由于幼时母亲的影响,雨果最初的作品大多是歌颂波旁王朝,这个时期雨果是明显的保王主义倾向。1822年他发表出版了第一本诗集《颂歌集》,颂诗格律整齐,内容大多为中古时期的民间传说,这本诗集使他获得了路易十八的1200法郎的年金赏赐,而后此诗集几经增补。在此期间,雨果出版了他的两部早期小说《冰岛魔王》与《布格·雅尔加》。

19世纪20年代,在法国文坛古典主义和浪漫主义的文学之争日渐激烈。此时的雨果已和青梅竹马的阿黛尔结婚,成家后的雨果开始把眼光投向社会。他目睹了复辟王朝对人民的种种暴行,对波旁王朝和七月王朝都感到失望,加上各国的人民解放运动,雨果深受鼓舞,雨果的政治态度和文学观点有了积极的转变。深受母亲影响的保王主义思想在淡化,自由主义立场逐渐明确,开始走上一条为人民发声,追逐自由的道路。

1827年,雨果写了一部戏剧《克伦威尔》,这部剧未能搬上舞台,但是其序言却有划时代的意义。这篇序言是对古典主义文学的挑战,给当时古典主义文学占主导地位的法国文坛一记重击,被认为是浪漫主义文学的宣言。

在这篇序言里雨果大胆地提出了一条新的美学原则:美丑对照原则。雨果认为自然界的事物并非都是崇高优美的,它们是融合在一起不可分的,“丑就在美的旁边,畸形靠近着优美,丑怪藏在崇高的背后,恶与善并存,黑暗与光明相共。”[1]因此,艺术无权把它们分裂开来,应该同时加以表现。“把阴影掺入光明,把滑稽丑怪结合崇高优美而不使它们混合”[2]通过艺术的手法,使二者相互对照,收到强烈的对比效果,古典主义文学把二者割裂开来,这反而是浪漫主义文学倡导的,雨果在《巴黎圣母院中》实践了这一主张。

自发表《克伦威尔·序言》,雨果一跃成为法国浪漫主义文学运动的领袖。1830年,雨果创作的剧本《欧那尼》终于被法兰西剧院审核通过,剧院审核者的本意是以此剧为反面教材为观众提供笑料,却没想到《欧那尼》大获全胜,成功出演,在社会上引起了很大震荡,把古典主义文学赶下了法国文坛,确立了浪漫主义在法国文坛上的主导地位。《欧那尼》的上演标志着浪漫主义对古典主义的最后胜利。

《欧那尼》讲述的是一段关于复仇和爱情的故事。16世纪西班牙贵族欧那尼的父亲被国王所杀,欧那尼立志要为父亲报仇,逃到山林里做起了强盗。欧那尼的情人莎尔被逼与老公爵结婚,欧那尼乔装成香客再次进入公爵府,被老公爵认出,此时恰逢国王悬赏搜捕欧那尼,出于骑士精神,老公爵没有交出欧那尼。欧那尼为报答老公爵,赠予他一个号角,承诺只要吹响号角,欧那尼都会献出生命以示报答。在欧那尼和莎尔的结婚典礼上,老公爵吹响了号角,欧那尼信守承诺,马上自尽,莎尔也殉情。老公爵痛苦欲绝,也随后自杀。

《欧那尼》的情节设计刺痛了古典主义捍卫者的神经。首先剧中的主人公是强盗头子,而不是古典主义派认同的国王或者贵族;再次,欧那尼以感情为主,甚至牺牲生命,不克制情感;最后,《欧那尼》情景转换多样,从公爵府到密室到山林,打破了古典主义派的一个地点的原则。《欧那尼》在剧院反复演出四十余场,从此,古典主义文学一蹶不振,浪漫主义在法国文坛占据了主宰地位。这一事件,被称为“欧那尼之战”[3]。

雨果一生为之奋斗和捍卫的事业之一是废除死刑,这最能体现其人道主义精神,

1 雨果:《雨果文集·莎士比亚论》,第17卷,柳鸣九译,河北教育出版社,1998年,第35页。

2 雨果:《雨果文集·莎士比亚论》,第17卷,柳鸣九译,河北教育出版社,1998年,第36页。

3 《欧那尼》开始演出时,古典主义派的拥护者在剧院的屋顶、天台上堆满了垃圾,打算破坏演出,没想到随着剧情的发展,他们也被感动了,舍不得倒垃圾下去,也期待把全剧看完,可见《欧那尼》的魅力是无穷的。

1829年雨果为推动废除死刑匿名发表了短篇小说《一个死囚的末日》。同年,他还出版了充满青春活力的诗集《东方集》,为法国浪漫主义打开了新的天地。

1830年7月,“七月革命”爆发,诗人欢呼封建复辟王朝的垮台。雨果创作的长诗《1830年7月后述怀》,赞颂革命起义的战士,讴歌来之不易的自由。《颂歌》歌颂为祖国牺牲的同胞,受到革命胜利的鼓舞。不过,此时雨果的婚姻出现了问题,在收获事业的同时,他不得不独自咀嚼家庭的苦果。

1831年法国文坛收获了一部具有雨果风格的作品——《巴黎圣母院》。这部作品有鲜明的时代烙印,富有浪漫主义色彩,情节曲折离奇。《巴黎圣母院》描绘的是15世纪的巴黎,再现了巴黎风貌,展现了底层人民的苦难的生活和抗争。

故事在“愚人节”这一天展开,人们要选出最丑的人为“愚人王”,机缘巧合选中了丑陋的敲钟人卡西莫多。美丽的吉卜赛女郎爱斯梅拉达在广场上跳舞,吸引了广场上的男性目光。人群中,巴黎圣母院的副主教克洛德被爱斯梅拉达的舞姿吸引,阴鸷地盯着爱斯梅拉达,想要占为己有。晚上他命令收养的卡西莫多把爱斯梅拉达抢过来,不料遇见骑卫队长法比斯巡逻,卡西莫多被抓,爱斯梅拉达对救命恩人法比斯一见钟情。白天,卡西莫多在广场上被施以鞭刑,烈日当空,卡西莫多祈求喝水,行刑人和周围的人对他只是一味嘲讽和羞辱。这时善良的爱斯梅拉达不计前嫌,给卡西莫多喂水。卡西莫多十分感动,发出感叹:“美,美呀!”卡西莫多虽然外表丑陋,跛足驼背,面目狰狞,但是内心单纯,品质高尚,此刻他也爱上了内心和外表一样美的爱斯梅拉达。爱斯梅拉达和法比斯约会时被克洛德尾随,他欲得爱斯梅拉达而不能,妒火中烧,趁机刺伤法比斯,自己逃跑。爱斯梅拉达被认为是凶手,风流成性的法比斯也置之不理,爱斯梅拉达被判以死刑。在行刑时,卡西莫多凭一人之力,把爱斯梅拉达救下藏到巴黎圣母院内。在巴黎圣母院内卡西莫多对爱斯梅拉达悉心照料,逗其开心。阴森的副主教克洛德想要胁迫可怜的人儿满足其兽欲,被卡西莫多阻止。最后国王下令攻打巴黎圣母院,关心爱斯梅拉达的乞丐王国前来营救,但最终爱斯梅拉达被绞死。愤怒的卡西莫多把克洛德从教堂楼顶推下,在墓窖找到爱斯梅拉达的尸体,紧紧拥抱着她也随之死去。

雨果在《巴黎圣母院》中对虚伪的教会进行了批判,对身受压迫的底层人民表示同情,雨果在小说中充分运用了美丑对照原则。这一原则不仅体现在环境上,而且在人物塑造上最为明显。爱斯梅拉达和卡西莫多是美和真的代表,法比斯和克洛德是恶的象征。同时,道貌岸然的教会副主教克洛德和肮脏的内心形成对比,丑陋的卡西莫多内心却是十分的善良。在小说中,雨果同时以奇异的想象展示了“奇迹王朝”的乞丐王国和路易十一统治下的王国两个不同的场景,充满了浪漫主义色彩。

1831年至1840年,雨果相继创作了《秋叶集》《暮歌集》《心声集》和《光影集》四部抒情诗集。这一时期雨果创作了戏剧《国王寻欢作乐》《玛丽·都铎》等作品。1843年雨果精心创作的戏剧《城堡卫戍官》,上演失败。雨果深受打击,告别戏剧十年之久。

19世纪40年代,是法国社会的动荡时期,也是雨果生活的转折时期。在遭遇戏剧滑铁卢之后,1845年,法国国王封雨果为法兰西世卿,享受至高的荣誉,造成雨果对七月王朝还心存幻想。1848年,二月革命爆发。1848年6月,巴黎人民举行起义,推翻了七月王朝,成立了共和国。紧接着1851年12月,路易·波拿巴发动流血政变,建立了法兰西第二帝国。这一连串的动乱,使雨果的思想和创作产生了决定性的转变,他的幻想彻底破灭。雨果走上街头,观察社会变动,关心人民苦难,参加选举,为革命做慷慨激昂的演讲。路易·波拿巴上台后,实行残暴的政策,对反抗者进行无情的镇压。雨果遭到迫害,被迫流亡,从此开始了19年的流亡生活。

1852年,雨果被流放到泽西岛,陪同的有妻子、子女和在流亡中给予雨果支持的情人朱丽叶。在流亡中,雨果面对汹涌的大海和闪烁的星空,没有放下用以战斗的笔,撰写了讽刺小册子《拿破仑小人》,抨击当时的统治者不似拿破仑那样雄才大略,而是一个小人,可以说十分大胆。1853年,雨果又创作出政治讽刺诗集《惩罚集》,开篇便是《黑夜》,暗示法国黑暗的现实。诗集内容有揭露拿破仑三世的残暴统治,“他靠阴谋,他靠剑,他靠火,称霸称王”[1],歌颂人民的“人民啊! 向着向着黎明歌唱!”[2]《惩罚集》承载着雨果的革命激情,扬起反抗的旗帜,激励着当时的革命志士。1956年,雨果又出版了《静观集》,这时雨果已迁至根西岛。这是一部反映雨果内心的诗集,这一阶段雨果专注于“静观事物”,与《惩罚集》的汹涌不同,这部诗集趋于平静,内容也丰富多彩,有田园诗、反映现实的诗篇等。除此之外,他还有《林园集》(1865),文艺理论著作《莎士比亚论》等著作。

在流亡期间,雨果最显著的成就是在小说方面。这一阶段雨果相继发表了三部气势恢宏的长篇小说。1862年出版了长篇巨著《悲惨世界》,1866创作了长篇小说《海上劳工》,1869年他又发表了长篇小说《笑面人》。这三部小说无一例外都体现了雨果的人道主义思想,抨击了社会对人民的压迫。

流亡期间,雨果长期与大海为伴,浩瀚多变的大海给予雨果源源不断的灵感。《海

1 雨果:《雨果文集》,第8卷(上),程曾厚译,人民文学出版社,2002年,第339页。

2 雨果:《雨果文集》,第8卷(上),程曾厚译,人民文学出版社,2002年,第294页。

上劳工》大篇幅描写大海的惊涛骇浪,以细致的笔触描写海上劳作的辛苦,歌颂了人类与大自然搏斗的智慧和勇气。《笑面人》是以英国王室争斗为背景,讲述了政治斗争的受害者格温普兰离奇悲惨的人生,揭露了英国王室丑恶的嘴脸,表达了对受压迫人民的同情和愤怒。

流亡期间的雨果关注世界形势的风云变幻,为世界各地受压迫的人民伸张正义,发声支持,被称为"世界的良心"。雨果两次拒绝拿破仑三世的大赦,与第二帝国抗争到底。

1870年7月19日,普法战争爆发,拿破仑三世战败,第二帝国瓦解。1970年9月4日,共和国成立。时刻关注时事政治的雨果,匆忙回国,结束了19年的流亡生活。雨果回国时,受到热烈欢迎,他积极发表演讲,支持共和国。1871年巴黎公社起义爆发。巴黎又陷入动荡,政府对公社成员的镇压引起了雨果的抗议,雨果也险遭不测。

回国之后,雨果笔耕不辍。1872年他发表诗集《凶年集》,1874年发表长篇小说《九三年》,这部小说讲述的是1793年无畏的革命者与封建势力殊死搏斗的历史事件,具有借古讽今之意。在这部小说中雨果提出"在绝对正确的革命之上,还有一个绝对正确的人道主义"的口号,这最能体现雨果的人道主义思想。

1877年他发表了《祖父乐》,探讨做祖父的艺术和乐趣。1881年雨果发表风格独特的诗集《精神四风集》,紧接着1883年他发表了抒情诗集《历代传说》。

1885年,雨果因病逝世。法国政府为雨果举行了国葬,两百万民众参加葬礼,这是前所未有的,最后他的遗体被安放在先贤祠。

雨果是最伟大的浪漫主义作家,一生精力充沛,著作等身。其涉足领域包括小说、诗歌、戏剧和文艺理论等,在每一领域均有建树,让人称奇。在艺术表现手法上,他不仅熟练运用美丑对照原则,主张美与丑、崇高和丑陋相互融合,不可割裂,而且擅长宏大叙事,故事跌宕起伏,结构完整,在内容上一直秉持人道主义思想,关注底层民众的生活,关心民间疾苦。伟人已逝,但其作品却延续着其精神,继续感染着后人。

2 经典解析:《悲惨世界》

《悲惨世界》是雨果小说成就的高峰,在法国文学史上具有特殊的地位。《悲惨世界》从构思到完稿,历经将近16年。早在1845年雨果便开始着手《悲惨世界》的写作,当时小说的名字叫作《贫困》,为搜集资料,雨果去狱中访问囚犯。在动乱的政局中,写作几度中断,终于在1861年完稿,1862年出版。《悲惨世界》[1]一经出版,便得到出版商的大力追捧,被翻译成多国文字,在世界范围内流传。列夫·托尔斯泰对《悲惨世界》给予高度评价。

《悲惨世界》卷帙浩繁,结构庞大,内容庞杂,涵盖了历史、法律、宗教、哲学、革命事件等多方面的内容,可以说,雨果把他对社会的思考、法律的公正和人道主义精神汇集到一起。雨果在《悲惨世界》的序言中写道:"只要因法律和习俗所造成的社会压迫还存在一天,在文明鼎盛时期人为地把人间变成地狱并使人类与生俱来的幸运遭受不可避免的灾祸;只要本世纪的三个问题——贫穷使男子潦倒,饥饿使妇女堕落,黑暗使儿童羸弱——还得不到解决;只要在某些地区还可能发生社会的毒害,换句话说,同时也是从更广的意义来说,只要这世界上还有愚昧和困苦,那么,和本书同一性质的作品都不会是无益的。"[2]这就是雨果的伟大之处,围绕这样一个观点,雨果从人道主义立场出发,在书中揭露了社会矛盾,表现了被压迫的劳动人民的悲惨生活,抨击了社会法律制度的虚伪和残酷,赞扬了为革命牺牲的勇士。《悲惨世界》结构奇特,整体上每一部分是由书中主要人物命名:第一部"芳汀",第二部"珂赛特",第三部"马利尤斯",第四部"布留墨街的恋歌与圣丹尼斯街的史诗",第五部"冉·阿让"。五个部分的故事相对独立,但是书中人物相互穿插,又互有关联。

《悲惨世界》以主人公冉·阿让的一生贯穿全书,从而连接书中的各个人物。

冉·阿让是一个修剪树枝的工人,出身贫苦,食不果腹。他和她姐姐以及姐姐的七个孩子生活在一起。一年冬天,家中没有食物,孩子们饿得直哭,冉·阿让为了给姐姐的孩子弄口吃的,偷了一块面包,不幸被捕。按照法律,冉·阿让被判服5年苦役。他数次越狱被捕,又加判了14年,因为一块面包,冉·阿让最后被判了19年监禁。冉·阿让出狱后,由于黄色的护照,找工作四处碰壁。一天,疲惫的冉·阿让推开了主教大人米利埃的大门。仁慈的米利埃主教收留了他,并给了他食物。心中只有复仇的冉·阿让夜里偷走银器后逃走,再次被捕。宽容的米利埃主教大人原谅了他,让他幸免于难。冉·阿让干涸的内心被感动,决定重新做人,干一番事业。冉·阿让化名"马德兰",在蒙特勒城开办工厂,使当地的人们有工作、有饭吃,受到当地人的尊重,并且当上了市长。冉·阿让的工厂里有一个可怜的女工芳汀,来自贫困的农村,被人诱骗怀孕,生下一女

1 《悲惨世界》一出版,引起了很大的轰动,出版商拉克鲁瓦甚至激动得哭了。1962年,他在给雨果的信中称:"《悲惨世界》是本世纪成就最高的作品,我也为你呐喊,啊,我读完了,我哭了。"他付了30万法郎给雨果买下出版权,在随后的6年中赚了517000法郎。

2 雨果:《雨果文集》,第2卷(上),李丹,方于译,人民文学出版社,2002年,第18页。

叫作珂赛特，被寄养在蒙佛梅德纳第夫妇的酒馆里。德纳第夫妇贪婪自私，借口珂赛特的抚养费无限度压榨芳汀。芳汀为了给女儿寄钱，卖掉长发、牙齿，最后沦落为街头妓女。芳汀不堪重负，病倒在床上。在这关键时刻，冉·阿让挺身而出，照顾芳汀，并答应帮她照顾珂赛特。此时，一直追捕冉·阿让的警察沙威，误认一名可怜的工人是冉·阿让，把他抓起来审讯。冉·阿让的内心十分煎熬，承认自己就是当年的苦役犯。在去往监狱的路上，冉·阿让设法逃脱了。冉·阿让遵守诺言找到珂赛特，当时的珂赛特像德纳第夫妇和女儿的奴仆一样，衣不蔽体，面黄肌瘦。冉·阿让带着珂赛特去了一处修道院。长大后的珂赛特和共和党人马吕斯相爱了。巴黎街头爆发了革命起义，遭到七月王朝的血腥镇压，冉·阿让救出了身受重伤的马吕斯。沙威也追着过来，被共和党人抓获，在生死关头，冉·阿让放了沙威，沙威发现自己追捕多年的犯人品格十分的高尚，内心十分羞愧，遂跳河自杀。珂赛特和马吕斯结婚了，但得知冉·阿让的真实身份后，一度疏远了冉·阿让，最后得知冉·阿让曾做了许多好事，品质十分的高尚，也接纳了冉·阿让。冉·阿让最后死在了珂赛特的怀里，结束了他坎坷的一生。

《悲惨世界》可以说讲述的是一个圣人（米利埃主教），一个男人（冉·阿让），一个女人（芳汀），一个儿童（珂赛特）的故事。这是底层贫困人民的悲惨世界，法律的存在只是为上层阶级牟利，所谓的公正只是一纸空话。

冉·阿让的一生具有悲剧性。他本是一个安分的贫苦工人，“贫穷使男子潦倒”，只因一次不成功的偷窃坐了19年牢。他深知法律的不公，即使是开办工厂为人们带来了福利，也不能抹杀他曾经服过苦役的经历。法律和当时的习俗没有给他重新做人的机会。但是冉·阿让始终是善良的，是仁爱的。雨果把人道主义精神加诸他身上，冉·阿让不仅乐善好施，帮助底层人民，帮助芳汀照顾珂赛特，而且面对统治阶级的爪牙沙威也可以网开一面。冉·阿让完成了自我救赎，在雨果笔下他成为博爱的化身。

芳汀既是一个伟大的母亲，也是一个可怜的底层人民。她被轻薄的贵族青年欺骗怀孕，贵族青年逃脱了法律的制裁，芳汀却遭到了世俗的摒弃。她为了女儿可以牺牲自己，直至去世还在忧心自己的女儿，可见其母爱的伟大。同时，当她的遭遇公布于众后，遭到了其他女工的唾弃，并被工厂开除，最后病死，可见其可怜。芳汀只是当时万千贫困女性的缩影，在雨果看来，妇女堕落的根源是司法制度的不公、社会的黑暗，他对资本主义社会进行了猛烈的批判。

沙威象征着残酷的法律制度。他是统治阶级的走狗和爪牙，对底层人民进行无尽的迫害和欺压。他对冉·阿让的追捕体现了法律对底层穷人的无情。但他的形象在后期有一刹那的光亮。当冉·阿让没有对他执行死刑而是把他放了之后，他发现一直以来法律要制裁的冉·阿让和他了解的冉·阿让存在矛盾,他的思想开始交锋,最后选择了自杀,这是人道主义在道德上的胜利。这一点体现了雨果企图将人道主义的仁爱变成解决社会矛盾的良药,暴露了雨果人道主义思想的局限性。

雨果在小说中以巨大的热情赞颂了为共和主义牺牲的英雄。在描写街垒战时,场面激动人心,参加斗争的穷人、街头流浪汉英勇抗战,谱写了一曲革命的华章。

《悲惨世界》这部鸿篇巨制,不仅反映了社会现实,被称为"社会史诗",而且在艺术上也颇具特色。

《悲惨世界》是一部浪漫主义和现实主义相结合的巨著。《悲惨世界》的故事情节充盈着现实主义色彩。如冉·阿让被审判的经历,芳汀变卖头发和牙齿的情节以及1832年巴黎的革命起义等,都如实地反映了历史。不过小说中也体现了浪漫主义特色,如米利埃主教的善意的谎言,冉·阿让因良心受到煎熬坦白自己的身份,以及沙威悔悟自杀,雨果对人的宽容和善心描写时有夸张,而且小说情节设置多有巧合,充满戏剧性。如令人尊重的马德兰市长竟然是当年的犯人冉·阿让,长大后的珂赛特和德纳第夫妇的女儿同时喜欢上了马吕斯等,这都增添了小说的浪漫色彩。

《悲惨世界》采用多种方法塑造人物形象。雨果在小说中运用美丑对照原则,米利埃主教仁慈,冉·阿让自我牺牲,他们是善的化身;沙威冷酷无情,德纳第夫妇贪婪狡诈,他们是恶的代表。在美与丑、善与恶的对照中,人物形象更加丰满。雨果还运用大量的心理描写挖掘人物内心深处的变化。如冉·阿让在知道别人将要替他被审判时,他思绪万千,内心在激烈地斗争,是继续做市长,还是要坦白一切?这一大段精彩的心理描写,使得人物形象更有层次。

《悲惨世界》的语言优美且富有激情,大量地旁征博引,对场景的描写又十分细腻。雨果在小说中大量运用议论,把小说变成了自己观点的载体。

《悲惨世界》结构十分庞大,分5部,共48卷。其中人物众多,情节复杂,雨果以冉·阿让贯穿始终,故事情节跌宕起伏,展现了雨果高超的叙事技巧。

第四节　普希金

1 生平与创作

亚历山大·谢尔盖耶维奇·普希金(1799—1837),被誉为"俄罗斯文学之父"。他涉足多种文学体裁,以诗歌著称,果戈理将他誉为第一个俄罗斯民族诗人。正是因为普希金的出现，才使俄罗斯文学在19世纪异军突起，令人瞩目，他既是俄国浪漫主义文学的高峰，又是现实主义文学的奠基人。

普希金出生于俄罗斯一个古老的贵族家庭，有着良好的家庭教养，并通过家中的农奴接触了民间文学和人民语言。12岁时，普希金进入贵族学校皇村学校，在七年的学习中他接受了启蒙思想，形成了初步的政治观念和文学观念，开始文学创作。1815年在升级考试中，他以一首颂扬卫国战争的古典主义诗歌《皇村回忆》崭露头角，被老诗人视作俄罗斯诗坛的希望。1917年毕业后，普希金到莫斯科，在外交部任职，积极参与社会活动，加入进步文学社团"阿尔扎马斯社"和"绿灯社"，还与反农奴制的秘密团体联系密切，关注祖国前途、人民幸福等问题，这些团体中有不少人成为后来的"十二月党"[1]人。普希金在此时期创作了一系列政治抒情诗，其中流传最广的是《自由颂》（1817）、《致察尔达耶夫》（1818）、《乡村》（1819）。这些抒情诗以及其他讽刺诗，严重地刺伤了专制君主的权威，沙皇以派遣的名义将普希金流放到俄国的高加索地区。

在南俄流放的4年，是普希金诗歌创作的丰富期，他为山区的雄奇瑰丽和蓬勃生气所激发，创作了大量的抒情诗和几部优秀的长诗，这些作品从主题到风格都深受拜伦浪漫主义诗歌的影响。抒情诗《短剑》《忠贞的希腊女郎》《囚徒》《拿破仑》《恶魔》等都是有感于欧洲蓬勃发展的民族解放运动，借助历史思考，求索自由精神的抒情佳作。1824年离开南方前，普希金写下了《致大海》一诗，哀悼早逝的浪漫主义诗人拜伦，诗中将拜伦喻为大海，而大海则是"自由的元素"。全诗在严谨的结构中蕴涵着磅礴的气势，沉痛而不哀婉，是普希金南方抒情诗的代表作。

其长篇叙事诗则体现出诗人新的突破和思想的进一步发展。《高加索的俘虏》（强盗兄弟）（1822）、《巴赫奇萨拉伊的泪泉》（1824）和《茨冈》（1824）等作品表达了诗人对自由的向往，反映了进步贵族青年在寻求社会出路的过程中的焦灼情绪，充满着对上流社会的愤懑和对纯朴的山民、茨冈人的同情。在对贵族青年的刻画上，体现了诗人敏锐把握到的"成为19世纪青年特征的对生活及其种种享乐的淡漠和心灵的未老先衰"。[2]

1824年，因为与监管上司发生冲突，普希金被遣送到母亲的领地幽禁了两年，接受家人和当地教会和政府的监视。此时，他潜心研究俄国历史和民间文学，其创作中

1　自1816年起，俄罗斯受西欧启蒙主义思想影响的贵族青年军官先后结成若干秘密团体（有的主张君主立宪，有的主张共和制），并于1825年12月14日在彼得堡参政院广场发动反专制制度的起义，被称为"十二月党人运动"。起义失败后，彼斯捷尔、雷列耶夫等五名领袖被处以死刑，许多十二月党人被流放到西伯利亚。

2　普希金：《普希金全集》，第9卷，莫斯科文艺出版社，1977年，第52页。

的民族风格和写实倾向进一步深化。在此期间,他的重要文学成果有诗体长篇小说《叶甫盖尼·奥涅金》的第四、五、六章;他还吸收借鉴莎士比亚和卡拉姆津的经验创作了历史剧《波里斯·戈都诺夫》,这部以宫廷斗争和民族矛盾为主题的作品,意在揭示人民在历史中的作用。这部历史剧因其鲜明的政治倾向而遭到禁演,直到1870年才搬上舞台。1825年12月24日,彼得堡爆发了十二月党人武装起义,不久便被镇压,普希金深受震撼,在悲愤中他半年时间没有任何创作。一年后,沙皇为安抚人心,将普希金召回莫斯科。随后的两年间,他对沙皇新政从抱有幻想到希望破灭,于是不断写作诗歌颂扬十二月党人,在《在西伯利亚矿山深处》(1827)中写道:"你们悲壮的工作和思想的崇高意向/决不会就那样消亡,/沉重的枷锁会掉下, 阴暗的牢狱会覆亡,/自由会愉快地在门口迎接你们,/弟兄们会把利剑送到你们手上。"

1930年秋,为了准备与俄国名媛娜塔丽娅·冈察洛娃的婚礼,普希金前往波尔金诺处理父亲所赠的财产,正巧遇上当地疫病流行,交通受限,他被迫滞留了三个月。这一偶然事件,促成了普希金一次创作力的爆发,这三个月成了俄国文学史上著名的"波尔金诺之秋"。他完成了《叶甫盖尼·奥涅金》,《别尔金小说集》(包括《射击》《暴风雪》《棺材匠》《驿站长》《村姑小姐》),四个小悲剧以及30多首抒情诗。

短篇小说《驿站长》对后世影响巨大。小说讲述了一个生活于俄罗斯社会底层的驿站长的悲惨人生。驿站长维林每天为来往的旅客辛苦服务,稍微有点身份的官吏都对他呼来喝去,百般欺辱。与他相依为命的女儿杜妮娅,美丽开朗,是他生活中难得的安慰。单纯的女儿被路过的骠骑兵军官用花言巧语拐走,驿站长如遇晴天霹雳,日日无尽牵念,后来千方百计到彼得堡想要找回女儿,却被无情地拒之门外,重返驿站不久后,他郁郁而终。小说饱含同情,驿站长是俄罗斯无数"小人物"的代表,普希金以深切的关怀和敏锐的洞察首次将这样的卑微生命带入文学世界,开创了俄罗斯文学"小人物"传统的先河,对果戈理、陀思妥耶夫斯基和契诃夫有巨大影响。

1831年,普希金结婚,经历了婚姻短暂的甜蜜之后,他陷入家庭琐事和社交纠纷的困扰之中,与此同时,沙皇政府也对他加强了监视和管制,其行动和创作都失去了自由。从此时至1837年他意外去世止,普希金的创作数量有所下降,风格由前一阶段的浪漫主义情调转向了复杂的现实主义思索。其诗歌体裁呈现出多种变化。1933年,普希金又回到波尔金诺住了一个月,创作了长篇童话诗《渔夫和金鱼的故事》和《死公主的故事》,历史叙事诗《青铜骑士》。与诗歌相比,他在散文创作方面的批判性更为深刻,1834年他的中篇小说《黑桃皇后》,讲述一个年轻的冒险家为出人头地不择手段,通过虚情假意骗取老伯爵夫人制胜赌局的黑桃皇后秘密的故事，最终年轻人不堪重压，发疯至狂。这篇小说有着深厚的思想与生活内涵，批判了极端利己主义，揭示了俄罗斯贵族奢靡浪费的堕落状态。受“尼古拉黑暗”时期蓬勃发展的农民起义的启发，在1935年和1837年，他分别创作了中篇小说《杜勃罗夫斯基》和《上尉的女儿》。

《上尉的女儿》以18世纪70年代震动全俄的农民起义的真实故事为基础。小说以青年贵族军官格利涅夫为叙述中心，他在前往边关赴任途中偶遇普加乔夫，两人相谈甚欢，成为忘年之交。到任后，格利涅夫与上尉司令的女儿玛莎相爱。不久，农民起义爆发，普加乔夫杀死了司令，释放了格利涅夫，成全了他与玛莎的爱情。起义失败后，格利涅夫受到牵连，因玛莎的求情而获释，并目睹了普加乔夫被处极刑的过程。普希金通过对这段历史翔实深入的调查，重新塑造了农民起义领袖普加乔夫这一形象，颠覆了以往贵族历史中对其妖魔化的成见。虽然普希金将普加乔夫刻画成一个勇敢、机智、乐观、豪爽的形象，但是并不表示他支持农民起义，而是对起义者的“暴行”持否定态度，并寄望于非暴力的“风气改良”。小说将虚构与真实、个人与历史完美地融合在一起，情节紧凑，富于戏剧性，人物描写简洁生动，在俄罗斯散文发展史上占有重要地位。

除了文学创作之外，普希金还于1836年创办了《现代人》杂志，发表多篇论文，对推动19世纪俄罗斯社会解放运动和文学发展起了先锋的作用。

1837年，普希金与妻子传闻中的情人决斗，在决斗中身受重伤，英年早逝。这一事件后来被证实是一场由痛恨普希金的宫廷显贵炮制的阴谋。

普希金以高超的艺术探讨了时代的重要问题，其中的许多问题是他的首发。他既广泛吸收西欧文学经验，又深深根植于俄罗斯民族土壤，推动了浪漫主义运动在俄国的传播，并开启了现实主义文学的先风，确立了俄罗斯文学的独特发展路径。

2 经典解析：《叶甫盖尼·奥涅金》

长篇诗体小说《叶甫盖尼·奥涅金》（又译《欧根·奥涅金》）是普希金自己最喜爱的作品，是他最主要的、具有中心地位的作品。这一长诗的创作持续了8年时间，从1823年开始，1830年秋天在波尔金诺完成，又在1831年补充修订了最后一章。全书分为8章，前有献辞，后有后记，并附有奥涅金的旅行断章。小说主人公奥涅金出身于彼得堡贵族家庭，接受良好的教育，从小由外国家庭教师陪伴，成年后在贵族学校读书，未完成学业便已出入上流社交圈，日日宴乐，如鱼得水。他聪慧过人，学识丰富，年轻俊美，风度翩翩,每日除了习惯性地出入交际场所,对前途、人生并无严肃的追求,但他生性敏感,感情丰富,看透了上流社会的虚伪庸俗,感受到了享乐生活的空虚无聊,他痛恨这样的生活,却无力摆脱,而是陷入苦闷倦怠之中,毫无目的地打发日子,成为一个什么也不能做的人,自认为是一个多余的人。为了处理家族财产,他来到乡下,结识了当地乡绅,与年轻的诗人连斯基成为好朋友,并认识了当地德高望重的拉林娜老太太和她的两位女儿——达吉雅娜和奥丽加,奥丽加是连斯基的心上人。真诚单纯的达吉雅娜,疯狂地爱上了奥涅金,奥涅金似乎对她也颇有好感,迫于奥涅金若即若离的态度,达吉雅娜写了一封情书,热烈而直接地向他表达爱情。奥涅金为达吉雅娜的真挚和深情所震撼,惯于虚情假意的他却没有勇气接受一份严肃深沉的感情。为了使达吉雅娜的爱情幻灭,他故意勾引奥丽加。在他与生俱来的魅力和驾轻就熟的社交手段的引诱下,奥丽加动了心,愤怒失望的连斯基向奥涅金提出挑战,在决斗中,奥涅金枪杀了连斯基。连斯基的死,让奥涅金深感愧疚,无颜面对善待他的朋友,只好远走他乡,自我放逐。几年流浪生活结束后,他重返彼得堡,在社交晚会上重新见到了达吉雅娜,此时的她嫁给了一位老将军,成了一个风姿绰约、高贵沉静的贵妇人。奥涅金猛然醒悟,原来自己深爱着达吉雅娜,他向达吉雅娜表达了压抑多时的爱情,但为时已晚,达吉雅娜拒绝了他,他在痛苦中再度离开。

主人公叶甫盖尼·奥涅金是俄国文学史上第一个“多余人”形象。“多余人”这一称呼第一次正式出现,是在屠格涅夫1850年的小说《一个多余人的日记》中。后来在文学批评中,人们将这一名称用于指一类典型的性格,通常指的是一批受过西化教育的青年贵族知识分子,他们有改变俄国的理想,对农奴制和宗法制不满,但缺少改变社会的行动,而是专注于决斗、赌博、享受,无所作为地活着。“多余人”是特定时代的产物,19世纪20年代是俄罗斯解放运动第一代贵族革命家成长的时期,也是十二月党人酝酿革命、爆发起义和失败的时期。1812年,抵抗拿破仑入侵的卫国战争胜利,俄罗斯人民的民族意识觉醒,下层人民对专制农奴制的不满情绪高涨。青年贵族中的立场也出现了分化:一部分人渴望改变祖国的现状,拯救国家与人民,这些人成为十二月党人;另一部分人希望保持现状,维护特权;介于二者之间的是第三种人,他们明知时代不可逆转,虽然不甘心,但又没有勇气摧毁所依附的旧制度,终日彷徨苦闷,焦躁不安,成了“多余人”。

普希金所塑造的奥涅金这一形象具有极大的概括性,成为严肃的艺术家无法避开的典型,反复出现在后世的重要作家的笔下。奥涅金被认为是俄国文学中的第一个

“多余人”形象，随后，莱蒙托夫的《当代英雄》的主人公毕巧林，屠格涅夫的《罗亭》的主人公罗亭，赫尔岑的《谁之罪》里的别尔托夫，冈察洛夫的《奥勃洛莫夫》的同名主人公等共同构成了这一闻名于世的人物系列。

小说的女主人公达吉雅娜是普希金塑造的又一个重要形象，是与奥涅金进行对照的，普希金在她身上寄托了关于俄罗斯的理想与希望。虽然她也隶属于贵族阶级，但普希金赋予了她“俄罗斯的灵魂”。她深深地热爱俄罗斯大地，俄罗斯的四时万物，俄罗斯的民间歌曲和故事，爱自己的奶妈菲利普耶芙娜。她的一言一行、所思所感都有着俄罗斯深沉宽厚的烙印。尽管贵族小姐的地位和她青春的幻想以及流行的法国小说给了她不小的影响，但她的“俄罗斯的灵魂”克服了这一切。她在性格上仍旧是一个地道的俄罗斯女人——有决断，有坚强的道德信念和责任感。在小说中，达吉雅娜的积极性格没有得到充分的展开。她所不得不生活于其中的环境限制了她的生命力，她的真爱是一个空虚的灵魂，是一个惧怕纯洁和真诚的人，达吉雅娜最后与其他俄罗斯少女一样，被带入“嫁人市场”，无法实现对自由纯洁的爱情的追求，也因此，她是一个悲剧性的人物，从她身上我们看到了普希金在痛苦中坚守热爱的努力。从达吉亚娜的结尾的表白中，十二月党人久赫里别克尔听出了普希金的声音。他在日记中写道：“我读了《奥涅金》的最后一章。这里有多么澎湃的情感！好几次泪水涌上了我的眼睛——呵，这不仅仅是艺术；这是心，是灵魂！”

《叶甫盖尼·奥涅金》是普希金1831年以前所有创作经验的总结，从此之后诗人的创作重心转向了散文，在俄国文学史上《叶甫盖尼·奥涅金》发生了深远的影响。在人物和主题思想上，奥涅金和达吉雅娜都开创了俄罗斯文学经典形象的先河，其他次要人物，从彼得堡的贵族到平民再到乡间的地主和农奴，都细腻生动、引人入胜，俄罗斯的自然风光、世事人情也得到了百科全书式的展示。

在艺术上，这部诗体小说有机地结合了诗歌的抒情性和散文的叙事性。诗歌的抒情性主要体现在突出的诗人的自我形象，最为明显的是大量的“抒情插笔”，直接发出诗人的声音，常常出现在读者面前，他也好像是小说里的人物之一，或评价、或追忆，语调多变，亦庄亦谐。这些多角度、多层次的“抒情插笔”大大地扩展了小说的轮廓，深化了作品的内涵，异常地丰富了它的内容。

在人物塑造上，普希金借鉴浪漫主义文学的对照手法，通过将奥涅金与连斯基、达吉雅娜与奥丽加进行对照，使得每个人的性格极其突出鲜明。更难得的是，普希金还以深刻的现实主义力度揭示了形成这些性格的社会原因。

在语言上,法国作家梅里美说普希金的诗"是从冷静的散文中流淌出来的",这部诗体小说的语言有着诗歌的精炼与含蓄,又有散文的流畅和朴实,二者水乳交融,天衣无缝,成为俄罗斯语言的典范。经过诗人的苦心经营,普希金为这部小说专门独创了一种诗体——"奥涅金诗节"。它一共有十四行,有其一贯特殊的韵脚。头四行的韵是交叉的(隔行韵),再下面的四行是双行韵,再下面的四行是两头韵,中间有一个双行韵(即一、四行同韵,二、三行同韵),最后两行是双行韵。诗中又处处离不开俄罗斯人民的普通语言。

《叶甫盖尼·奥涅金》[1]以它富于音乐性的、和谐的诗行,以它明朗的、单纯的、真正的人民的语言和深刻丰富的内容而达到了思想上和艺术上的完美。在再现社会生活的深度和广度上,在典型人物的塑造上,在环境和场景的描写上,《叶甫盖尼·奥涅金》都达到了俄罗斯文学的最高水平,令整个欧洲为之倾倒。

1 俄罗斯著名作曲家柴科夫斯基于1877年根据小说创作了同名歌剧。《叶甫盖尼·奥涅金》是抒情歌剧的典型作品,共分为三幕,剧本的用词用字十分贴近普希金的原著,保留了不少普希金的原诗,但只挑选数个场景,交代主角的命运和感情世界。这套歌剧的剧情发展并非整体连贯,只由奥涅金人生中几个重要场景组成。此时,奥涅金的故事在俄国已经人尽皆知,柴可夫斯基清楚,观众能自行补充他删去的剧情和细节。

第二章

19世纪
现实主义文学（上）

本章的重点是理解识记现实主义文学的概念,结合19世纪中期欧洲的历史背景,阅读主要国家的代表作家斯丹达尔、巴尔扎克、狄更斯、果戈理、陀思妥耶夫斯基的作品,理解现实主义文学的基本特征,明确其在欧洲文学整体历史中的地位及其影响。

第一节 概述

19世纪30年代,在法国、英国等先进的资本主义国家里出现了一股新的文学潮流——批判现实主义。随后,它迅速发展成为全欧性的主要文学潮流。由于现实主义文学具有强烈的社会批判性,高尔基将其称为“批判现实主义”。

1 现实主义文学产生的历史背景及基本特征

(1)历史背景

批判现实主义是在继承和发展文艺复兴,特别是启蒙运动文学的现实主义传统的基础上形成的,但更直接地是资本主义确立、发展时期的产物。批判现实主义不仅与19世纪三四十年代激荡复杂的政治斗争形态密切相关,而且与空想社会主义、辩证法、唯物论,乃至自然科学的新成就,都有不同程度的联系。

1830年法国爆发的七月革命,推翻了波旁复辟王朝,建立了代表大金融资产阶级利益的七月王朝。1832年的英国国会改革法案使工业资产阶级更多地进入政权机构,进一步加强了资产阶级的统治地位。英、法两国的资本主义势力取得了决定性的胜利,资产阶级政权日益巩固和发展。但是,无论是在英国还是法国,资产阶级和封建贵族的斗争并没有完全结束。同时,大资产阶级和中小资产阶级的矛盾日益加剧。

此外,由于资本主义残酷的经济剥削和政治压迫使无产阶级反对资产阶级的斗争更趋激化,他们之间的阶级矛盾逐渐上升为社会的主要矛盾。1831年和1834年,在法国纺织工业中心里昂先后爆发了两次大规模的工人起义。无产阶级已经成为法国历史舞台上一支独立的政治力量,工人运动已经开始从资产阶级民主运动中分离出来。在英国,从19世纪30年代开始,在19世纪40年代形成高潮的宪章运动,是世界上第一次广泛的、真正群众性的、政治上已经成型的无产阶级革命运动。这些工人阶级的英勇斗争,虽然由于自身的不成熟和敌我力量的悬殊而被资产阶级击败了,但都沉重地打击了资本主义世界，并为以后的无产阶级革命提供了宝贵的历史经验。

资产阶级内部出现分化，特别是无产阶级的奋起反抗猛烈地冲击着资本主义社会，使资本主义制度固有的矛盾不可避免地暴露出来。现实告诉人们：启蒙主义者的“民主”“自由”“平等”与“博爱”并不存在，他们描绘的“理性王国”只不过是肥皂泡而已；浪漫主义者那脱离现实的“理想”也不过是画饼充饥。社会矛盾的深刻化和明朗化使得“人们终于不得不用冷静的眼光来看他们的生活地位、他们的相互关系”。于是，真实地表现现实生活，典型地再现社会风貌，深入解剖和努力揭示种种社会矛盾的现实主义文学应运而生。

18世纪末至19世纪三四十年代，德国古典哲学和法国空想社会主义形成了强大的社会思潮。以圣西门、傅立叶和欧文为代表的空想社会主义者批判了资本主义社会，揭露了贫富悬殊的矛盾，抨击现存社会的全部基础，并提出了通过和平途径改造社会的乌托邦理想。这种理想中包含着不少积极的主张，但是，由于阶级和历史条件的限制，他们没能看到无产阶级的历史地位和历史使命，因此他们的一切主张都只能具有空想的性质。空想社会主义的传播更加强了批判现实主义的批判力量，但是唯心历史观对社会发展规律缺少深刻的认识和理解，无视无产阶级的力量和历史使命，又必然给批判现实主义作家的创作带来消极的影响。

这一时期，西欧的唯物主义和辩证法也有了很大的发展。在工人阶级斗争实践的基础上，马克思、恩格斯批判地吸取了法国空想社会主义、德国古典哲学和英国古典政治经济学的精华，创立了科学的社会主义理论。马克思主义的唯物主义主张艺术要真实地反映社会生活，对批判现实主义产生了深远影响。

19世纪欧洲的科学也取得了辉煌的成就。科学与技术相结合加速了财富的创造，给人们带来了生存实惠，所以，科学成了人们心目中给人以力量的新的上帝，理性也自然被认为是人之为人、人之高贵强大的根本属性。科学崇拜之风使人们对科学的追求不仅仅限于科学本身，而是将科学的方法运用到其他领域。19世纪的欧洲出现了一种前所未有的普遍风气：任何其他学科，唯有运用科学的方法才令人信服。这种精神文化风气影响着文学的发展，熏陶出了一批写实主义倾向的作家，使他们的创作原则与科学理性精神血脉相连。

（2）基本特征

批判现实主义文学是对那种全然无视现实、一任情感流荡的浪漫主义文学的反拨。如果说浪漫派的创作格言是“生活应该是这样”，那么，批判现实主义的格言便是

“生活就是这样”。

在思想特征上,第一,批判现实主义把文学作为分析与研究社会的手段,为人们提供了特定时代丰富多彩的社会历史画面,具有很高的认识价值。批判现实主义比较广阔、比较真实地展示了社会生活的各个方面,对现实矛盾的揭示具有相当的深度。马克思、恩格斯赞扬这些杰出的批判现实主义作家对现实关系的深刻理解,并高度评价了巴尔扎克、狄更斯等人反映社会生活的丰富性和深刻性,认为他们在作品中提供的历史材料比历史学家、经济学家、统计学家等合起来所提供的还要多。许多批判现实主义作家都力图把自己的作品写成时代的记录,在他们的笔下,可以看到封建社会的崩溃、资本主义的兴起,也可以看到农奴制的暴虐、资本剥削的残酷。特别是他们对资本主义制度的揭露和批判,更是广泛地涉及各个领域,尖锐地提出了许多重大问题,勾勒出一幅幅触目惊心的悲惨图画,引起了人们对现存秩序的深刻怀疑和不满,因而具有巨大的社会意义。但是,批判现实主义作家常存在一种矛盾的心态,即对贵族社会的鞭挞与眷恋。他们大多对封建专制和官方教会进行无情的批判,但当他们面对着物欲横流的资本主义现实时,一种对于夕阳的留恋油然而生,逝去的一切几乎都被夕阳残照镶嵌上了金色的边框。这种眷恋之情在起初还不强烈,随着资本主义现实中各种矛盾的激化,道德脓疮的溃烂,中世纪的田园诗般的关系就越发变得朦胧而美丽。这一点在巴尔扎克的作品中表现得最为突出。

第二,批判现实主义文学普遍关心社会文明发展进程中人的生存处境问题,深刻地揭露与批判了社会的黑暗,以人道主义思想为武器,同情下层人民的苦难,提倡社会改良。批判现实主义作家大多是启蒙学说的信仰者,资本主义社会的严峻现实使他们感到窒息,他们敢于正视社会现实,勇于探索罪恶的根由,大胆揭露丑恶的社会现象。但是,他们的愤世嫉俗大多来自受压抑、遭排斥的地位,他们对金钱往往具有双重意识。这些富于启蒙精神的作家,从资本主义秩序建立的第一天起就诅咒这个现实。但是不管怎么说,他们是那个时代的儿子。当巴尔扎克创造出无与伦比的揭露金钱罪恶的史诗时,他本人正陷入金钱的诱惑而无力自拔。这就必然使得他们批判的深度受到了局限。

这一时期的人道主义也有了新的特点。“自由、平等、博爱”的口号,其锋芒所向已经不仅仅局限于封建贵族,而且还针对当权的大资产阶级。博爱思想,是这时期资产阶级人道主义的突出特征。因此,弱肉强食、尔虞我诈、唯利是图等等败德都受到了他们的批判;遭迫害、受欺凌的小人物,都得到了他们的同情。由于这些作家与劳动群众同样被排斥在政权之外,又眼见社会道德的堕落,他们有时也能眼睛向下,看到人民的痛苦,甚至看到劳动人民的某些优秀品质,进而表现出对劳动群众疾苦的同情和改变群众贫困境遇的善良愿望,并在一定程度上反映出劳动人民的愤懑不平和反抗斗争。但是,他们对被压迫者具有圣母情结。即批判现实主义作家们都有一颗圣母般的心灵,他们在追求个性解放的同时,认为整个人类都应该过人的生活。他们把世界的苦难背负在自己身上,但反对下层人民为解脱苦难而使用革命暴力;他们喜欢描绘恭顺、忠厚、勤劳的下层人民形象,唤起人们的同情,但又明确地反对任何形式的暴力,包括劳动人民为解放自身而发动的革命。

在艺术特征上,第一,批判现实主义文学追求艺术的真实模式,强调客观真实地反映生活。批判现实主义在继承以往文艺的现实主义传统的基础上,把现实主义的创作方法推向了一个新的高度,为现实主义的文学创作积累了丰富的经验。这些作家注意观察生活,分析社会,很多批判现实主义作家都亲自去到所描写的地方进行实地考察,选择典型的事件,透过集中的情节展示广阔的社会生活。

第二,批判现实主义文学重视人与社会环境的关系的描写,塑造典型环境中的典型性格。"除细节的真实外,还要真实地再现典型环境中的典型人物。"[1]这是恩格斯对现实主义的经典概括。批判现实主义作家以典型的社会画面为背景,成功地塑造了一系列封建贵族、地主和资产阶级的典型形象,和一大批与社会格格不入的、具有不同程度的叛逆精神的中小资产者形象。这些形象大都是共性与个性结合的典型,他们在各种环境中,在矛盾冲突中,显示出多方面的性格特征,并随着环境的发展变化而发展变化。典型环境中的典型性格的塑造,是批判现实主义文学的重要贡献,在文学发展史上具有重要意义。

第三,批判现实主义以叙事文学为主,小说创作,特别是长篇小说走向了成熟与繁荣。批判现实主义作家使长篇小说发展到了成熟的阶段,从而成为文学中一种十分重要的样式。批判现实主义的长篇小说将丰富多彩的生活画面和多种多样的人物形象熔铸在完整有机的情节结构中,表现了深刻丰富的社会内容,在思想和艺术两方面都达到了前所未有的高度。有些优秀作品,甚至被人们称作社会生活的"百科全书"。

2 现实主义文学在欧美各国的发展

批判现实主义的发展大致可分为前后两个时期。前期从19世纪30年代开始,到

1　恩格斯:《致玛·哈克奈斯》,《马克思恩格斯选集》第4卷,人民出版社,1995年,第683页。

1848年止。批判现实主义在各国的发展不平衡,其发源地为法国、英国等西欧先进资本主义国家,然后逐步向东欧、俄罗斯等相对落后的国家扩展。

(1)法国

法国是批判现实主义文学出现最早的国家,也是批判现实主义文学最发达的国家之一。从某种意义上讲,法国批判现实主义是对浪漫主义的反拨,却并非对积极浪漫主义的彻底否定,而是对它的继承和发展。许多批判现实主义作家,都曾经历过浪漫主义创作时期,一些浪漫主义作家,后期也都写出了具有明显现实主义倾向的作品。

从19世纪30年代起,相继涌现出一批批优秀的作家。他们创作的大量社会小说,使法国文学进入鼎盛时期。法国第一个批判现实主义作家是斯丹达尔(详见本章第二节)。他的文艺论著《拉辛与莎士比亚》,被认为是批判现实主义的第一篇宣言。1830年,其长篇小说《红与黑》的问世,标志着批判现实主义文学的真正开端。随后,巴尔扎克(详见本章第三节)在《〈人间喜剧〉前言》(1842)中全面地阐述了批判现实主义的创作原则,并以一系列长篇小说的创作丰富了批判现实主义文学的艺术殿堂。

普罗斯佩·梅里美是一位具有浪漫主义艺术品格的现实主义作家,喜欢写异国题材,塑造纯朴真诚而又剽悍粗犷的人物,表现反现代道德文明的主题。他的小说在冷峻的叙述中蕴涵着激情。比较著名的作品有《高龙巴》(1840)和《卡门》(一名《嘉尔曼》,1845)。《卡门》的女主人公卡门是位吉卜赛女郎,美艳动人,生性率真,敢作敢为,她引诱了士兵唐·何塞,致使他被军队开除,又诱使他与自己一同走私犯罪。后来卡门移情别恋,为此付出了生命。她真诚坦率又放荡不羁,蔑视任何法律和道德的规范,表现出对个性自由的绝对追求。小说以女主人公的“绝对自由”否定了资本主义文明。

法国批判现实主义是在七月王朝时期产生的,这时期的作家几乎都把批判的锋芒指向封建贵族和大资产阶级。他们一边揭示封建统治必将让位于资本主义的历史规律,一边也抨击资本主义社会的丑恶现实。法国批判现实主义文学展示了广阔的社会画面,塑造了丰满的艺术典型,具有深刻的批判力量。

(2)英国

从19世纪30年代起,英国从一个农业国迅速发展成为一个工业国,在工业生产方面一跃而居世界首位,被称为“世界工场”,同时英国还在海外进行大规模的殖民扩张,成为一个强大的“日不落帝国”。随着工业资产阶级对封建阶级斗争的胜利,无产阶级和资产阶级的矛盾发展成为社会主要矛盾。劳动人民的贫困化和资本主义发展所带来的种种社会罪恶引起了人们的注意。自由竞争也使一些小资产阶级破产,被投入无产阶级阵营。19世纪三四十年代英国工人阶级为了争取政治权利,以“人民宪章”的形式向议会提出了包括男子普选权在内的六点政治要求,在全国范围内展开了规模宏大的签名运动,成百万人在宪章上签名。宪章运动虽然以失败告终,但它是世界上第一次广泛的、真正群众性的、政治性的无产阶级革命运动。

这一时期,英国涌现了一大批优秀的批判现实主义作家,如狄更斯、盖斯凯尔夫人(1810—1865)、萨克雷(1811—1863)、夏洛蒂·勃朗特(1816—1855)三姐妹等。英国批判现实主义作家虽然也有反映劳资矛盾的优秀之作,但其主要还是反映小资产阶级的愿望和要求。作品中的正面人物大多是孤儿、小职员、小商贩、小店员、破落的贵族子弟、贫苦的家庭女教师、破产的小农等。批判现实主义作家通过描写这些被社会压扁了的小人物的遭遇,揭示了英国广阔的社会画面。

盖斯凯尔夫人的代表作《玛丽·巴顿》(1848)是欧洲文学史上最早接触劳资矛盾的小说。它从侧面反映了英国的宪章运动。书中描写了经济萧条时期工人与资本家的矛盾冲突,作者同情工人的不幸,但又用基督教的方式解决劳资双方的冲突,在各自都悔悟了之后互相宽恕,互相谅解,重新合作。

威廉·梅克皮斯·萨克雷擅长描写英国上流社会的恶棍、赌徒、骗子和冒险家,对资本主义社会人与人之间赤裸裸的金钱关系以及资产阶级的伪善、假道学、势利眼等丑恶现象进行了淋漓尽致的揭露。萨克雷的代表作为《名利场》(1848),这部作品的副标题为“没有主人公的小说”。作者认为,在资本主义社会里真正的主人公是金钱。蓓基·夏泼出身贫寒,从小就遭受社会与学校的歧视,形成了极端自私而又冷酷的性格。她不惜采取任何卑鄙手段,凭借自己的美貌挤进上流社会。她把自己的朋友、儿子、丈夫都看成自己向上爬的阶梯,是小资产阶级野心家的典型。作者谴责那些把蓓基·夏泼排斥在上流社会之外的贵族和资产阶级,揭露了资本主义社会金钱的权威和势利者的丑恶面目。

夏洛蒂·勃朗特的代表作《简·爱》塑造了一位追求心灵自由和人格独立,具有反抗精神的知识妇女的形象,历来为女权主义批评家所特别重视。艾米莉·勃朗特(1818—1848)的《呼啸山庄》,描写了18世纪末英国北部约克郡偏僻地区弃儿出身的希斯克利夫的爱恨情仇,气氛恐怖而神秘。安妮·勃朗特(1820—1849)的代表作为《艾格尼斯·格雷》,风格比较温和。

(3)俄国

19世纪初,俄国资本主义因素有显著的增长,封建农奴制面临危机。1812年法国入侵俄国,沙皇利用人民的力量打败了拿破仑,成了欧洲的霸主。他组织反动的“神圣同盟”,在欧洲镇压民族民主运动,在国内强化反动统治。在农民运动的影响下,一部分受资产阶级民主思想启蒙的青年贵族终于在1825年12月发动了反对专制制度的武装起义,史称十二月党人运动。起义虽然被镇压下去了,但它却是俄国解放运动的起点。为十二月党人所唤醒的年轻一代,从贵族革命家赫尔岑到平民知识分子的先驱别林斯基,都接受了西欧的空想社会主义和唯物主义思想,鼓吹农奴解放。他们反对农奴制,要求文学揭露社会的黑暗,这是批判现实主义产生的社会基础。

当19世纪二三十年代浪漫主义文学盛行的时候,现实主义文学也开始出现了,如普希金的后期作品,由浪漫主义向现实主义过渡,比较真实而全面地再现了俄国的社会生活。此外,果戈理(详见本章第四节)、莱蒙托夫(1814—1841)等早期创作以浪漫主义见长的作家,也在19世纪30年代转向现实主义。果戈理的作品用讽刺的武器和卓越的艺术描写揭发了农奴制的腐朽和官僚统治的罪恶。因此,反动文人攻击他的作品只写黑暗不写光明,是对俄国现实的“诽谤”,并轻蔑地称他为“自然派”。

文艺批评家维萨里昂·格里哥里也维奇·别林斯基(1811—1848)支持“自然派”。他写了《论俄国中篇小说和果戈理君的中篇小说》(1835)和《乞乞科夫的游历或死魂灵》(1842)等文,阐明了“自然派”批判倾向的意义,对俄国批判现实主义文学的发展起了巨大推动作用。

米哈依尔·尤里耶维奇·莱蒙托夫在1840年发表了小说《当代英雄》,塑造了“多余人”形象的又一个典型——毕乔林。毕乔林是一个对上流社会强烈不满的贵族青年,可是他摆脱不了贵族生活,没有理想,玩世不恭,感到苦闷绝望。他时时进行自我分析,既否定一切,也蔑视自己,成为社会的“多余人”。作者用讽刺的笔调讥刺他,并且谴责造成这种性格的贵族社会。

19世纪40年代,俄国批判现实主义作家发表了许多揭发社会病根、描绘平民苦难生活的优秀作品,扩大了文学反映生活的范围,唤醒了人们的反抗精神,促进了反农奴制革命思想的传播。陀思妥耶夫斯基(详见本章第五节)是其中最令人瞩目的代表作家。

(4)东欧

18世纪末19世纪初东欧的许多国家和民族仍处于外族的统治之下。保加利亚和巴尔干半岛的许多国家远从13世纪起就受到土耳其的入侵和统治。捷克、斯洛伐克、匈牙利、罗马尼亚等国从16世纪起也先后被奥地利帝国占领。波兰于18世纪也先后三次遭到了瓜分。这些国家的人民不断反抗,人民起义从未中断过。在波兰,1830年、1846年和1863年相继爆发了反对奥地利和沙皇俄国的起义。在捷克,1848年掀起了反对奥地利统治的斗争。在匈牙利,1848年革命风暴席卷全国,并发展成为反对奥地利哈布斯堡王朝统治的民族独立战争。在奥地利和土耳其统治下的罗马尼亚的几个公国,也都开展了争取民族解放的革命斗争。这些革命斗争沉重地打击了国内外反动势力,促进了民族的觉醒。

反对异族奴役和封建专制,争取自由和独立,是这一时期东欧各国文学的共同主题。亚当·密茨凯维奇(1798—1855)是东欧作家的杰出代表,他不仅是波兰积极浪漫主义文学的奠基者,而且为波兰现实主义文学的发展开辟了道路。反对异族侵略和压迫,争取祖国解放,是贯穿诗人创作生涯的主题思想。他的代表作是诗剧《先人祭》第三部(1832)和叙事诗《塔杜施先生》(1834)。

《先人祭》第三部,是诗人距第二、四部完成后10年左右写作的,但较之前两部在思想上有很大的飞跃,主题思想也完全不同。在这部诗剧中,波兰民族与沙俄侵略者之间的矛盾被提到首位。主人公康拉德把个人命运和祖国命运联结在一起,积极投身于民族解放斗争。诗剧通过爱国青年被监禁、被流放、遭鞭笞、遭枪杀等的悲惨遭遇愤怒地控诉沙皇俄国蹂躏波兰民族、迫害波兰爱国者的暴行,痛斥波兰豪门贵族屈膝投降、卖国求荣的卑鄙行径,表达了诗人对国内外敌人的痛恨和炽热的爱国主义情感。

《塔杜施先生》是诗人的最后一部优秀作品。它通过立陶宛两个世代相仇的大家族的青年一代——塔杜施和佐霞的恋爱故事,反映了在1812年拿破仑侵略俄国的年代里,波兰的爱国志士为光复祖国同沙皇俄国进行的斗争,表现了作者反对民族仇恨与纷争,号召全体人民团结一致、同仇敌忾,为民族的解放而共同奋斗的进步思想。

第二节　斯丹达尔

1 生平与创作

斯丹达尔(Stendhal,旧译"司汤达",1783—1842),原名马里-亨利·贝尔(Marie-Henri Beyle),法国19世纪上半期杰出的批判现实主义作家。他有着鲜明的反封建复辟思想倾向,以准确的人物心理分析和凝练的笔法而闻名,在整个法国以至欧洲文学史上占有重要地位。他最著名的代表作是《红与黑》(1830)和《帕尔马修道院》(1839)。

1783年斯丹达尔生于法国格勒诺布尔城的一个资产阶级家庭。父亲是舍吕宾·贝尔,母亲是亨利埃特·加尼荣,他还有两个妹妹分别出生于1786年和1788年。斯丹达尔的父亲是一个有钱的律师,信仰宗教,思想保守,小斯丹达尔在家庭中受到束缚和压抑,与父亲关系紧张。十二岁之前由一位教士对他进行严格的贵族式教育,禁止他与一般的儿童玩耍,这也使得他对宗教产生了反感和厌恶。对他影响最大的是他母亲和外祖父。他母亲属于意大利血统,生性活泼,思想较为自由开放,能够用意大利文阅读但丁等人的作品,但她在1790年因产褥热去世。斯丹达尔的外祖父是一个拥护共和派、思想开放的医生,是卢梭和伏尔泰的信徒。斯丹达尔少年时期经常住在外祖父家,在那里阅读了大量的世界名作。他兴趣广泛,热爱数学,进入当地中心学校后又受到有启蒙思想的革新派教师的教育,并指导他学习洛克等哲学家的唯物主义学说,使他获得了新思想和求实的科学精神,这些为他之后的价值观和世界观打下了良好的基础。

1799年,斯丹达尔以优异的成绩毕业,他原本计划到巴黎投考工科大学,但因为受革命的形势所鼓舞,加入了拿破仑领导的军队,并通过表兄介绍进入军政部任职。他后来随拿破仑大军出征意大利,在米兰兵站军粮部和在骑兵团任过中尉和副官,在著名的马伦哥战役后晋升为少尉。他身边的米兰人民长期遭受奥地利的统治,视拿破仑的军队为救星,他们对法国革命的热情,他们的优秀文化传统,对斯丹达尔的影响很深。此后他长期在米兰居住、写作,并以米兰人自居。1801年,他离开部队回到巴黎,开始了他的读书生活并准备从事写作。他学习希腊文和英语,同时博览群书,大量阅览了拉伯雷、蒙田、莫里哀、莎士比亚等作家的文学作品,研读了启蒙主义哲学家孟德斯鸠、卢梭等的理论著作,接受了唯物主义哲学家爱尔维修、孔狄亚克的哲学思想,初步形成了他对社会和人的基本哲学观点,他的现实主义文艺思想也在这时开始形成。

1806年,斯丹达尔又重返军队,参加了共济会,并得到了战时专署中的一个职位。1812年,他再次随着拿破仑转战欧陆,9月14日到达莫斯科,他曾目睹莫斯科在大火中化为灰烬,亲身体验到军队从莫斯科的混乱溃退。他一生崇敬拿破仑,但对拿破仑也有微词。拿破仑最终的失败结束了斯丹达尔的军旅生涯,他拒绝了新政府的任职邀请。波旁王朝[1]复辟后,资产阶级革命派遭受镇压,封建王公贵族疯狂反扑。在这种严

1 波旁王朝(英语Bourbon,法语:Maison de Bourbon),是一个在欧洲历史上曾断断续续地统治纳瓦拉、法国、西班牙、那不勒斯与西西里、卢森堡等国和意大利若干公国的跨国王朝。波旁王朝在法国的统治于1589年开始。法国大革命爆发后查理十世在1830年七月革命中被推翻,1848年波旁王朝在法国的统治最终结束。波旁王朝在意大利的统治于1860年告终,在西班牙的统治于1936年被推翻,波旁王朝于1975年第三次复辟。

峻的形势下,斯丹达尔被迫离开了祖国,侨居意大利米兰开始写作。在米兰,他结识了佩利科、曼佐尼、拜伦勋爵以及其他一些重要人物,还直接参加了意大利浪漫主义文学运动。1821年,斯丹达尔同情并支持的烧炭党人起义失败,他被奥地利警察当作烧炭党的支持者和危险人物驱逐出境。回到巴黎后的斯丹达尔以文为生,拒绝担任任何公职,表示决不向复辟王朝妥协。这期间,他出版了《论爱情》(1822)、《拉辛与莎士比亚》(1823—1825)、《罗西尼传》(1824)、《罗马漫步》(1829)和他的第一部小说《阿尔芒丝》(1827)等作品。研究爱情心理的著作《论爱情》,高度肯定了"激情的爱";《拉辛与莎士比亚》则针对古典主义的清规戒律和泥古倾向,反复申明艺术必须适应时代潮流,必须表现人民的习惯和信仰的现实状况,被当作批判现实主义的第一篇美学宣言;第一部长篇小说《阿尔芒斯》,以贵族青年男女奥克塔夫和阿尔芒斯的爱情悲剧为情节线索,揭露了复辟时期贵族阶级的丑恶嘴脸,在艺术上初次显示了作者运用心理分析方法塑造人物性格的特长,为《红与黑》的创作奠定了基础。

1830年七月革命[1]后,为了生计,斯丹达尔接受了驻特里斯特大使的提名,但奥地利政府拒绝了他,他被另行派遣,只担任了驻教皇辖区一个海滨小城的法国领事。让他名垂文学史的《红与黑》在这时出版了,可是在当时却没能广泛激起人们的兴趣。1833年斯丹达尔在巴黎度假时结识了乔治·桑和阿尔弗雷德·德·缪塞。1835年1月,他被提名为"荣誉军团骑士"。1838年他出版了《旅人札记》。1839年他出版了《帕尔马修道院》,这是他最后发表的一部作品,同时也是第一部真正获得成功的作品,尽管他先前的作品已经在小范围内引起了重视。

1841年11月,斯丹达尔因中风请假回巴黎治病,第二年3月因第二次中风去世。他被葬在蒙马特公墓,人们遵嘱在他的墓碑上用拉丁文刻下了他生前拟定的碑文:"亨利·贝尔,米兰人,写作过,恋爱过,生活过。"

2 经典解析:《红与黑》

《红与黑》是法国著名作家斯丹达尔的代表作,是欧洲批判现实主义文学的奠基作。它是1986年法国《读书》杂志推荐的"个人理想藏书"之一,1999年入选"中国读者理想藏书"书目。

1　法国七月革命,是1830年欧洲的革命浪潮的序曲,因为波旁王室的专制统治令经历过法国大革命的法国人民难以忍受,以致法国人群起反抗当时法国国王查理十世的统治。此次革命的成功是维也纳会议后首次革命运动得以在欧洲成功,鼓励了1830年及1831年欧洲各地的革命运动。

小说主人公于连是木匠的儿子,年轻英俊,意志坚强,精明能干,从小就希望借助个人的努力与奋斗跻身上流社会。在他十八九岁时,仗着惊人的好记性把一本拉丁文《圣经》全背下来,这事轰动了全城。经老师西朗神父介绍,他被选作德·瑞那市长家的家庭教师。市长的年轻漂亮的妻子对像她丈夫那样庸俗粗鲁的男人打心底里感到厌恶,不久,当她看到文弱清秀的于连,就立刻对他产生了好感。于连也就顺势和市长夫人维持起了长期暧昧关系。天下没有不透风的墙,东窗事发后于连被迫离去。在西朗神父的推荐下,他进入省城贝尚松神学院学习,并得到院长彼拉神父的赏识,也因此而卷进了教派斗争。彼拉神父被迫辞职时,把于连介绍给了巴黎权贵德·拉莫尔侯爵当私人秘书。于连受到侯爵的赏识和重用,并参与了保王党头目的政治阴谋活动。他和侯爵的女儿玛蒂尔德恋爱了。玛蒂尔德怀孕后,侯爵被迫同意这桩婚事,给了于连一块地产并使他成为贵族,当上了中尉。正当他将飞黄腾达之际,德·瑞那夫人的揭发信使侯爵取消了婚约。于连在激忿之下枪伤德·瑞那夫人,最后被判死刑。

小说的故事梗概据悉采自1828年巴黎《法院公报》所登载的一个死刑案件,斯丹达尔在此基础上创作《红与黑》时,拿破仑领导的法国资产阶级大革命已经失败,他想用自己的笔去完成拿破仑未竟的事业,他要通过《红与黑》再现拿破仑的伟大,鞭挞复辟王朝的黑暗。在拿破仑帝国时代,"红"代表军队的旗帜、战功和行伍生涯,"黑"则代表教士的黑袍、教会和教会神职,两者都是有野心的法国青年发展的两条渠道。斯丹达尔想指出的是,从前在拿破仑帝国时代的年轻人,尤其是并非贵族出身的年轻人,可以参加革命的军队,凭着勇敢和手中的武器建功立业,出人头地,但时移境易,拿破仑失败了,封建王朝复辟了,贵族卷土重来,他们和教会互相勾结,平民青年没有任何出路,只能以教士职业为晋身之阶,当时的法国已变成一个钩心斗角、虚伪腐败、个性和魄力受到压抑的国度。《红与黑》的副标题"一八三〇年纪事"更是明白无误地指出,该书以小说的形式,通过于连与命运做艰苦奋斗的短短一生,从不同的角度,淋漓尽致地反映了复辟时期的阶级斗争。因此,小说虽以于连的爱情生活作为主线,但毕竟不是爱情小说,而是一部"政治小说"。

《红与黑》是法国批判现实主义的开山之作,在艺术上取得了很高的成就。斯丹达尔除了对社会的种种罪恶进行全面的批判,还善于从现实生活中选取典型材料,通过成功地塑造典型环境中的典型性格,尤其强调环境对人物的影响,反映了时代的本质特征。在小说中,作者选取了三个典型环境:弥漫着唯利是图气氛的维里埃小城、阴森可怖的贝桑松神学院、充满腐败与阴谋的政治中心巴黎。这三个环境由下而上,由外省到首都,构成了复辟时期法国社会生活的基本面貌。这样的典型环境,为于连性格的形成和发展提供了合理的依据。于连在这三个典型环境中个人奋斗的悲剧过程,既揭示了复辟时期大革命的深刻影响、资产阶级的咄咄逼人、平民的激烈反抗、贵族与教会的腐败统治等时代的本质特征,又说明了平民青年的个人奋斗在专制特权社会中必然失败的客观真理。

斯丹达尔创作艺术上的突出之点还在于重视对人物心理活动的揭示。他笔下的心理活动不是脱离现实生活的烦琐的渲染,而是人物性格在特定的环境和情势下一种必然的反应,而且又反过来投射到当时的生活场景中。人物活动与心理描写相结合是作者塑造典型形象的重要手段。斯丹达尔和同为现实主义大师的巴尔扎克不同,他着重刻画的不是客观环境,而是人物内心活动的细致和逼真,作者常常是三言两语就把人物行动、周围环境交代过去,而对其内心的活动则洋洋洒洒,不惜笔墨,爱情心理描写得更是丝丝入扣、动人心弦。例如,作者在于连得知德·瑞那夫人写揭发信到枪杀她这段情节上仅用了三页,而与玛蒂尔德的爱情却花了上百页的篇幅细致描写;在第十一章里,德·瑞那夫人堕入情网时的那种喜悦、痛苦、忏悔而又不甘放弃幸福的复杂心理的展现,也是令人啧啧称赞。

第三节　巴尔扎克

1 生平与创作

奥诺雷·德·巴尔扎克(1799—1850),19世纪法国最伟大的小说家。他耗时二十年创作完成的《人间喜剧》,是人类文艺殿堂不朽的瑰宝。雨果曾说:“在最伟大的人物当中,巴尔扎克属于头等的一个,在最优秀的人物当中,巴尔扎克是出类拔萃的一个……他所有的著作汇成了一本书,一本活生生的、光辉灿烂、意义深远的书,我们当代全部文明的来龙去脉、其发展及动态,都以令人惊骇的现实感呈现在我们面前。”

巴尔扎克的父亲贝尔纳·弗朗索瓦·巴尔扎克原本出身农家,曾跟从神父学习,并在家乡的公证事务所做过跑街。不久他离开贫困的家乡来到首都巴黎,靠着个人的奋斗在军队、政府等多个部门担任公职,逐步跻身于上流社会行列。巴尔扎克的母亲出身于富裕家庭,接受了严格的家庭教育,她遵从父母之命嫁给了比自己大三十二岁的贝尔纳·弗朗索瓦。巴尔扎克1799年5月20日出生在小城图尔,父母两人对子女都疏于关爱，巴尔扎克刚出生不久就被交给奶娘，一直到四岁才回到父母身边，自8岁起巴尔扎克又先后到寄宿学校、教会学校读书，与家人长期分离，过着极其严格的封闭生活。父母亲迥异的社会出身、不同的人生经历、奇怪的婚姻组合，巴尔扎克孤独的寄读生活，这些都在日后成为巴尔扎克创作的素材。他对自己的人生经历有这样的描述："我，一个刚刚出世的婴儿，能损伤谁的虚荣心呢？我生来身心有什么缺陷，母亲对我竟如此冷淡？难道我是义务的产儿？难道我的出生是一件意外的事？难道我这小生命构成我母亲的内疚？我被送到乡下哺养，足足三年家里无人过问。等我回到家中，家人视我若无，连仆役见此情景都心生怜悯。"（《幽谷百合》）

巴尔扎克中学毕业后听从父母的安排进入法科学校学习，同时他还到律师事务所和公证事务所实习，透过法律的运作他看到了普通人的一幕幕悲喜剧。除此以外，巴尔扎克还攻读"高级文学课程"，并热衷于哲学思考。此时，对青年巴尔扎卡克影响深远的人是若夫华·圣伊莱尔，作为一名博物学家，若夫华·圣伊莱尔提出了"机体的统一性"学说："大自然似乎把自己限制在一定的范围之内，并且按照同一模式来创造一切生物，他们原则上都是一样的，但又千变万化……"[1]巴尔扎克此时只是朦胧地了解这一学说，日后这一学说会给予他决定性的启发，促成其立志以一部书来描写世间的各色人等，正如《人间喜剧·前言》中所说："笔者就早已心悦诚服地接受了这个体系，发现就这方面来说，社会同自然界是相似的。社会不也是根据人类进行活动的不同环境，将人类划分成各种各样的人，就像动物学把动物划分成许许多多类别一样么？"[2]

1819年4月，巴尔扎克从法科学校毕业，他宣布拒绝父母对自己职业的安排，要当作家。全家决定给巴尔扎克两年的试验期。巴尔扎克住进了一个阁楼从事专业写作，虽然日子过得清苦，但他满腹都是文学构思和创作计划，充满抱负。"一个预感到有美好前途的人，当他在艰苦的人生大道上前进时，就像一个无辜的囚徒走向刑场，一点也不用羞愧。"（《驴皮记》）1820年，巴尔扎克创作完成了诗体悲剧《克伦威尔》，家人请来一名专家做评判，这位专家看了后表示："这位作者随便干什么都可以，就是不要搞文学。"巴尔扎克拒绝了专家的建议，仅仅表示"悲剧不是我之所长，如此而已"。[3]

巴尔扎克执意继续写作事业，他将重心投入到小说上来。从1818年到1828年，这一时期是他作为通俗小说作家的时期。他用各种化名写作了大量畅销小说，对于这些充满着恐怖、凶杀和鬼怪的小说，巴尔扎克后来一直拒绝承认，在给人的信中他写道：

1　安德烈·莫洛亚：《巴尔扎克传》，艾珉，俞芷倩译，人民文学出版社，1993年，第40页。

2　巴尔扎克：《人间喜剧·前言》，丁世中译，《巴尔扎克全集》第1卷，人民文学出版社，1984年，第3页。

3　洛尔·絮儿维尔：《从巴尔扎克的通信看他的生活和作品》，转引自《巴尔扎克传》（同注1），第66页。

“我希望靠这些小说致富。多么堕落！为什么我没有1500法郎的年金,使我能够体面地工作!”[1]为了摆脱经济和内心的双重窘境,巴尔扎克从1825年开始弃文经商,先后尝试过出版名人文集,开办印刷所、铸字厂,不过每一次他都以失败告终,几近破产。从商四年,他领略了新闻界和出版界的人情冷暖,对商人阶层有了真正的了解。等他重新回到文学,这些都是他日后小说中最为重要的题材。

1829年,长篇历史小说《舒昂党人》成为第一部以“巴尔扎克”署名发表的作品,这部小说揭开了《人间喜剧》的序幕,巴尔扎克由此获得了文坛的关注。

作为严肃作家的巴尔扎克,其创作生涯可分为三个阶段。

1829至1834年是第一阶段。此阶段以中短篇小说为主,代表作为《欧也妮·葛朗台》(1833)。《欧也妮·葛朗台》描写了守财奴葛朗台的家庭生活,借着他的贪婪与吝啬,揭露因追逐金钱而造成的泯灭人性、家庭破裂等悲剧。小说最大的成功之处在于塑造了老葛朗台这一著名的吝啬鬼形象。“人生就是一场交易”是其信条,他相信一切都需要金钱来衡量,为了节省开支,家里每天定量分发蜡烛,整年不买蔬菜和肉,楼梯坏了也不修理;他还把这种观念延伸到亲情中,弟弟破产他置之不理,不帮助侄儿;更为可悲的是,他的吝啬间接导致了妻子的死亡,女儿欧也妮的终身大事还成为牟利的手段,他牺牲了孩子一生的幸福。正如巴尔扎克所言的“每个省份都有自己的葛朗台”,[2]老葛朗台是处于上升时期的资产阶级财富积累的缩影,围绕他而发生的故事则是人性弱点在特定时代背景下被放大后的真实投影。

1835至1841年是第二阶段。此期间巴尔扎克的创作以中长篇小说为主,他接连发表了十六部长篇、十部中篇和八个短篇,并且他开始有了创作一整套巨著的计划。“我工作很多。我的计划庞大。我企图用一切生活细节和一切社会阶层来概括现代风俗的全部历史。共计40卷。它将像布封为全法兰西所作的那副宏伟的风俗画。”《高老头》是巴尔扎克第二阶段的开篇之作,同时它还是作家为计划中的文学大厦打下的根基。《高老头》以大学生拉斯蒂涅入世之初的经历为线索,展示了一个令人眼花缭乱的巴黎社会。这位年轻人是来自外省的小贵族子弟,在巴黎他从鲍赛昂子爵夫人、野心家伏脱冷、资产者高老头等不同社会阶层人士的言谈身教中认清了“金钱万能”的社会定律,终于使这位外省青年丧失了天真、正直和良心,在最后说出“现在咱俩来拼一拼吧!”的名言,投入社会的罪恶深渊,踏上了野心家的道路。小说最为精彩之处是通

1　丽列叶娃:《巴尔扎克年谱》,王梁之译,作家出版社,1962年,第9页。

2　巴尔扎克:《欧也妮·葛朗台》初版跋,《巴尔扎克全集》第24卷,人民文学出版社,1991年,第248页。

过高老头与两个女儿的关系淋漓尽致地展现了金钱对亲情人伦的腐蚀。高老头中年丧妻,把所有的爱都倾注在两个女儿身上,提供给她们良好的教育、巨额的陪嫁。但他与两个女儿的关系,乃至两个女儿婚姻的维系,都是以金钱为基础的。当他的钱袋被榨干,女儿、女婿都抛弃了他,连他的葬礼都没来参加。巴尔扎克通过高老头的命运揭示了旧传统在社会巨变时的土崩瓦解,传达了作者对新的社会伦理的悲观认识。《幻灭》是本阶段继《高老头》之后的又一力作,作品对当时新闻出版界的揭露引起了舆论界的强烈反弹,巴尔扎克和媒体人的笔战延续了好几年,以后他所有的作品都遭到来自报刊评论的恶意中伤。

1841年,巴尔扎克同一伙出版商签订了一项合同,即在"人间喜剧"的标题下出版其著作。巴尔扎克将《人间喜剧》划分为三个部分:"风俗研究""哲理研究"和"分析研究"。"风俗研究"是描绘法国当代的社会风貌,"哲理研究"是探讨社会现象产生的原因,寻找出隐藏在众多的人物、激情和事件背后的意义;"分析研究"则是从人类的自然法则出发来分析这一切因果的本质和根源。在这三者中,"风俗研究"成就最为显著,巴尔扎克将其又细分为"私人生活""外省生活""巴黎生活""政治生活""军事生活"和"乡村生活"等六个场景。《人间喜剧》的大部分小说都集中在前三个场景中。除了"分类整理",巴尔扎克还采用了"人物再现"的方法,将《人间喜剧》捏合成整体。"人物再现"就是同一个人物在不同的作品中分别出现,每一次的出现都展示他性格的一个侧面,或者他成长后的某一个阶段。最后,不同的作品贯穿起来,就构成了人物的发展轨迹。

从1843年开始,直到1848年,是巴尔扎克创作的第三阶段。这一阶段他一面修订旧作,一面不断地补充新作。《人间喜剧》以每年三到四卷的速度出版,1846年秋到1847年他发表了《贝姨》和《邦斯舅舅》,至此,《人间喜剧》于1848年正式完成。七月王朝的现实生活是此阶段作家笔下描写的主要对象。《农民》是本阶段的重要成果,巴尔扎克称"本书是我决心要写的作品中最艰巨的一部"。[1]本书虽然是一部未竟之作,但巴尔扎克深刻地揭示了法国大革命后农村错综复杂的阶层关系,准确地刻画了农民、资产阶级、贵族三者之间的矛盾纠葛,描绘了庄园经济的解体过程。

1848年底巴尔扎克远赴乌克兰,两年后终与相恋多年的韩斯卡夫人结婚,婚后他们回到巴黎,但作家的身体状况日渐恶化,于1850年8月19日谢世。

1　巴尔扎克:《农民》,《巴尔扎克全集》第18卷,人民文学出版社,1990年,第4页。

2 经典解析:《幻灭》

《幻灭》是作家历时八年创作完成的“三部曲”小说,第一部曾以《幻灭》为题于1837年出版,第二部《外省大人物在巴黎》出版于1839年,第三部《夏娃与大卫》于1843年出版。同年,三部小说合为一体,第一部的书名改为《两个诗人》,第三部的书名改为《发明家的苦难》,三部小说以《幻灭》为总题出版。巴尔扎克在1843年给韩斯卡夫人的信中认为,《幻灭》是“我的作品中居首位的著作”,因为这部小说“充分表现了我们的时代”。《幻灭》是巴尔扎克文学创作成熟后的作品,在《人间喜剧》总目里它被列入“风俗研究”中的“外省生活场景”,《幻灭》的书名正体现了巴尔扎克创作的特征。在某种意义上,它可以说是巴尔扎克全部作品的内蕴所在。

法国大革命后,随着贵族制度的逐渐瓦解,等级观念开始削弱,社会流动开始变得可能。对于出身底层的青年人来说,凭借个人才能在社会上寻求发迹,成为当时普遍的想法。巴黎,更是对外省青年具有无法抗拒的吸引力,正如他的论说,“巴黎犹如一座具有魔力的城堡,一切外省青年都准备向它发动攻击。”但,竞争者是如此之多,能爬上显赫地位的少之又少,在其中必然产生一出出理想破灭的悲剧。“幻灭”成为当时法国社会的主流思想情绪,而从1823年狄德罗的《拉摩的侄儿》,到1830年斯丹达尔的《红与黑》,再到1836年缪塞的《一个世纪儿的忏悔》,它成了当时文学的一个基本主题。巴尔扎克的《幻灭》是这类作品中选材最典型、描写最集中、反映社会面最广阔和解释社会残酷性最为深刻的一部作品。

《幻灭》的中心内容,是两个有才能、有抱负的青年理想破灭的故事。主人公吕西安是个具有动摇性格的知识青年的悲剧典型。他的母亲出身贵族,大革命期间在全家人都被送上断头台的时候,因为军医沙乐东谎报怀孕而获救。两人结婚后生下了一子吕西安,一女夏娃。吕西安是贵族与平民结合的产物,他可说是时代的象征。用作品中的话讲,他“极其浮夸、莽撞、勇敢、爱冒险,专会夸大好事,缩小坏事;只要有利可图就不怕罪过,能毫不介意地利用邪恶作为进身之阶。这些野心家的气质那时受着两样东西的抑制:现实青春时期的美丽的幻想,其次是那股热诚,使一般向往功名的人先采用高尚的手段。”[1]可见他的悲剧是有个人原因的,但其中更有深刻的社会原因。对于这个意志脆弱又有勃勃雄心的青年来说,最危险的是社会上的卑鄙的榜样,他性格中最薄弱的地方就是经不起丑恶的引诱。吕西安一生从幻想到破灭的悲剧史,就是从受到诱惑,经盲目追求,到一败涂地的堕落史。他走过了一条三起三落、步步深陷的人生

1　巴尔扎克:《巴尔扎克全集》第9卷,人民文学出版社,1987年,第28页。

道路。每一阶段都出现了一个引诱性的“指导教师”:巴日东太太把他领到巴黎的边缘,卢斯托把他拉进新闻界的陷阱,伏脱冷则把他推入彻底毁灭的深渊。

与之形成对照的是印刷厂主大卫·赛夏,他是夏娃的丈夫,吕西安的妹夫。他正直宽厚,淳朴善良,他“既不理会王政复辟以后宗教对政府的影响,也不理会自由党的势力,在政治和宗教问题上采取了最要不得的中立。在他的时代,外省的生意人必须态度鲜明才有主顾,在自由党和保王党的客户之间只能挑选一个。大卫受着爱情牵缠,一心想着科学,又是天性高尚,不会像真正的生意人那样唯利是图。”[1]他全副精力从事科学发明,想挣起一份家业支持吕西安的文学事业,为妻子谋幸福。在作品中他是一个正面形象,他不缺恒心和毅力,但在父亲剥削他,学徒欺骗他,同行暗算他的严酷环境下,最后他的科学梦破碎了。

《幻灭》三部曲集中反映了作家最主要的生活经历和深刻的思想感受。书中主人公的遭遇,巴尔扎克都经历过。吕西安在文坛、新闻界亲身感受到的一切,从外省到巴黎,从巴黎到外省,最后又从外省到巴黎的颠沛流浪,这都是巴尔扎克自己的作家生涯成长的真实写照;而在大卫·赛夏的故事里,他融入了自己办印刷所、铸字厂,研究造纸技术和受债务压迫的惨痛经历。同时,《幻灭》还是一部广阔的社会风情画。巴尔扎克曾经讲过:“(外省生活场景)表现充满激情、盘算、利欲及野心的岁月。其后,‘巴黎生活场景’展现出癖好、恶习和各种放纵无度的现象,各国大都会独特的风俗诱发了这一切,至善与极恶便是在那里交织在一起……巴黎与外省,这种社会的反衬对比提供着无比丰富的创作源泉。不仅人物,而且生活里的主要事件也都有典型的表现。有一些情景人人都经历过,有一些发展阶段十分典型,正好体现了我全力追求的那种准确性。”[2]小说展示了从外省到巴黎的社会全貌,描绘出王政复辟时期种种最富特征意义的现象:掌权的贵族与富有的资产阶级的对立;自由党与保王党的政坛争斗;工商业的内部竞争倾轧;新闻界的颠倒是非、卑鄙下流。《幻灭》将社会的阴暗、人性的沉沦描绘得淋漓尽致。

《幻灭》体现了作家最终的艺术追求,正如令巴尔扎克感到自豪的宣言:“这部作品是‘风俗研究’中迄今为止规模最宏大的,其训诫及寓意从作品的整体中显示出来。只有遵循其形式将整部作品读完,才能对它做出完好的评价。”[3]

---

1 巴尔扎克:《巴尔扎克全集》第9卷,人民文学出版社,1987年,第19—20页。

2 巴尔扎克:《巴尔扎克全集》第1卷,人民文学出版社,1984年,第19页。

3 巴尔扎克:《巴尔扎克全集》第24卷,人民文学出版社,1991年,第435页。

第四节　果戈理

1 生平与创作

尼古莱·瓦西里耶维奇·果戈理·亚诺夫斯基(1809—1852),笔名果戈理。他是俄国批判现实主义作家的代表。他善于描绘生活,将现实和幻想结合,对俄国农奴制度进行了具有幽默性的讽刺。果戈理对俄国小说艺术发展的贡献尤其显著,车尔尼雪夫斯基在《俄国文学果戈理时期概观》中称他为"俄国散文之父"。屠格涅夫、冈察洛夫、谢德林、陀思妥耶夫斯基等杰出作家都受到了果戈理创作的重要影响,他们共同开创了俄国文学的新时期。果戈理最著名的作品是《死魂灵》(或译:《死灵魂》)。

果戈理出生和成长于乌克兰波尔塔瓦,那里当时为沙皇俄国的辖地,故读者一般将其称为俄罗斯作家。果戈理的父亲是当地的乡绅地主,喜欢创作和表演民间喜剧,启发了果戈理最初的文学爱好。他的母亲是一名虔诚的东正教徒,这对后来果戈理对东正教的狂热起到了一定的影响。

果戈理从小喜爱乌克兰的民谣、传说和民间戏剧。中学时期他已经博览群书,并积极参加学校的剧团演出,他也开始尝试写作一些剧本。

1828年,果戈理中学毕业后前往彼得堡,当起了一名小职员,生活清苦。在此期间,他发表了他的处女作田园诗《汉斯·丘赫尔加坚》(长诗),但并未得到赏识。他很快意识到诗歌创作并非他的强项,于是转向了小说和喜剧。1830年,他以"果戈理"为笔名发表了小说《圣约翰节前夜》,这部小说得到了诗人瓦西里·茹科夫斯基的赞赏,并与之成了莫逆之交。直到1831年9月,短篇小说《狄康卡近乡夜话》发表,果戈理的创作才受到好评,该作品也成为他的成名作。从此,俄国文学进入果戈理时期。《狄康卡近乡夜话》共有八篇,分为两卷。该作品反映了乌克兰的传统风俗,具有浓郁的地方色彩,把幻想和现实融为一体,反映了底层人民的信仰以及他们的精神性格,同时也谴责了乡村封建势力和金钱势力对人民的压迫,嘲弄了魔鬼、妖精和巫师。作品充满了乐观和幽默的气息,但也不乏神秘色彩。小说描写细腻,语言是现实主义的,但其中的理想又是浪漫主义的,两种风格得以结合,极富生命活力。

1834年,果戈理进入圣彼得堡大学,当上副教授,教授历史。1835年春季,他出版了喜剧剧本《三等弗拉基米尔勋章》和《婚事》,并开始迷恋喜剧创作。同年,他出版了两部短篇小说集:《彼得堡故事》和《密尔格拉得》。《彼得堡故事》是果戈理根据自己在彼得堡生活的见闻和感受写成的短篇小说集,由《涅瓦大街》《鼻子》《肖像》《外套》《狂人日记》《马车》《罗马》构成。《涅瓦大街》通过两个年轻人的"美丑对照"暴露了贵族社会和官僚阶层庸俗丑恶的生活;《肖像》讲述了上流社会的生活和金钱势力如何毁灭画家的才能;《鼻子》讽刺了俄国官吏虚荣贪财和奴性。集子中以描写"小人物"命运的《狂人日记》和《外套》最为著名。社会的不公、等级的森严、底层人物可笑又可悲的荒诞生活都出现在了果戈理的笔下。《狂人日记》写的是一个小官吏被官僚等级制度残酷迫害,直到发狂的故事。《外套》描写一个小官吏用毕生抄写文书的钱好不容易才攒够钱买了一件外套,可后来外套保不住,而且他悲惨地死去的故事。《密尔格拉得》里面有《旧式地主》《塔拉斯·布尔巴》《两个伊凡吵架的故事》等优秀的中短篇小说,揭露了宗法制庄园地主生活的空虚无聊、庸俗腐朽,笔调幽默。这些作品的发表,标志着果戈理的创作渐入佳境,已经进入现实主义阶段。这些作品给他带来了很大的声誉,他本人也被称为继普希金之后的"文坛盟主"和"诗人的魁首"。

这个时期,果戈理认识了普希金,两人成了好朋友。果戈理的创作受普希金的影响很大,普希金也给他提供了很多的创作素材。1836年,根据普希金提供的一则荒诞见闻,果戈理在两个月内创作出了五幕喜剧《钦差大臣》。

《钦差大臣》是果戈理的代表作,它标志着俄国现实主义戏剧创作成熟阶段的开始,也是果戈理创作中的一个转折点,从此,果戈理找到了运用讽刺和嘲笑进行现实主义创作的方向。赫尔岑高度评价了《钦差大臣》这部惊世之作,称它是"最完备的俄国官吏病理解剖学教程"。聂米罗维奇·丹钦科则说:"《钦差大臣》你们无论看过多少遍,尽管你们已有所准备,可还是要被它的结尾深深地吸引,被它惊人的美、感染力,非同凡响的、完全出人意料的形式以及充满灵感的舞台意图所吸引。"该故事发生在俄国一个偏僻的小城里,以市长为首的一群官吏,个个老奸巨猾,长于官场的世故。一天城中人听说钦差大臣要来察访,全都一片惊慌失措,竟把一个过路的彼得堡14品文官赫列斯塔科夫误认为是钦差大臣。这个骗子也乐得其所,以讹诈讹。大家共同演绎了一场官场丑剧。1836年4月,著名喜剧《钦差大臣》在彼得堡亚历山德拉剧院上演,轰动了整个首都。该剧逼真地反映了俄国专制社会的种种弊端和黑暗,从而深刻地揭露了官僚阶级的丑恶和腐朽。同年,《钦差大臣》出版了单行本。这些引起了政府和许多御用文人的攻讦,为此,1836年6月,果戈理离开俄国,出国游历。

在国外,他一边养病,一边从事早在1835年就已开始的《死魂灵》的创作。果戈理在意大利和德国生活了近5年时间,直到1841年9月携带《死魂灵》的手稿回到俄国。

这是一部卷帙浩繁、人物众多的鸿篇巨制,通过对形形色色的官僚、地主群像的真切生动的描绘有力地揭露了俄国专制统治和农奴制度的吃人本质,极大地震撼了整个俄罗斯。这本书稿的面世受到了层层阻挠,通过别林斯基的帮助才得以通过审查。《死魂灵》的第一部终于在1842年问世,引起了比《钦差大臣》更大的轰动。这部小说被公认为"自然派"的奠基石,是"俄国文学史上无与伦比的作品"。赫尔岑曾回忆说:"该小说的出版震动了整个俄国。"

在经历了贫困、远离祖国和受到大量的批评之后,果戈理的创作思想发生了巨大的变化。一方面,他开始反思自己的创作,觉得好的作品"应该指出通向崇高和美的途径",他对自己的作品缺乏建设性感到不满。后来,他渴望重建读者和社会大众的心灵,并于1947年出版了他晚年的重要作品《与友人书简选》,书中他和读者分享了自己的心路历程、他的矛盾、他的忧郁。但是,该作品的发表让果戈理的境遇更糟了,可谓是四面楚歌。另一方面,他出现了严重的抑郁,并沉溺于东正教的迷信中。他开始与轰轰烈烈的社会变革保持距离,希望通过宗教信仰来拯救自己的灵魂。对于过去的创作,他自己公开忏悔,表达他的罪恶感,特别是对于《死魂灵》,他认为在写作该作品时自己犯了很多错误。非常遗憾的是,果戈理听从了一个神父的旨意焚烧了《死魂灵》第二卷的手稿,让世人再无缘看到那些伟大文字的原貌。最终,果戈理在精神和身体的亏损下,于1852年3月4日溘然长逝,年仅43岁。

2 经典解析:《死魂灵》

长篇小说《死魂灵》是果戈理创作中最优秀的作品。作家本来计划创作三部,由于后期创作力的衰退和思想局限,他创作的第二部于1852年被他自己焚烧,第三部未及动笔。完成并且流传下来的只有第一部及第二部的残稿。

俄语中的"魂灵"有多种意义,如精神、心眼、灵魂、农奴、本质、人口等。此处按宗教用语是"灵魂",按实际生活是"农奴",所以标题具有双重含义。所谓"死魂灵",是指那些实际已经死亡,而在登记册上未注销的农奴。小说描写一个投机钻营的骗子——假装成六等文官的乞乞科夫买卖死魂灵的故事。乞乞科夫来到某市先用一个多星期的时间打通了上至省长下至建筑技师的大小官员的关系,而后去市郊向地主们收买已经死去但尚未注销户口的农奴,准备把他们当作活的农奴抵押给监管委员会,骗取大笔押金。他走访了一个又一个地主,经过激烈的讨价还价,买到一大批死魂灵。乞乞科夫最先到马尼洛夫家,头一次提起买死农奴,还有些不好意思。马尼洛夫听了也很惊讶,甚至把烟袋掉到地上,不过,他最关心的是这种生意合不合法。地主婆柯罗博奇卡也明白乞乞科夫的想法,甚至问他是否要把这些死人从地里挖出来,让别人以为他们还可以干庄稼活。在诺兹德廖夫家里,乞乞科夫一提到要买死农奴,诺兹德廖夫便猜到其中必有奥妙。乞乞科夫不愿意向他吐露真情,他当然不肯卖。索巴凯维奇听说乞乞科夫要买死农奴,认为一定是有利可图的,便极力地抬高价钱。泼留希金由于死的和逃跑的农奴太多,便把死农奴白送给乞乞科夫,只是卖逃跑的农奴赚得几个钱。所以,在五次交易中,地主们对于买卖死农奴似乎都心知肚明,不觉奇怪。在当他高高兴兴地凭着早已打通的关系迅速办好了法定的买卖手续后,其罪恶的勾当被人揭穿,检察官竟被谣传吓死,乞乞科夫只好匆忙逃走。果戈理写作本书的目的,是表达自己对现状的不满,从而探讨民族复活的道路。所以,死魂灵可以理解为死去的农奴,也隐喻了这些死气沉沉的地主们,他们虽然存在着,但对于历史、对于民族发展已起不到任何积极的作用,与死人无异。

《死魂灵》以其深刻的思想内容和完美的艺术形式而著称。其表现在艺术上的突出成就是"含泪的讽刺":作家在作品中所注入的各种讽刺方式,有辛辣嘲讽,有鲜明对照,有严厉针砭,有自我暴露,有不露声色的责备等,但果戈理恨中带着爱,希望以此振兴邦人。可见,果戈理作品中讽刺艺术引起的"含泪的笑"是悲剧与喜剧的结合,这种笑也是一种惩罚、一种警告,是为了使笑的人发觉,从而克服自己品质或性格上的可笑之处。别林斯基说:"果戈理的小说,当你读的时候是可笑的,当你读完之后是悲哀的。"[1]笑声和眼泪的交集,悲剧与喜剧的结合,使果戈理更深入地揭示出了生活的矛盾和复杂性,从而显示出生活的全部现实性和真实性。果戈理的讽刺,源于他对生活的认真观察,所以他的讽刺常常于琐碎的细节中反映出来。他常常善于从形象、行为、语言、心理全方位地表现人物,但言行不一的对比反差,带给读者的是一种可笑、可鄙、可惜、可怜相混合的复杂感情,其讽刺的笔锋不仅指向某个人,而且直指黑暗的社会及农奴制度。

作品的叙事非常流畅,绝不枝枝蔓蔓,这是果戈理叙事作品中的另一个显著艺术特点。《死魂灵》全书共十一章,从结构上看,作者将叙事的内容做了精心的布局,给人以自然和谐的印象。第一章是开场白,概括地介绍了当时社会生活的一般情况,城里的官僚和乡村的地主,除泼留希金外皆悉数登场。第二章到第六章写五个地主。第七章至第十章着重写城里的官僚。最后一章写乞乞科夫的性格发展史。全书以乞乞科

1 别林斯基:《别林斯基选集》(第一卷),满涛译,上海译文出版社,1979年。

夫的活动为主线,是非常典型的流浪汉小说结构,通过他一个人去反映广阔的社会生活,线索清晰、舒缓自然。伴随着乞乞科夫的马车在大道上奔驰,果戈理的抒情多次出现:“俄国啊,你不也在飞跑吗? 你奔到哪里去,给我一个回答吧!”“俄罗斯! 你究竟飞到哪里去?”这样的语句不仅有效地、结构性地勾连了全篇的内容,并且表达了作者对祖国、对人民的强烈感情以及对命运的悲叹。《死魂灵》同果戈理的很多文学作品一样,大都是围绕着故事而展开的。但是,他故事的编排与发展却是荒诞不经的。在这种荒诞不经的故事中,作者安排了一些“突转”和“意外”的结局与过程,让读者在这样不可思议的故事情节中去感受俄国社会与俄国专制制度的残酷性。果戈理是一个信仰宗教的作家,因此他的宗教意识在本作品中也得到了体现。本来《死魂灵》计划要写作三部,他是以“地狱—炼狱—天堂”的结构来构思自己的作品的,可惜他只完成并保留了第一部,只写出了地狱中的背负罪孽的灵魂。

该作品叙事的重心是塑造了一个个形象鲜明的人物,犹如走入了一个人物画廊。小说的中心人物是乞乞科夫,他是俄国资本主义原始积累时期从小地主、小官吏过渡到新兴资产者的典型。他的出身使得他精通地主官僚社会的“人情世故”,他交朋友的原则是找有钱有势的人做朋友,并且认为要积极地讨好上司和老师。他非常重视金钱,他觉得金钱万能,钱才是最可靠的。他所做的“死魂灵”交易,充分暴露了他作为地主贵族剥削、寄生、欺压人的本性,同时,也体现了他资产阶级的那种投机钻营、唯利是图、奸猾狡诈的特点。除了乞乞科夫本人,他所遇到的形形色色的地主也被刻画得十分精彩,入木三分。泼留希金是小说中塑造得最成功的典型之一,他体现了俄国农奴制度衰败的诸多特征。泼留希金十分富有,钱粮堆积如山,但他舍不得消费,而且吝啬成性。他家里的任何东西都不舍得扔掉,哪怕是坏掉烂掉不可用的,发霉长虫不能吃的,他统统留着。另外还有看起来彬彬有礼、善良又令人愉快的马尼洛夫,实际上却是空虚无聊、无所事事。还有愚昧迟钝、因循守旧、目光短浅的女地主柯罗博奇卡,放荡鲁莽、嗜赌如命的诺兹德廖夫,厌恶文明、没有道德良心观念且实际功利的索巴凯维奇。果戈理通过精彩到位的肖像刻画,细节的微妙展现,语言的形象描述,情节性的行动捕捉,使故事中的这些人物形象的辨识度和记忆度极高,成了世界文学史上的突出典型。

和以往的作品类似,果戈理延续了他重构内心世界与外在世界的文学手法,将其生命关怀和灵魂关怀的独特理念写进了小说中,展现了俄罗斯宗法社会的民族性庸俗和集体性荒谬,创造了一种独特的文学审美形态——怪诞现实主义。

《死魂灵》的发表震撼了整个俄国,全面地讽刺揭露了19世纪俄国城乡落后腐败的现实,大胆地揭露了专制农奴制这个俄国社会的痼疾,刻画了形形色色没落腐朽的地主、官僚和新生的投机商人的丑恶形象,深刻地挖掘了现实生活中普遍存在的荒诞性。《死魂灵》是俄国批判现实主义文学发展的基石,也是果戈理的现实主义创作发展的顶峰。别林斯基高度赞扬它是"俄国文坛上划时代的巨著",是一部"高出于俄国文学过去以及现在所有作品之上的","既是民族的,同时又是高度艺术性的作品。"一百多年过去了,如今《死魂灵》已被译成各种文字,为世人所传诵,我们在品味这部经典之作的时候,除了解读当时的时代意义之外,也应对其中的人物性格、精彩情节、人物命运进行现实反思,以对我们今天的生活有所启示。

第五节　陀思妥耶夫斯基

1 生平与创作

费奥多尔·米哈伊洛维奇·陀思妥耶夫斯基(1821—1881),19世纪俄罗斯文学"黄金时代"里最为杰出的作家之一。他在晚年的笔记中对自己的创作做了最好的总结:"人们称我为心理学家,这不对,我只是最高意义上的现实主义者,即描绘人的灵魂的全部深度。"[1]

陀思妥耶夫斯基出身于莫斯科贫民医院的一个医生家庭。父亲曾做过军医,性情古怪,专横冷酷,母亲则温柔和蔼,受过良好的教育,是东正教的忠实信徒。在母亲的影响下,陀思妥耶夫斯基自幼喜爱文学。不过在父亲的强制要求下,1838年陀思妥耶夫斯基被送至彼得堡军事工程学校学习,但他并没有放弃自己的理想,在给兄长的信中他表示:"我只有一个目标:自由。为了它我可以牺牲一切。"他还写道:"人是一个秘密,要识破它,如果我一生都在猜度这个秘密,那你也别说浪费时间。我正在研究这个秘密,因为我也要成为一个人。"[2]为此,他继续大量阅读普希金、果戈理、巴尔扎克、狄更斯等人的作品,积极参与同文学相关的活动。1843年他毕业后到彼得堡工程军兵

1　陀思妥耶夫斯基1880年12月笔记,转引自彭克巽:《陀思妥耶夫斯基的创作美学》,《国外文学》,2001年第3期,第53页。

2　陀思妥耶夫斯基:《陀思妥耶夫斯基选集·书信选》,冯增义,徐振亚译,人民文学出版社,1993年,第9页。

团服役,第二年就退役,专心致志于文学事业[1]。

1845年,陀思妥耶夫斯基的成名作《穷人》完成后,批评家别林斯基赞叹道:“只有天才,才能在二十五岁的年纪写出这样的作品。”[2]小说男主人公是低级公务员杰符什金,他年过五十,一贫如洗,从来没有感受过爱情的滋味,女主人公则是父母双亡、寄人篱下的孤女瓦尔瓦拉,两人在彼此关照中互生爱恋,但最终贫穷的杰符什金没有办法帮助瓦尔瓦拉,后者违心地嫁给了地主贝科夫。《穷人》一方面继承了由普希金、果戈理开创的“小人物”传统,真实地描述了社会底层人的辛酸生活,以至于看过该小说后诗人涅克拉索夫惊呼:“新的果戈理出现了!”但相比于前辈,陀思妥耶夫斯基采用了书信体的形式,使作品能深入地刻画人物隐微的内心情感,而杰符什金、瓦尔瓦拉逆来顺受中间闪耀的人性光芒,更传达了作者对底层人尊严与权利的重视。从这个意义上讲,这部小说奠定了作家一生创作的主题和人物形象。《穷人》之后,陀思妥耶夫斯基相继发表了《化身》《九封信的故事》《普罗哈尔钦先生》《女房东》《白夜》等,作家在题材、形式等方面进行了多种尝试,不过除了《白夜》以外,这些作品都没有达到《穷人》的高度,在读者圈和批评界反应不佳。伴随着思想分歧的加大,陀思妥耶夫斯基更与其文学领路人别林斯基彻底决裂。

以“彼得拉舍夫斯基案发”为标志,陀思妥耶夫斯基的人生发生了悲剧性的逆转。1846年,陀思妥耶夫斯基结识了空想社会主义者米·尼·彼得拉舍夫斯基,并开始参加后者组织的“星期五聚会”。1849年4月23日,他和其他34名小组成员一并被捕,其主要罪名是在小组集会上宣读别林斯基致果戈理,提倡“废除农奴制、废除肉刑”的信件。12月他们被集体判处死刑,22日被押赴刑场处以死刑,直到临刑前的最后一刻才宣布免除死刑,陀思妥耶夫斯基被判至西伯利亚“服苦役四年,尔后充当列兵”。死与生之间的骤然转化,促成了作家的改变,他一方面在给兄长的信中表示要继续写作,“确实,如果不能写作,那么我必然死亡”;但他也表示要放弃年轻时的信仰和理想,“各种希望在这一瞬间已被从我内心挖出埋掉了”。[3]从1850年到1859年,陀思妥耶夫斯基在西伯利亚被流放了近十年,在此期间他没有任何的自由,遭受着肉体的折磨与心灵的摧

1　1837年,陀思妥耶夫斯基的母亲过世,1839年他的父亲过世。在听闻父亲过世的消息后,陀思妥耶夫斯基的癫痫病第一次发作。他从39岁开始记录该病的发作记录,至五十九岁过世为止,一共有102次之多。陀思妥耶夫斯基以积极的心态面对这一疾病,正如他给兄长的信中所言:“以往我每次经历这种精神紊乱时,我都会把它用在写作上;在那种状态下我会比往常写得更多,也会写得更好。”癫痫病成了陀思妥耶夫斯基作品的隐含因素,以《白痴》中的梅什金伯爵、《卡拉马佐夫兄弟》中的斯麦尔佳科夫两位为代表。

2　涅克拉索夫:《铁石心肠》,转引自格罗斯曼著,王健夫译:《陀思妥耶夫斯基传》,外国文学出版社,1987年,第77页。

3　陀思妥耶夫斯基:《陀思妥耶夫斯基选集·书信选》,冯增义,徐振亚译,人民文学出版社,1993年,第47页。

残,与此同时,他在与罪犯、狱卒、监狱官吏、贵族等的接触中对俄罗斯社会有了更深刻的认识,看到了阶级制度下底层人民的艰难与隐忍,他个人逐步回归并加强了东正教信仰。流放生涯对作家的重要性正如萨库林所言:“陀思妥耶夫斯基全部成熟的作品都溯源于苦役和流放的岁月。”[1]

1859年,陀思妥耶夫斯基获准以少尉军衔退役,并恢复了发表作品的权利,年底又被批准移居彼得堡。重返彼得堡,意味着作家艺术生命的复苏。当时的俄国正处于社会改革的前夕,西欧派提倡走资本主义道路,斯拉夫派则主张俄国社会的特殊性,强调宗法制。陀思妥耶夫斯基和兄长一起先后创办了《时代》(1861—1863)和《时世》(1864—1865)两份杂志,在该杂志上他提出了“土壤论”的观点。“土壤论”的主要思想是:人民是历史的“根基”,有教养的上层阶级应当在宗教伦理的基础上与人民相结合。与这种政治上的中间立场相适应,艺术上他既反对纯艺术论,也反对功利主义艺术。[2]此时是陀思妥耶夫斯基创作的第二阶段,代表作品包括《舅舅的梦》《斯捷潘奇沃的人们》《死屋手记》《被侮辱与被损害的》,其中《死屋手记》无论是艺术成就还是思想都是杰出代表[3]。

《死屋手记》是作家根据自己在鄂木斯克监狱的生活经历所写的带有自传性质的特写式长篇小说。小说以囚犯亚历山大·彼得罗维奇为故事主人公,采用第一人称叙事,描绘了他服刑期间所遇到的形形色色的囚犯:思想纯洁、可爱可亲的鞑靼人阿列伊,宁静开朗而又疾恶如仇的列兹金人努拉,贪得无厌的犹太人伊赛·福米奇,多次作案的杀人犯彼得罗夫,野蛮卑鄙、道德败坏的告密贵族A·夫,被诬陷弑父的贵族、政治犯米·茨基等等。作者通过对他们的描绘表现了人内心世界的复杂性,一方面“刽子手的特性存在于每一个现代人的胚胎之中”;另一方面“在强盗中间可以看到存在着深沉的、坚强的、美好的人”。

1867年陀思妥耶夫斯基与女速记员安娜·格里戈里耶芙娜·斯尼特金娜结婚,后者细心地为他打理一切,自此陀思妥耶夫斯基进入了创作生涯的高峰期。这一时期他的创作以长篇小说为主,这些小说可称为“社会哲理小说”,主人公都明显地具有思想者气质,在小说中他们常常追问人类存在的本质问题或者生活中的道德伦理问题,不

1 转引自陈燊:《陀思妥耶夫斯基全集·总序》,《陀思妥耶夫斯基全集》第1卷,河北教育出版社,2011年,第7页。

2 陈燊:《陀思妥耶夫斯基全集·总序》,河北教育出版社,2011年,第9—10页。

3 “陀思妥耶夫斯基是唯一一个我从他那里可以学到些什么的心理学家:他属于我生命中最美妙的幸运,甚至超过发现斯丹达尔。这个深刻的人,有十倍的权利藐视肤浅的德国人,他曾长期生活在西伯利亚的囚犯中间,对那些已经无法重返社会的重犯,有过与他自己的期待完全不同的体验——他们差不多是用生长在俄罗斯土地上最好、最坚硬和最有价值的木头雕刻而成。”——尼采《偶像的黄昏》

同人物的观念之间常常存在着尖锐的对立与冲突。

陀思妥耶夫斯基的创作后期以《地下室手记》(1864)为发端。这篇小说以"我"为叙述中心,描述我对周围人乃至社会人事的看法。"我"认为人应该按照欲望行事,不应该有任何限制,"我"反对理性、道德原则,嘲笑理想,否定各种主义,拒绝与任何人真诚交流,"我"最终也选择在地下室生活。作家称这种思想精神状态为"地下室的悲剧性","这一悲剧就在于受苦,就在于自虐,就在于意识到美好的东西却无能力去达到。而且关键在于这些不幸的人深信,所有的人全都这样,因此,便不值得去改变。"[1]在作家以后创作的诸多人物身上都体现了"地下室的悲剧性"。

长篇小说《罪与罚》(1866)是作家的第一部社会哲理长篇小说,也是最早的一部多层次、多主题的长篇小说,作家宣扬东正教和反对虚无主义的思想倾向在这部作品中得到了淋漓尽致的展现,这一思想倾向也贯彻到此后的作品中。《罪与罚》标志着陀思妥耶夫斯基艺术风格的最终成熟。

小说主人公拉斯柯尔尼科夫是一名因贫困而辍学的法律系大学生,他一方面有强烈的正义感和同情心,救过火灾中的小孩,甚至把自己的全部生活费拿出来救济别人。但他另一方面信奉拿破仑主义,认为世上的人可分为两类,一是"平凡的人",占大多数,必须俯首帖耳,任人宰割;一类是"不平凡的人",占少数,可以为所欲为。他纠结于"我是发抖的畜生,还是有权利去干一切?"他为了证明自己是"命运的主宰",是"超人",杀死了放高利贷的老太婆及其妹妹。小说的第一部展示拉斯柯尔尼科夫心中及实际行动中的"罪",其余五部展现了"罚"的过程。这个"罚"同样具有双重层面的含义:一是实际层面,包括警察的侦缉、法院的判决、西伯利亚的流放等;一是精神层面,拉斯柯尔尼科夫的自我良心的谴责、精神分裂。作家的"罚"侧重于精神上,人物的隐秘内心活动刻画得非常成功。作家通过安排拉斯科尔尼科夫与因为救家人而自愿为妓的索尼亚的三次谈话,来宣扬自己宗教救赎的观念。在第一次对话中,主人公跪在索尼亚的面前,"我不是向你下跪,而是向人类的一切苦难下跪",责备她的牺牲不能挽救亲人的悲惨命运,只能自我毁灭,劝她一起走"超人"的道路。在第二次谈话中,索尼亚表示只有上帝才有对人的裁判权,劝主人公到大街上轻吻大地,向全世界认罪。拉斯科尔尼科夫未能反驳,表明了他内心的动摇。最后一次谈话,他接受了索尼亚的意见,向警察局自首。最后,拉斯科尔尼科夫到西伯利亚受苦赎罪,接受《福音书》,则预示着拉斯科尔尼科夫彻底地抛弃了以前的信念,实现了精神的"复活"。

1　陀思妥耶夫斯基:《陀思妥耶夫斯基全集》第14卷,河北教育出版社,2011年,第757页。

在侨居西欧期间,作者完成了另一部代表作《白痴》。小说主人公梅什金公爵心地善良,富有同情心,但看似如此美好的一个人,因为道德理想、行动做派与当时社会的格格不入,被人视作"白痴"。女主人公纳斯塔西娅是唯一能够理解梅什金的人,她高傲美丽,拒绝了地主托茨基、将军叶潘钦、商人罗戈任,独独对梅什金抱有好感,但当梅什金出于同情愿意娶她为妻时,她予以拒绝,最终为罗戈任所杀害,而公爵也因癫痫病发离开了俄罗斯。作家创作《白痴》这部小说,目的是想通过塑造梅什金公爵这样"一个十分美好"的人,寄托了自己的宗教信念,阐发要实现俄罗斯社会的改造,不能通过革命,只能依赖道德改善的观点。但在社会生活急剧转变的俄罗斯社会,这位"基督伯爵"最终是堂·吉诃德,小说的悲剧性结尾反而说明了这一理想的不现实性。

如果说《白痴》是正面阐发陀思妥耶夫斯基的东正教信仰的话,《群魔》则是作家反虚无主义的立场表现最为突出的作品。作家在致友人的信中说道:"我们国内发生的事情完全是这样。恶魔们从俄罗斯人的身上出来,附在猪群身上……谁失去了自己的人民和人民性,谁就丧失了对祖国的爱和上帝的信念。如果您想要知道的话,这也就是我这部长篇小说的主题。"[1]作家笔下的"群魔"就是在当时的俄罗斯社会各阶层中,推崇西欧的各种流行学说和主义的"虚无主义者"。小说的情节参考了1869年11月发生在莫斯科的涅恰耶夫案件[2]。主人公斯塔罗夫金英俊、聪明,但内心空虚、冷漠,他被无政府团伙视为领袖,但他又不是革命者。他一方面竭尽放荡,奸淫幼女,杀死无辜的跛女人,一方面广泛涉猎基督教神学、"超人"哲学、斯拉夫主义、社会主义诸理论,进行科学探险等。斯塔罗夫金的不同思想在小说的其他三位人物彼得、基利洛夫和沙托夫身上有着戏剧性的呈现。彼得代表了个人恐怖主义,他自称"我是谋略家,而不是社会主义者",此人热衷于制造混乱,并主谋杀死了沙托夫。基利洛夫是"超人"哲学的信仰者,最激烈的无神论者。他相信"任何人,如果他想最大的自由,就应该敢于杀死自己。""谁敢杀死自己,谁就是神。"大学生沙托夫曾经加入彼得组织的秘密小组,但后来因不认同而退出,他慢慢地信仰了东正教。作家还追根溯源,认为斯塔罗夫金们的混乱思想来自西欧派的父辈,小说中,斯捷潘是彼得的亲身父亲,斯塔夫罗金的老师,扮演了这一角色。在小说中,斯塔罗夫金们都得到了应有的下场,而斯捷潘在去世前"攻击虚无主义者和新人"和表示皈依上帝的结局表明了作家自己的思想立场和情感选择。

1　陀思妥耶夫斯基:《陀思妥耶夫斯基全集》第12卷,河北教育出版社,2011年,第879页。

2　涅恰耶夫案件指无政府主义者涅恰耶夫所领导的小团伙于1869年11月杀害怀疑背叛了组织的大学生伊万诺夫一案。涅恰耶夫事后逃亡瑞士,1872年被引渡回俄罗斯,1882年在狱中去世。

最后一部长篇小说《卡拉马佐夫兄弟》是陀思妥耶夫斯基总结性的作品。原计划写两部,第二部因为作家逝世而未完成。小说构思于19世纪50年代,发表于1887—1880年。这部作品写了外省地主卡拉马佐夫一家父子,因为金钱、情欲、信仰所引起的冲突,最终导致仇杀的悲剧。

陀思妥耶夫斯基于1881年2月9日离世。他对"被侮辱与被损害的人"的关注,对人物内心复杂世界的探索,对社会剧变下人的存在意义的宗教追问,对后世小说的艺术发展都产生了深刻而持久的影响,启迪着一代又一代的小说家。

2 经典解析:《卡拉马佐夫兄弟》

《卡拉马佐夫兄弟》作为陀思妥耶夫斯基的最后一部长篇小说,综合了作家在精神层面的所有思考,穷究了作家在艺术领域的一切探索,是陀思妥耶夫斯基的天鹅之歌。

《卡拉马佐夫兄弟》是作家"偶合家庭"这一观念后的艺术体现。陀思妥耶夫斯基在小说《少年》中首先提到这个词,后来他在《作家日记》中做了进一步的阐发:"当代俄国家庭的偶合性就在于,当代做父亲的人丧失了对待家庭的一切共同思想,也就是对所有的父亲都普遍适用的共同思想,将他们相互联结在一起的思想。……这种联结社会和家庭的共同理想的存在本身——已经是一种行为准则的基础,也就是道德情操行为准则的基础……而在我们这个时代,这种准则却是没有的。"[1]

在《卡拉马佐夫兄弟》中作为核心的是卡拉马佐夫一家的"偶合家庭"(此外,还有霍赫拉克娃一家、斯涅吉一家),这一家的五位成员都有着不同方面的"卡拉马佐夫性格"。家长费奥多尔在年轻的时候是一个无耻下流的寄食者。他贪婪阴险,性情暴躁,极端好色。他靠骗取贵族小姐的嫁妆发迹,在后者逃亡后他又骗娶了一名孤女,后者被他折磨致死,他还强暴了疯女人丽莎,和长子争夺格鲁申卡。对于他自己的四位儿子,他一概不予抚养,使得这个家庭笼罩在非人的氛围里。最终他落得了被自己的儿子杀死的悲惨结局。

长子德米特里承受父亲的性格最深。他脾气火爆,生活放荡,做过军官,因参加决斗而被降职,他利用上司挪用公款的案件逼迫上司之女接受自己的求婚,服完兵役后成为无所事事的人。他憎恨父亲扣留母亲留给自己的财产,父亲与他争夺情人格鲁申卡更使他心生杀父之念。但他并没有被"卡拉马佐夫性格"所彻底左右,他内心里仍然保存着对上帝的信仰,所以并没有犯罪。虽然德米特里被法庭宣判为凶手,但他坦然

1　陀思妥耶夫斯基:《陀思妥耶夫斯基全集》第20卷,河北教育出版社,2011年,第785页。

接受,试图在苦役中“通过痛苦洗净自己”,除去“卡拉马佐夫性格”的毒素,最终他在精神上复活了。

次子伊万自小被富有的亲戚抚养,他靠勤工俭学读完了大学,自诩为思想健康的人,没有“卡拉马佐夫性格”,但实际上他的内心与其父亲一样,没有宗教信仰,信奉的是为所欲为的“超人”哲学。他反对现有的社会秩序,同情人类的苦难,有人道主义理想;他也是无神论者,不承认世界是上帝创造的。他爱上了哥哥的未婚妻,希望继承遗产而盼望父亲死去,所以在知道有人酝酿杀害父亲时,他故意出走,不予以制止。当事件发生后,他发现杀死父亲的是自己同父异母的兄弟,私生子和厨师斯梅尔加科夫,此人也是自己“超人”理论的忠实信徒。他意识到自己是精神上的“弑父者”,他不敢面对这一事实,深受折磨,最终精神失常。作者通过伊万来说明信奉西欧“超人”哲学的人,最终的结果只能是投入“魔鬼”的怀抱。

幼子阿廖沙纯洁善良,谦逊温和,是一名见习修士,他听从西玛长老的指示,回到家庭,希望用基督的“爱”去感化父亲兄长,排解家庭的矛盾。阿廖沙是作者心中的理想人物,他代表了作者心中“唯有东正教才能拯救苦难的俄罗斯”的信念。

私生子斯梅尔加科夫是“恶”的化身,狠毒,卑劣,为了夺取钱财和证明自己敢于为所欲为,杀死了老卡拉马佐夫并嫁祸于人,但最后他忏悔了自己的罪行,上吊自杀。

《卡拉马佐夫兄弟》是作家一生思想探索的集中展示,通过偶合家庭的弑父故事探讨了上帝的存在、善与恶、虚无主义与宗教等等,而卡拉马佐夫兄弟一家人作为各种信仰的代表,他们的人生结局预示了作家的选择。这部小说还标志着陀思妥耶夫斯基文学艺术的最高成就,通过对人物的对话和内心独白的描绘,现代人的分裂性格所带来的痛苦与迷茫在文学作品中得到史无前例的集中展现,这种艺术风格启迪了后世以卡夫卡为代表的一大批作家,使得他被尊奉为现代派的鼻祖。

第三章

19世纪现实主义文学(下)

本章的重点是理解识记批判现实主义在19世纪后期的新发展、自然文学、唯美主义文学和象征主义文学的概念,结合19世纪后期欧洲历史背景,阅读主要国家的代表作家托马斯·哈代、列夫·托尔斯泰、易卜生、波德莱尔的作品,理解这一时期批判现实主义文学与非主流文学的基本特征,明确其在欧洲文学整体历史中的地位及其影响。

第一节　概述

19世纪后期,批判现实主义文学仍是主流。英国、法国因已进入垄断资本主义阶段,故其批判现实主义文学名家淡出,力度减弱,且悲观宿命思想加深。但俄国、意大利、挪威、波兰、美国等国的批判现实主义文学尚呈繁荣局面。这一时期,无产阶级文学取得了长足进展,自然主义文学、唯美主义文学和象征主义文学等非主流文学也取得了令人瞩目的成就。

1 19世纪末文学的历史背景与变化

以1848年为界,批判现实主义文学分为前后两个时期。1848年在欧洲历史上具有重要的意义,这一年,法国反对七月王朝的斗争日趋激化,爆发了二月革命和六月起义;波兰掀起了反抗沙皇俄国的起义;意大利、捷克和匈牙利分别开展了反对奥地利哈布斯堡王朝统治的民族独立战争。当然,最重要的是,马克思、恩格斯在这一年发表了《共产党宣言》。由于国际政治局势的巨大变化,批判现实主义文学在1848年后进入后期阶段,但直到19世纪末仍然占据着文学的主流地位。

1848年革命推翻了法国金融资产阶级当政的七月王朝。工人阶级在同资产阶级的第一次大搏斗中显示了巨大的力量,使资产阶级深感震惊、恐惧。1852年,法国建立的第二帝国进一步加强了资产阶级的专制统治,更加深了人民的普遍不满。

19世纪40至50年代,北欧各国的资本主义经济在造船、航海、伐木和农业方面有了显著的发展。随着资本主义经济的发展,各国资产阶级也先后参加了政权。在欧洲革命形势的影响下,北欧各国的农民运动不断高涨。丹麦统治阶级为了转移国内视线,摆脱国内危机,于1864年与普鲁士和奥地利交战,结果失去了领土,引起各阶层的不满。与此同时,挪威的民族独立运动也逐渐高涨,从19世纪50年代开始不断起来斗争。

俄国在1853至1856年的克里米亚战争中的失败充分暴露了农奴制的腐朽。19世纪50年代末期,农民运动又高涨起来,资本主义的发展也加速了。舆论界几乎都在抗议农奴制的专制残酷,谴责它所造成的经济落后状况。沙皇慑于革命形势,不得不于1861年宣布自上而下地实行农奴制改革。改革以后,封建农奴制急剧崩溃,资本主义蓬勃发展,农村破产,农民赤贫,反抗的浪潮又激起了部分知识分子的注意。19世纪70年代产生了民粹派"到民间去"的革命运动。

美国独立以后,北部的工业资本主义得到了迅速发展。可是在南方仍然存在着阻碍资本主义发展的蓄奴制。资本主义和奴隶制这两种不同社会制度的并存引起了美国社会内部的深刻矛盾。到了19世纪中期,爆发了南北战争(1861—1865)。内战粉碎了蓄奴主的势力,使工业资产阶级取得了统治地位,为资本主义的发展开辟了广阔的道路。

19世纪后半期,各国的民族解放运动和反封建斗争继续发展。这一时期,在东欧各国,虽然封建残余还大量存在,但资本主义得到了迅速发展,阶级分化加剧,劳动人民更加贫困。随着资本主义的发展,无产阶级队伍也迅速发展和扩大,出现了波澜壮阔的工人运动,马克思主义在各个国家也得到了广泛传播。1871年法国的巴黎公社革命,是无产阶级以武装斗争推翻资产阶级专政、第一次建立政权的尝试,具有划时代的伟大意义。尽管公社政权只存在了72天,但它沉重地打击了资本主义制度,给全世界无产者树立了光辉的榜样,也带来了无限的希望。1886年5月1日,美国几个大城市发生了几十万工人规模的大罢工,工人争取八小时工作制的斗争取得了胜利,这就是"五一"国际劳动节的来源。在工人运动的基础上,各国工人阶级的政党相继成立。但是,随着阶级斗争的不断深化,工人运动内部却出现了形形色色的机会主义思潮。1889年成立的第二国际的领导权,在恩格斯逝世后也落入了修正主义者手中,国际工人运动的中心也于19世纪末转移到俄国。

从19世纪70年代开始,欧美一些发达国家经历了由自由资本主义向垄断资本主义阶段的过渡。垄断经济的发展,不仅加剧了国内的阶级矛盾,更激化了国际市场的争夺。宗主国与殖民地之间、各帝国主义国家之间的利益冲突日趋尖锐,西方世界在表面的平静中隐伏着巨大的危机。历史的激变、自然科学的发展和社会矛盾的复杂化使19世纪末成为各种资产阶级社会哲学思潮十分活跃的时期,实证主义、唯意志论、直觉主义等流派的盛行对文学理论和创作都产生了深远的影响。

法国哲学家、文艺学家泰纳(1828—1893)主张以自然科学的方法去分析社会,强调通过观察和论证去认识实际的法则。泰纳提出“种族、环境、时代”是文化发展的三个决定性因素,这一实证主义思潮促发了自然主义文学的产生。

德国哲学家尼采(1844—1900)发出“上帝死了”的口号,宣扬意志是世界万物本源的唯意志论,认为生命的本质不仅在于“生存意志”,而更在于“权力意志”,即“征服”和“占有”的欲望。他鼓吹“超人”哲学,以权力意志的强弱作为人的质量和道德的标准,力图摆脱基督教传统和现代工业文明对人自身发展的禁锢和束缚。尼采鼓吹古希腊的酒神精神,认为在毫无顾忌的放纵和沉迷中才能真正体现个体的人生价值,这一非理性主义的主张批判了资本主义世界日益压抑人性的理性文明,具有深刻的理论价值,使文学艺术创作获得了新的创造力。

法国哲学家柏格森(1859—1941)提倡直觉主义,认为世界的本源在于生命的流动,是“生命的冲动”在驱使生命不断变化发展,超时空的无限绵延就是生命的基本特性,而对这一神秘的“生命之流”的把握,只能靠本能的直觉,理性是无济于事的。理性所能认识的只是物质,物质却正是绵延的中断和停滞。柏格森的直觉主义成为象征主义等文学流派的哲学基础,影响深远。

2 现实主义文学与非主流文学

19世纪后期,批判现实主义文学仍在继续发展,并拥有一批重要的作家作品。自然主义、唯美主义、象征主义等流派也纷纷踏入文坛,与批判现实主义共同构成丰富的文学生态。

(1)现实主义文学

①法国

在第二帝国时期,继承了巴尔扎克等的现实主义传统的著名作家是居斯塔夫·福楼拜(1821—1880)。《包法利夫人》(1856)是福楼拜的第一部现实主义杰作,通过包法利夫人不幸的婚姻、恋爱遭遇,以严峻无情的笔调描绘了七月王朝时期庸俗丑恶的社会生活,揭露了表面繁荣掩盖下的残酷剥削,批判了市民阶层自私、鄙俗、狭隘、空虚的精神世界。福楼拜主张以科学的态度创作文学作品,他反对在作品中表现作者的倾向性,主张严格的写实、谨严的结构、细腻的描写、讲究的文体,在平静的叙述中展示人物不平静的心灵,反对艺术为社会政治服务,反对主观的抒情和议论,已有自然主义的一些风格特征。

阿纳托尔·法朗士(1844—1924)的代表作为《现代史话》四部曲,包括《场边榆树》

(1896)、《人体服装模型》(1897)、《红宝石戒指》(1899)和《贝日莱先生在巴黎》(1901)四部长篇小说,反映了第三共和国时期广阔的社会政治生活。1921年法朗士获得了诺贝尔文学奖。

②英国

盖斯凯尔夫人(1810—1865)以宪章运动为背景写了《玛丽·巴顿》(1848)。书中女主人公的父亲约翰·巴顿参加了宪章运动,代表曼彻斯特工人去伦敦请愿,回来后被资本家解雇。约翰·巴顿坚持斗争,并且接受工人的决定,杀死了工厂主的儿子。盖斯凯尔夫人以同情的态度描写了失业工人的悲惨生活,但在小说最后部分宣扬了改良主义思想,描写约翰·巴顿受到"良心"的谴责,向工厂主坦白,忏悔了自己的杀人罪,工厂主也幡然悔悟,原谅了巴顿,并表示要改善劳工的条件。

乔治·艾略特(1819—1880)在《弗洛斯河上的磨坊》(1860)中谴责资产阶级的道德偏见,对资产阶级伦理观念的牺牲者玛吉表示深切的同情。在另一本小说《米德尔马契》(1871—1872)中揭露了地方选举的丑剧。

19世纪70年代以后,英国批判现实主义文学进一步揭露和批判了这一时期开始形成的英国垄断资产阶级,代表作家有梅瑞狄斯(1828—1909)、托马斯·哈代(详见本章第二节)等。梅瑞狄斯在《利己主义者)(1879)中刻画了一个以自我为中心的利己主义者形象。

③意大利

意大利1848年爆发的反奥地利封建统治的独立革命虽遭到失败,但锻炼了革命人民,并使资本主义获得了长足发展。到19世纪60年代,意大利掀起了加里波第、马志尼领导的反封建割据、异族奴役的声势浩大的民族民主革命运动。拉法埃洛·乔万尼奥里(1838—1915)正生活在这场革命运动的关键年代。

乔万尼奥里是优秀的文学家兼历史学家,他在文学创作和历史著作中始终提倡以批判揭露社会黑暗和热情歌颂自由民主为基本特征的"真实主义"——批判现实主义。在代表作长篇历史小说《斯巴达克斯》(1874)中,他以真实的历史事件为依据,无情地揭露罗马奴隶制的残暴,热情歌颂了被压迫奴隶的英勇反抗。

④俄国

面对尖锐的社会矛盾,在农民和城市平民的反抗情绪的影响下,俄国批判现实主义作家对贵族地主阶级的统治发出了更为强烈的抗议,并且开始了对资本主义罪恶的揭露;对城乡劳动人民的苦难做了更深更广的反映。俄国批判现实主义文学在19世纪五六十年代进入空前繁荣的时期,作家众多,优秀的长篇小说相继出现。

这一时期的批判现实主义文学鲜明地反映了时代的特征,作品中的“多余人”形象被“新人”形象所取代。“多余人”形象经历了一个演变过程。普希金的奥涅金、莱蒙托夫的毕乔林在19世纪二三十年代曾是贵族社会里的佼佼者;屠格涅夫(1818—1883)的罗亭(小说《罗亭》里的主人公)能言善辩,热情宣传资产阶级启蒙思想,在19世纪40年代的黑暗统治时期起过进步作用;但到19世纪50年代需要行动的时候,“多余人”只是一些语言多于行动的人,已经担负不起改革现实的任务了。

冈察洛夫(1812—1891)在小说《奥勃洛摩夫》中塑造的奥勃洛摩夫这个“多余人”形象地表明,到了俄国解放运动的第二阶段,以往的先进贵族已经丧失任何作用,成了躺卧不起的废物了。尽管这个“多余人”“有黄金般的心灵”,但他懒惰成性,一生的大部分时间都躺在床上度过,精神极度空虚,连做梦也梦见睡觉。他极端无能,不能思考任何实际问题,不能处理任何日常事务,哪怕是贵族少女的爱情也不能使他振作起来,最终还是蜷缩到平静的安乐窝里,成了躺卧不起的废物。这个典型形象的客观意义就是反映了俄国贵族阶级革命性的终结。

“多余人”形象具有进步意义的一面消失了,生活要求的是另一种类型的新人物,“新人”形象也就应运而生了。这里所谓的“新人”,指的是平民知识分子。伊凡·谢尔盖耶维奇·屠格涅夫在长篇小说《前夜》(1860)和《父与子》(1862)中塑造了鲜明的“新人”形象。《前夜》写俄国贵族少女叶琳娜爱上保加利亚爱国青年英沙罗夫并同赴保加利亚参加民族解放斗争,途中英沙罗夫病死,叶琳娜仍去起义军中当护士。作者在两个主人公身上寄托了他的“新人”理想,也就是能为全民族利益做自我牺牲的人。《父与子》写的是平民出身的医科大学生巴扎洛夫这个“新人”形象。巴扎洛夫埋头实干,性格坚强,能言善辩。他反对农奴制,批判贵族自由主义,否定贵族的社会,在政治上是个激进的民主主义者。他重视实验,提倡实用科学,在哲学思想上是个唯物主义者。小说让巴扎洛夫在精神上压倒了周围所有的贵族,显示了“民主主义对贵族的胜利”。但是作者由于受贵族自由主义立场的局限,并不同情巴扎洛夫,有时过分强调他身上的缺点并渲染他内心的矛盾,给他加上了“虚无主义者”的贬称,又为他安排了一个过早死亡的结局。

尼古拉·加夫里洛维奇·车尔尼雪夫斯基(1828—1889)在小说《怎么办?》里描写了罗普霍夫、吉尔沙诺夫和薇拉等一批“新人”,其中的领袖人物拉赫美托夫更是俄国批判现实主义文学中正面人物的突出典型,也是世界文学中第一个职业革命家的形象。

尼古拉·阿列克塞耶维奇·涅克拉索夫(1821—1878)在长诗《谁在俄罗斯能过好日子?》中,描写改革后的农民除受地主的压迫外,还要受资本家、商人、富农的剥削,揭露了农奴制改革的欺骗性,表现了农民的觉醒。

亚历山大·尼古拉耶维奇·奥斯特洛夫斯基(1823—1886)的著名剧作《大雷雨》,描写一个商人的儿媳卡杰琳娜受尽婆婆的虐待,也得不到软弱的丈夫的照顾。她爱上了另一个商人的侄儿鲍里斯。但是,大雷雨使她感到极为恐怖,乃向婆婆和丈夫做了坦白。结果鲍里斯被家里人打发走了,卡杰琳娜也被婆婆关了起来。后来,她忍无可忍,投河自尽了。评论家杜勃罗留波夫认为,卡杰琳娜的死是对俄国这个"黑暗王国"的反抗,代表了人民对自由和生活权利的要求,是"黑暗王国"里的一线光明。

安东·巴甫洛维奇·契诃夫(1860—1904)是俄国19世纪批判现实主义文学最后一个杰出的作家,也是享有世界声誉的短篇小说大师。他的早期作品可分为两类:一类是表面上写俄国社会日常生活中的笑话,实际上却无情地嘲笑和揭露了专制警察制度和小市民的奴性心理,如《小公务员之死》(1883)、《变色龙》(1884)等;另一类是反映劳动人民的贫困和痛苦生活的,如《苦恼》(1886)、《万卡》(1886)等。中期作品的中心主题是写知识分子的精神生活,在艺术风格方面,幽默和讽刺的成分减少了,悲喜剧的因素更加巧妙地结合了起来。1890年后,契诃夫的创作进入成熟期,对俄国的现实做了广泛而深刻的揭露,作品有《第六病室》(1892)等。《第六病室》通过医生拉京和病人格罗莫夫的遭遇,真实地反映了沙皇统治下的专制俄国的现实,"第六病室"实际上是专制俄国的缩影。小说形象地表明,在专制统治下,"讨饭袋和监牢是谁也不能保证自己不沾上边的两种东西";在专制统治下,任何人,特别是有见解和爱思考的人,随时可能受到栽赃、诬陷和逮捕,"戴上镣铐,投入牢房",或被当作"精神病人"关进监狱似的"第六病室"。《第六病室》是契诃夫从库页岛归来后对现实生活所做的一种思索,是他对"勿以暴力抗恶"学说的否定。晚期的契诃夫把创作兴趣转向了戏剧,写了《海鸥》(1896)、《樱桃园》(1903)等剧本。

当然,俄国批判现实主义文学的最高峰当属列夫·托尔斯泰(详见本章第三节)。

⑤东欧

19世纪后半期,东欧各国涌现出了一批著名的批判现实主义作家,产生了许多优秀作品。这些作家暴露异族侵略者的残暴和本国封建统治阶级的腐朽,反映劳动人民的疾苦,鼓舞人民起来为争取民族解放而斗争。一向不为世人所注意的东欧弱小国家的文学呈现出一派繁荣景象,成为欧洲文学的一个重要组成部分。

亨利克·显克微支(1846—1916)是这一时期波兰批判现实主义文学的代表作家。他的历史小说三部曲《火与剑》《洪流》和《伏沃迪约夫斯基先生》,反映了17世纪波兰人民反抗外来侵略的历史。长篇历史小说《你往何处去》(1896),描写了古罗马暴君尼禄时期的社会生活和基督教徒受迫害的情景,由于这部小说,显克微支获得了1905年的诺贝尔文学奖。另一部长篇历史小说《十字军骑士》(1900),通过对15世纪波兰人民反抗条顿骑士团的侵略,并在格隆瓦尔德战役中取得最后胜利的这段光辉历史的描写,揭露了十字军骑士团践踏、欺压波兰民族的罪行,歌颂了波兰人民保卫祖国、反对侵略的正义斗争和爱国热情。

裴多菲·山陀尔(1823—1849)是19世纪匈牙利最伟大的民族诗人。诗人一生创作了800多首抒情诗和8篇叙事诗。他的政治抒情诗语言犀利,感召力强,较完整地反映了匈牙利资产阶级革命从萌芽、发展到失败的全过程。他的爱情抒情诗,感情纯真深挚,优美动人,有不少蕴涵着强烈的政治内容。《自由与爱情》《我愿是一条急流》等诗篇都是诗人个人抒情与民族精神的高度融合,诗人把爱情的幸福同民族独立与自由融汇在一起,表达了为创造新世界而斗争的激情。《自由与爱情》自从殷夫译介后,在我国已是家喻户晓。长篇叙事诗《使徒》是诗人创作高峰期的代表作。主人公锡尔维斯特是一个敢于向旧世界挑战的英雄。这个被遗弃的孤儿,饱经生活的磨难,深知人民的疾苦,决心拯救人民于水火之中。他到人民中从事革命活动,秘密出版进步书刊,因而被捕,过了十年的囚徒生活,出狱后,因刺杀国王被判死刑。锡尔维斯特是一个追求人权、平等、自由并受法国空想社会主义影响的激进的革命者。裴多菲是匈牙利诗歌的革新者。他的抒情诗多采用民歌体,带有浓厚的民间格调。

⑥北欧

19世纪后期,随着农民民主运动和民族解放运动的高涨,北欧的自由资产阶级转向反动,与封建贵族相勾结,引起了一批激进的知识分子的不满。他们在作品中揭露批判资产阶级政客们的丑恶灵魂和伪善面目,开始形成北欧的批判现实主义文学。

汉斯·克利斯蒂安·安徒生(1805—1875)是丹麦作家,一共发表了156篇童话和故事,是19世纪第一个赢得世界声誉的北欧作家。安徒生童话的基本主题之一是揭示贫富悬殊的社会现实。在《卖火柴的小女孩》中,读者看到一边是富人在欢度圣诞,一边是穷人的孩子冻死在街头。另一主题是对上层统治阶级的鞭挞和揭露,指出他们都是愚蠢无知的。如在《夜莺》中,宫中的权贵们不知夜莺为何物,他们把母牛和青蛙的叫声误认作夜莺的“歌唱”。在《皇帝的新装》中的皇帝就更加愚蠢了,他每天每时都要换一套衣服，结果被两个骗子捉弄。安徒生的童话对灾难深重的劳动人民进行了歌颂，在他的笔下，穷人往往都是勤劳、智慧和品德高尚的人，但是遭遇都很不幸，引起了人们深切的同情，如《海的女儿》《丑小鸭》等。

奥古斯特·斯特林堡(1849—1912)是瑞典著名的作家，写了50多部多幕剧和独幕剧、60多部小说、大量的诗歌和散文集。其代表作有《父亲》(1887)、《朱丽小姐》(1888)和《死亡的舞蹈》(1901)等戏剧。这些剧本以当代的现实为题材，对资本主义社会的现实做了一定程度的揭露，表现出资本主义制度对人们精神的摧残。但斯特林堡有时从变态心理出发，对问题的解决做出错误的回答。如他把妇女看成祸首，认为妻子对丈夫总是说谎、欺骗。这些剧本把人生描写成本能和欲望的冲突，带有自然主义倾向。

在挪威，与易卜生(详见本章第四节)齐名的作家是比昂斯滕·马丁纽斯·比昂松(1832—1910)。比昂松是诗人、小说家和剧作家，主张发展挪威民族文化，坚决不用丹麦文写作而用挪威语写作，并在写作中吸取挪威民间传说和诗歌作题材，摆脱丹麦文化的束缚和影响。他的代表剧作《破产》(1875)，深入地揭露了资产阶级金融家的种种罪恶。剧中的主要人物梯尔德是一个典型的投机家，他为了追求巨大的利益，骗取农民的储蓄进行不正当的交易，使他们流离失所。投机买卖失败后，梯尔德用尽欺骗、瞒哄、哀求、恫吓等一切手段，仍想挽救他面临的破产局面。最后，在不得不承认破产之后，他又打算带着工人们的全部工资潜逃。但是在该剧的结尾，作家宣扬了社会罪恶可以通过人们的道德自我完善而得到消除的观点。

⑦美国

美国的现实主义文学发展较晚，在西欧批判现实主义文学开始衰落的时候，它才开始兴起和发展。

哈里叶特·比彻·斯托夫人(1811—1896)，于1852年出版了小说《汤姆叔叔的木屋》(旧译《黑奴吁天录》)，揭露了黑人奴隶的非人生活和蓄奴制的残暴。

马克·吐温(1835—1910)是美国19世纪最杰出的现实主义作家之一。其代表作有《卡拉韦拉斯县驰名的跳蛙》(1865)、《汤姆·索亚历险记》(1876)、《哈克贝利·费恩历险记》(1884)等。威廉·福克纳称："马克·吐温是第一个真正的美国作家，他之后的我们这些人都是他的继承人……我称他是美国文学的父亲。"海明威说："一切当代美国文学都起源于马克·吐温的一本叫《哈克贝利·费恩历险记》的书。"《哈克贝利·费恩历险记》写野孩子哈克贝利·费恩和黑奴吉姆乘木筏顺着密西西比河漂流，寻找自由的故事。小说的主题是反对种族歧视、谴责蓄奴制度,广泛反映了19世纪中叶美国中西部的社会图景,揭露讽刺了美国“文明”社会的丑恶现实。

欧·亨利(1862—1910)是优秀的短篇小说家。他的作品大多取材于小市民的生活,素以“含泪的微笑”和结尾合乎情理却又出人意料著称。他对美国下层人民的命运非常关切,常常在幽默中含有辛酸的泪水,如《麦琪的礼物》《最后一片藤叶》《警察与赞美诗》等。

(2)无产阶级文学

在工人运动的刺激下和马克思主义的指导下,崭新的无产阶级文学也蓬勃发展起来。无产阶级文学批判地继承了资产阶级文学的优秀传统,但要求从革命的发展中历史具体地表现现实,并着重描写党的组织作用和共产主义思想的教育鼓舞作用。早在19世纪四五十年代,欧洲就产生了萌芽状态的无产阶级文学——法国工人诗歌、英国宪章派文学和德国革命诗歌。法国工人诗群中最有影响的是以杜邦(1821—1870)为首的“七星诗人”。英国宪章派文学的代表是诗人艾内斯特·琼斯(1819—1869)和威廉·詹姆斯·林顿(1812—1899)。德国早期无产阶级文学的杰出代表是格奥尔格·维尔特(1822—1856),恩格斯称他为“德国无产阶级第一个和最重要的诗人”。[1]

到19世纪70年代,法国又出现了巴黎公社文学。巴黎公社文学包括公社社员在公社诞生前后20年间所写的大量诗歌、小说和散文,标志着无产阶级文学正式进入文坛。欧仁·鲍狄埃(1816—1887)、路易丝·米歇尔(1830—1905)、儒勒·瓦莱斯(1832—1885)和让-巴蒂斯特·克莱芒(1836—1903)等是公社作家的杰出代表。其中,最著名的作品是鲍狄埃所写的《国际歌》(1871)。《国际歌》以高瞻远瞩的革命气概,在揭示资产阶级和无产阶级根本对立、一切阶级调和都是虚妄的幻想和劳动人民全靠自己救自己的基础上,号召全世界无产者联合起来,用武力摧毁旧社会,创建共产主义的新世界。1888年,工人作曲家比尔·狄盖特(1848—1993)为《国际歌》谱曲,使得它发挥出了更加巨大的战斗作用。

(3)自然主义文学

自然主义是对批判现实主义的继承和发展。自然主义是一种自觉的、标新立异的文学主张,受科学技术进步的触动,在实证哲学和进化论、遗传学、生理学等成果的直接影响和启发下,把传统的情节小说与科学的实证精神融为一体。自然主义把人类社会等同于自然界,把人等同于任何一种生物,因而常以生物学、生理学和遗传学的理论

1 马克思、恩格斯:《马克思恩格斯全集》,第21卷,人民出版社,1962年,第6页。

来解释社会现象和人的行为,忽视甚至无视人的社会属性,使许多作家有意无意地描写了许多酗酒、淫荡、神经质等畸形病态的现象。自然主义文学追求平和、冷静、无动于衷的叙述文体,作者在作品中竭力隐去,少有品头论足的议论。

自然主义于19世纪中叶首先在法国萌动。19世纪60年代初,埃德蒙·龚古尔(1822—1896)和儒勒·龚古尔(1830—1870)兄弟相继发表的理论和作品,标志着自然主义的诞生。他们共同创作的小说《日尔米尼·拉赛尔特》(1865)是一部具有代表性的自然主义作品。小说通过一个农村孤女到巴黎谋生,受尽欺凌污辱,直至早逝的悲惨故事,揭露了第二帝国时期社会风气的腐化堕落和人与人之间关系的恶劣。小说对下层社会生活的展示,对小人物苦难命运的关注,文献式忠实的风格,以及对人物行为所做的病理的和生理的解释,都体现了自然主义的特色。

埃米尔·左拉(1840—1902)是法国19世纪自然主义文学大师。19世纪60年代后期,以及19世纪80年代初,左拉撰写了一系列重要的论文,如《实验小说》《戏剧中的自然主义》《自然主义小说家》等,对自然主义文学理论做了全面的总结和深入的阐述。在《〈黛莱丝·拉甘〉序》中,左拉宣称:"我只有一个愿望,既然眼前是一个强壮的男人和欲壑难填的女人,那么就找出他们身上的兽行,甚至只对他们的兽行进行观察,并把他们抛到一场惨剧之中,一丝不苟地记下他们的感觉和行为。我只不过在两个活人身上做了外科医生在死人尸体上所做的分析工作。"从1868年到1893年间,他创作了系列小说《卢贡-马卡尔家族》共20部,使其成为自然主义理论和创作的最杰出代表。

《卢贡-马卡尔家族》主要描写"第二帝国时期一个家族的自然史和社会史"。自然史主要研究卢贡-马卡尔家族的血缘与遗传问题、家族的谱系与遗传。社会史主要通过卢贡-马卡尔家族的盛衰再现第二帝国从政变阴谋到色当投降的历史全貌。在这个家庭世系中,左拉用遗传学的观点,对其间的发展演变做出了解释。福格先同园丁卢贡结婚,虽然她自身患有精神病,但卢贡身体健康,所以他们的后代有几个患有精神病,多数是健康的。卢贡的子孙代代往下发展,有大商人、部长、医生、投机事业家或政治家,均属上流社会成员。但由于家庭环境的恶劣影响,到第五代只剩下一个女孩。在福格与私货贩子马卡尔同居后,由于双方都不健康,因而子孙后代均属病态者,包括白痴、精神病者、肺痨等,到第五代全部死绝。属于马卡尔血缘的后代,全是社会下层人物,有工人、农民、洗衣女工、店员、妓女等。《卢贡-马卡尔家族》包括《小酒店》《娜娜》《萌芽》等。

19世纪70年代末,左拉周围聚集了一群年轻作家,深受他文学观点的影响,其中著名的是莫泊桑(1850—1893)。莫泊桑以三百余篇短篇小说而获得了“短篇小说之王”的称号。其短篇小说可分为四类:第一类,描写普法战争,反映法国下层劳动人民的爱国情感,如《羊脂球》《米龙老爹》和《菲菲小姐》等。第二类,描写资产阶级市民生活,揭示小市民的自私、吝啬、势利和爱慕虚荣的性格弱点,如《我的叔叔于勒》《珠宝》《伞》《勋章到手了》和《项链》等。第三类,描写诺曼底农民的生活和善良品质,如《归来》。第四类,描写自然的人性,如《西蒙的爸爸》。莫泊桑的长篇小说有《一生》(1883)、《漂亮朋友》(1885)等。《漂亮朋友》的主要成就在于塑造了杜洛阿这样一个资产阶级冒险家的典型。杜洛阿不学无术,凭借自己“漂亮”的外表,诱惑女性,以之为晋身之阶,有计划、有目的地获取金钱和地位。但是莫泊桑对这个人物却没有进行明确的批判,甚至存在某种程度的认同感。杜洛阿是一位一文不名的、体魄健壮的冒险家。他留着小胡子,仪表堂堂,拥有诺曼底的出身家世,持无神论思想,擅长骗术,对爱情鄙视,诸如此类特点,就像是对作者本人的素描。莫泊桑喜欢人家叫他“漂亮朋友”,有时甚至在送别人书时签上这个外号。

19世纪80年代中期,法国自然主义文学开始衰落,而影响却逐渐蔓延至全欧,尤以在德国的声势最大。

(4)唯美主义文学

唯美主义是发端于19世纪30年代法国的一个“纯艺术”文学流派,以艺术的形式美作为绝对美的一种艺术主张。这种“美”是脱离现实的技巧美,因此,有时人们也将唯美主义称为“耽美主义”或“美的至上主义”。

唯美主义认为,艺术的使命在于为人类提供感官上的愉悦,而非传递某种道德或情感上的信息。因此,唯美主义者认为艺术不应具有任何说教的因素,而是追求单纯的美感。他们如痴如醉地追求艺术的“美”,认为“美”才是艺术的本质,并且主张生活应该模仿艺术。唯美主义运动的主要特征包括:追求建议性而非陈述性,追求感官享受,大量运用象征手法,追求事物之间的关联感应,即:探求语汇、色彩和音乐之间内在的联系。

法国唯美主义文学的先驱是泰奥菲尔·戈蒂耶(1811—1872)。他在《〈莫班小姐〉序言》(1834)中提出了“为艺术而艺术”的主张,成为唯美主义的纲领性口号。他的诗集《珐琅与宝石》(1852)语言纯洁,音韵和谐,精致典雅。

英国唯美主义的兴起稍晚于法国,但理论与创作更加丰富,影响也更加广泛。代表作家有佩特(1839—1894)、奥斯卡·王尔德(1854—1900)等。王尔德主张只有美才具有永恒的价值,艺术应当超脱人生,不受道德约束。他宣称:“撒谎,说出美丽动听的假话——这就是艺术的真正目的。”在代表作《道林·格雷的画像》中,他更是语出惊人:“只有肤浅的人才不会以貌取人”。他的童话集《快乐王子》(1888),戏剧《莎乐美》(1893)等,也都渗透着唯美主义倾向。

(5)象征主义文学

象征主义是19世纪70年代至20世纪40年代在西方出现的文学流派,它是西方现代主义文学中出现最早、持续时间最长的一个流派。象征主义文学的发展分为两个阶段,19世纪70年代至90年代为前期象征主义,主要阵地在法国。19世纪末,从法国传向欧洲其他国家和地区,成为世界性文学潮流,并在20世纪20年代形成新的高峰,被称为后期象征主义,与意象派、未来主义等构成了现代主义诗歌大潮。

1886年9月18日,法国作家莫雷亚斯发表了《象征主义宣言》,使这一新起的浪潮得以定名。象征主义既反对浪漫主义的浮夸热情,也反对现实主义和自然主义的忠实摹仿,认为文艺的目的不是通过客观描写来再现现实,也不是通过直抒胸臆以表达情感,而是间接地用暗示的手法表达理想世界——美的世界。象征主义力图重新把握文学的特征,努力探求主客观之间的新契合点。象征主义作品的显著特色是朦胧美和神秘色彩,多用象征、暗示、隐喻等手法,追求诗歌的音乐性和暗示性。

法国作家夏尔·波德莱尔(详见本章第五节)是象征主义的先驱。前期象征主义的代表作家有保尔·魏尔伦(1844—1896)、阿尔多尔·兰波(1854—1891)和斯蒂芬·马拉美(1842—1898),被誉为法国象征主义“三杰”。

第二节　哈代

1 生平与创作

托马斯·哈代(1840—1928),19世纪末英国诗人、小说家,是英国文学史上跨世纪的伟大作家,被誉为“英国文学的先驱”。他的创作成就主要集中在小说和诗歌两个领域,早期和中期以小说为主,晚年又以诗歌作品享有盛誉。哈代一生共创作长篇小说14部,短篇小说集4部,诗集8部,史诗剧《列王》3部,伍尔夫称他为“英国小说家中最伟大的悲剧大师”。

哈代于1840年6月2日生于英国西南部多塞特郡一个石匠家庭,父亲爱好音乐,在音乐方面启蒙了哈代;母亲重视对哈代的教育,鼓励他从小阅读古典文学作品,对哈代日后的文学创作产生了重大影响。哈代的故乡紧邻多塞特郡的大荒原,淳朴的自然环境和深厚的农业氛围对哈代的文学创作起到了潜移默化的作用,故乡农村的自然环境和风俗习惯成为哈代小说作品的主要描写对象,富有浓厚的地方色彩。

哈代8岁时开始进入学校学习,最初主要学习拉丁文和拉丁文学。1856年,他离开学校,成为一名建筑师的学徒。1862年,哈代前往伦敦,在著名建筑师布洛姆菲尔德手下当绘图员,从事设计和修复教堂和牧师住宅的工作,曾于建筑论文比赛中两次获奖;同时,他继续钻研文学和哲学,并在伦敦大学皇家学院进修近代语言,开始进行文学创作。当时,唯意志论和实证主义两大思潮在西方有广泛影响,哈代也受其影响,因此,伦敦生活成为哈代思想形成过程中最重要的时期。当时正值伦敦杂志出版最繁盛的时期,除了著名的诗人、小说家受到推崇之外,从事哲学思考、科学活动的伟人更受到尊崇。斯温伯恩的诗《阿塔兰忒在卡吕冬》(1865)和约翰·斯图亚特·穆勒的《论自由》(1859)一文等,对哈代的思想产生了很大影响;同时,他又接触到了纷纭错杂的事物,促使他深沉地思考,对宇宙和人生的基本问题形成了自己的看法。这从他1866年所写的《偶然》等诗中可以看出。

1867年,哈代因身体不适应伦敦的气候重返故乡,做了几年建筑师的工作。也就是从这时开始,哈代致力于小说创作,并于1871年发表了第一部长篇小说《计出无奈》。哈代把自己的小说分为三类:“传奇和幻想作品”“机巧和实验小说”“性格和环境小说”,最主要的作品都属于“性格和环境小说”。哈代的大部分小说又以西南部农村(古称“威塞克斯地区”)为背景,被称为“威塞克斯小说”[1]。1870年,哈代到康沃尔郡圣朱利奥特修教堂时,与一姑娘相识,1874年结婚。1872年哈代发表的第二部小说《绿荫下》真实地反映了威塞克斯农村的生活,属于“性格和环境小说”。《绿荫下》分为《冬》《春》《夏》《秋》四部,表现了西南地区农民的淳朴生活,富于田园色彩。1873年发表的《一双湛蓝的眼睛》,同样是“威塞克斯小说”的继续。

哈代的成名作是他的第四部小说《远离尘嚣》(1874),因这部小说的成功,哈代放弃了建筑师职业,开始完全从事小说创作。在这部小说里,尽管故事的背景依然是乡村世界,但《绿荫下》所描写的田园牧歌式生活早已一去不复返,远离尘嚣的乡村也如

1 “威塞克斯小说”是哈代的系列小说总题名,包括14部小说。威塞克斯是哈代家乡的古地名,哈代用威塞克斯的同一背景把多部小说联成一体。主要内容是描写19世纪后半期英国宗法制农村社会的衰亡,表现下层人民的悲惨命运。代表作是《德伯家的苔丝》。他的这些小说展示了英国农村的恬静景象。正如中国的小说家沈从文创造了一个美丽的湘西世界一样,19世纪的英国作家托马斯·哈代也用他的“威塞克斯小说”系列使他的家乡跟着他的名字走遍了世界。

喧闹杂乱的城市一样,在发生着人生的悲剧。书中女主角芭丝谢芭是哈代所塑造的成功的女性典型之一。她美丽聪颖而又精明强干,但爱慕虚荣。她先后为三个男子所追求,却惑于外表而选择了品德败坏的青年军官特罗伊。后几经曲折,才与最初的求婚者结合,获得了幸福美满的生活。哈代在这部小说中对自然景色的描写、人物性格的刻画等已达到成熟阶段,特别是显示了他的幽默天才。全书虽以爱情的圆满结局告终,但悲剧的气氛多于喜剧,透露出作者小说创作中的悲剧性主题和悲剧才华。

1878年发表的《还乡》进一步表现了悲剧性主题,反映了工业资本侵入农村宗法制社会后产生的种种矛盾。小说的女主人公游苔莎热情奔放,耽于空想,她嫁给了在巴黎当过钻石商店经理的青年姚伯,希望他带自己离开荒原,摆脱沉闷无聊的生活,但由于两人在感情、理想、人生观等方面存在巨大的差异,最终未能如愿。在发生了一连串误会和不幸事件后,她在黑夜里和丈夫的表妹夫私奔出走,不幸双双失足,溺水而亡。而姚伯的为家乡教育事业贡献力量的社会理想,却得不到农民的理解与支持,最后做了传教士。在这部小说中哈代早期创作中的欢快气氛已完全消散,表现出作者消极悲观的思想。小说中的景物描写占有突出地位。作为小说背景的爱敦荒原体现了大自然的严酷无情,而软弱的人类却无法掌握自己的命运。书中对爱敦荒原的描写是英国小说中为数不多的散文佳作。有的批评家从艺术性出发,认为这部小说是哈代最出色的代表作。

另一部重要作品是《卡斯特桥市长》(1886),这是他唯一不以农村为背景的小说,强调了命运对人的冷酷无情。打草工人亨查尔酒醉后在庙会上把妻女卖给了过路水手纽逊,酒醒后悔恨不已,发誓20年不再饮酒。此后他勤奋努力,终于发家致富,担任了卡斯特桥市长,妻子也携女归来。但就在他否极泰来之时,又一次因性格的弱点而受到命运的嘲弄:他生性倔强执拗,与合伙人法尔弗雷争吵分手,不仅生意破产,卖妻女的丑闻也终于泄漏,陷入身败名裂之地。妻子死去,女儿也被纽逊认领而去,贫困孤独地死于荒原上的草棚中,留下遗嘱,倾诉了对人生的愤慨。这部小说缺乏前几部作品中的诗意,情调更为严峻。主人公尽管为年轻时铸下的大错努力赎罪,仍然无法逃脱厄运,表现了作者浓厚的宿命论思想。

《德伯家的苔丝》(一译《苔丝》,1891)是哈代最优秀的长篇小说,也是哈代的代表作。它描写了女主角苔丝短促而不幸的一生。

哈代在这部小说中把这样一个所谓失去贞节的女孩子作为小说主角,还在副标题里称她为"一个纯洁的女人",从而公开向维多利亚时代的英国资产阶级道德发出挑战。他不但揭露了这种道德的虚伪性,而且也抨击了法律的不公正。哈代的这部小说引起了强烈反响,读者纷纷对苔丝的命运表示关怀和同情。

《无名的裘德》(1895)可以说是《德伯家的苔丝》的姐妹篇,它控诉了资产阶级不合理的教育制度和婚姻制度。裘德是孤儿,由穷亲戚抚养成人,充当石匠的学徒。他梦想进入基督寺大学(影射牛津大学),将来成为牧师。后裘德与表妹相遇,情投意合,经过内心剧烈的斗争,排除了种种困难,二人同居,生有子女,但终因不结婚而同居,为礼法所不容,为习俗所不许,处处遭人白眼,求职无路,壮志不遂,连住宿都为公寓老板所不容,表妹终于重回前夫身边忍受屈辱的命运,裘德则以慢性自杀殉情。

这部小说也带有鲜明的社会批判色彩。裘德是个有才华的青年,但由于他是个穷石匠,在资本主义社会里便无法实现其雄心壮志。小说更指出了社会道德、法律、婚姻等陈规陋习的桎梏如何扼杀了人们的自由意志和愿望。哈代的这部小说反映了资本主义社会深刻的道德危机,基调更加阴郁,带有更浓的悲剧色彩。

哈代的作品中最能体现哈代对宇宙人生深入思索的成果的,是以拿破仑战争为题材的史诗剧《列王》。在这部作品中,哈代以丰富的历史事件为例,系统地阐述了他对宇宙和人世的看法,即人世间的一切活动全由宇宙主宰,即便是统领千军万马的帝王将相如拿破仑,都不过是这个宇宙主宰的傀儡。这部史诗剧用了3种文体:散文、无韵诗及有韵诗,共3部19幕133场,分3次于1903年、1906年、1908年出版,是哈代全部作品的艺术总结。

1912年哈代的夫人去世,1914年哈代与他的女秘书结婚,这就是以后为他作传的弗洛伦斯·爱米丽·达格黛尔。哈代晚年享受到了英国人最高的推崇。1928年1月11日,哈代在多塞特多切斯特去世后,他的骨灰被安葬在威斯敏斯特教堂。按照他的遗愿,他的心脏安葬在他的出生地附近的斯廷斯福德教堂墓地。哈代至今仍是拥有最多读者的维多利亚时代小说家之一。

2 经典解析:《德伯家的苔丝》

《德伯家的苔丝》是哈代的代表作,也是19世纪欧洲批判现实主义文学的代表作之一。小说的主人公苔丝是一个善良、勤劳、“端正秀丽得像一幅画儿似的乡下姑娘”。她的父母都是贫苦农民,从早到晚辛勤劳动也不能保证自己七个孩子的温饱。为了摆脱穷困的境遇,苔丝早早地担负起了家庭重任,到地主的庄园做工,却遭到了地主少爷亚雷·德伯的蹂躏,从此,苔丝永远陷入痛苦的深渊。

后来,苔丝到牛奶厂做女工,并在那里遇上了牧师的儿子安机·克莱。经过一段相处,单纯的苔丝被克莱表面上的多情、体贴所迷惑,终于战胜了内心的重重矛盾,答应了他的求婚。新婚当天的晚上,为了忠实于丈夫,苔丝坦白了自己过去的悲惨经历,请求他饶恕,但克莱却冷酷无情地向苔丝宣布:“我原来爱的那个女人并不是你”,最终遗弃了苔丝。

克莱一个人去了巴西,杳无音信。被遗弃后的苔丝默默地忍受人们的歧视以及邪恶环境的逼迫。为了等待克莱,她受尽欺凌,然而给克莱写信却无任何回音,苔丝觉得被永远抛弃了而陷入了绝望。最后,为了家庭,她牺牲了自己,接受了亚雷的保护,与他同居。对她来说,没有比这更痛苦的了。对亚雷恨之入骨的怨恨终于在克莱从巴西突然回来时爆发,她手持菜刀疯狂地杀死了那个摧毁她一生的亚雷,最终被法庭判处绞刑。

这部小说通过苔丝的悲惨遭遇生动地描写了19世纪末资本主义侵入英国农村后农民走向破产的痛苦过程,小说塑造的三个真实的人物——苔丝、亚雷·德伯和安机·克莱各自具有代表性。

苔丝的祖先虽是古代武士(贵族),但传到她父亲一代早已没落了,她父亲已经沦为普通的个体农民,自食其力,只靠一匹老马来维持全家九口人的生活。所以,从苔丝所处的经济地位来看,她应该是一个受压迫的农民阶级的代表,她所受的侮辱、痛苦、剥削和摧残,也就是她所代表的雇佣农民阶级在资本主义冲击下所受到的悲惨遭遇,她的命运是具有典型性的。

苔丝的悲惨遭遇是值得同情的。苔丝姑娘心地善良,勤劳刻苦,品德高尚,热爱生活。她能够忍受一切困难,为了维持人口众多的家庭的生活,不惜牺牲自己。她为自己一时疏忽损失了老马感到无限痛苦,“给一家人挣饭吃的主儿,现在已经从她手里被夺走了”,眼看全家人要忍饥受饿,她不得不红着脸到她所瞧不起的冒牌本家——亚雷·德伯家去工作。由于年轻,缺乏社会经验,而环境又是那样黑暗,纯洁的苔丝就成为“失了身的女人”。从此,她的痛苦更深了。在牛奶厂,由于克莱三番五次地向她求爱,又进一步使她陷入内心矛盾的痛苦深渊。一方面她被克莱表面的怜悯同情所打动,另一方面又认为“我配不上你,我没有做你太太的资格”,这样来回绝克莱。一方面她无限崇拜克莱,“把他崇拜得五体投地,认为他只有优点,没有缺点,觉得凡是哲人、导师、朋友所有的学问知识,他没有一样不完备”;另一方面,“无论怎么样,她绝不肯贸然嫁人,免得叫丈夫娶了她以后,又后悔自己瞎了眼睛”。她一方面是异常的快乐,“她爱他爱得非常地热烈,她把他看得像天神一般”,另一方面,又是十分的痛苦,因为她“自己十二分地明白”不应该嫁给克莱,她“挣扎着,咬着牙要过严肃的独立生活”。至于被遗弃以后的苔丝所遭受的打击和痛苦,那就更是一言难尽了。后来,为了家庭,又第二次牺牲了自己,以致最后上了断头台。苔丝充满挣扎的悲剧性的一生,无疑是值得同情的。作者在副标题中称苔丝为“一个纯洁的女人”也表明了对她的无限同情,但苔丝的悲剧又有其深刻的社会根源,是那个资本主义社会制度摧残了一个纯洁的女人。

苔丝的反抗精神是值得称颂的。苔丝不只是心地善良,勤劳刻苦,热爱生活,而且能大胆地反抗虚伪的宗教和旧的道德观念。这突出地体现在她和亚雷·德伯的关系上。亚雷是资产阶级的代表人物,他有资产阶级的国家机器、法律、道德等作为后盾,可以依仗财势,胡作非为,随便欺侮、玩弄孤苦无靠的苔丝。苔丝和他的矛盾,也可以说是被压迫的劳动者与整个资本主义社会矛盾的具体表现。苔丝对亚雷的态度一开头便非常鲜明,她公开宣布:“我一点也不喜欢你!我讨厌你,我恨你!”后来,在农场,当亚雷第二次又来纠缠她时,她用手套打了他。最后,她诅咒亚雷把她一辈子毁灭了,她不顾资产阶级法律、道德,又以极度愤怒的感情杀死了他,这个行动给那个黑暗的社会一个很大的打击。苔丝的思想上虽然有宿命论的观点,有悲观的情绪,但这种观点和情绪并没有真正支配她的行为,她始终未向丑恶的现实投降,她是一直斗争过来的,反抗性是她的思想上的主要方面。直到小说将要结束时,作者有这样一段描写:她一觉醒来,当她发现有十六个人包围了上来,她并不惊慌,因为这是她预料之中的事,所以她站起来,把身上的土抖了一抖,往前走去:“我停当了,走吧!”

苔丝的高尚品质和反抗精神是应该受到肯定的,但同时也必须认识到,她的思想上的宿命论和悲观情绪是落后的,尤其是她对克莱的那种甘心做“爱”的奴隶,甚至以死相报的精神,更应该受到指责。克莱遗弃了她,她也毫无怨言,而把一切都归罪于自己,甚至在别人面前还为他辩护,不愿听人家说克莱的坏话,这一切都说明她对克莱的本质认识并不清楚。

安机·克莱是个典型的资产阶级知识分子的形象。他不像亚雷那样粗鲁鄙俗,而是温文尔雅、文质彬彬,蔑视社会礼俗,厌恶城市生活,俨然是个人道主义者和自由思想家。他虽然出身于牧师家庭,可他不愿意当牧师,“为上帝服务”,而要“为人类服务”,于是违背了父母亲的意愿,跑到乡下学习农业技术。他鄙视阶级偏见,反抗宗教和传统道德。他对苔丝的爱情“是至诚的”,“是一片真心”。克莱的这种资产阶级人道主义和自由思想在当时的英国历史条件下，在资产阶级统治十分残酷、农民阶级生活非常悲惨的情况下，无疑是具有一定进步意义的。但必须指出的是，克莱并没有真正跳出他所反抗的旧的道德观念范畴，也没有真正摆脱他所鄙视的阶级偏见的束缚，他的资产阶级思想和立场决定了他必然要从私利出发。他在“为人类服务”的美丽幌子下，贩卖着私货。他虽然跑到农民中来学习农业技术，但他的真正目的却是为了将来可以当大农场主，为了“将来要做美国或者澳洲的亚伯拉罕，像一个国王一样，管领他的牛群和羊群”。他虽然宣称要以独立的见解判断事物，然而一旦事出非常，在关键时刻，他所维护的仍然是腐朽资产阶级的社会礼俗和虚伪道德。

在爱情问题上，他虽然不像亚雷那样卑鄙下流，但也含有很大的自私成分。他之所以喜欢苔丝，一是因为她美丽，一开始他就觉得苔丝“脸太可爱了”，简直是“从全体妇女里提炼出来的典型的仪容”，她那形体，“全英国里也很少有”；二是因为她会劳动，将来可以成为他的助手。这种自私自利的资产阶级爱情，当然是经不起考验的，所以当新婚之夜，苔丝向他倾诉自己悲惨的过去，乞求他的饶恕时，他的本来面目就完全暴露出来了，尽管苔丝一再声明：“出那件事的时候，我还是个小孩子哪！男人的事，我还一点儿都不知道哪。”可他还是冷酷无情地向苔丝宣布：“不要说啦，苔丝，不要辩啦，身份不一样，道德观念就不同，哪能一概而论呢？”“你是乡下女人，不懂什么叫体面。”最终他所坚持的还是资产阶级的阶级偏见和旧的道德观念。尽管作者花了不少力气去美化克莱，但是，透过作者所描写的那些表面现象，我们不难看出克莱的虚伪、无情和冷酷的资产阶级本质。

围绕苔丝短短一生的悲惨遭遇，哈代以资产阶级人道主义为思想标准，具体地描绘了19世纪末英国工业资本主义确立之后，个体农民走向贫困、破产的悲惨图画。

哈代一生的大部分时间都住在家乡——英国南部的多塞特郡，所以他对英国农村的生活、风俗习惯、生产斗争等情况都有比较深刻的了解。他亲眼看到了英国工业革命之后资本主义大规模的经营方式如何逐步侵入农村，新式的农业机器的广泛应用又如何使个体农民逐步走向贫困破产。小说里面所描写的塔布篱的克里克老板的大牛奶厂和棱窟槐的富农葛露卑的农场，就是这种资本主义生产方式的真实写照，而苔丝和她的伙伴们——玛林、莱蒂和伊茨等人，就是农村中雇佣劳动者的代表。她们为了谋生，到处飘荡，这里做零活，那里打短工，从没有个停息的时候，而一到秋收完结就得被解雇。她们受尽了残酷的剥削和无情的压迫，尤其是苔丝经常从事繁重的劳动，狠心的富农让她和男工做同样的工作，一个人承担往机器里传递麦捆的工作，简直是和机器竞赛,“胳膊上柔嫩的皮肤都叫麦捆划破了,流出血来了”,甚至累倒在地上也得不到怜悯。苔丝和她全家的痛苦遭遇,也正是当时英国成千上万的个体农民走向贫困、破产的真实写照。她父亲在贫病交加之下死去时,由于房子的租期已到,狠心的大地主便强迫她们一家离开了世世代代居住的地方,结果沦落在外乡街头,其悲惨境遇真是目不忍睹。作者对这个不幸的家庭寄予了深厚的同情,同时,对那个罪恶的资本主义社会发出了强烈的控诉,就是那个万恶的社会迫害了苔丝,使她受穷,使她受辱,使她绝望,并且,最后还夺去了她的生命。

小说对当时的传统道德和宗教信仰也进行了无情的揭露。哈代以带着深厚同情的笔调描写了苔丝的不幸遭遇:年轻而单纯的苔丝第一次与资产阶级社会接触,就陷入了一场大灾难,成为纨绔子弟强暴手段下的牺牲品。后来,在那个昏暗、阴森的结婚之夜,又发生了她一生中的第二次大灾难,成为资产阶级伦理道德和阶级偏见的受害者。如果说亚雷·德伯毁掉了苔丝的肉体,结束了她生存的欢乐,那么,安机·克莱所干的,就是在精神上给苔丝以毁灭性的一击,结束了她短促的一生。正是这些资产阶级人物所维护的道德观念和宗教信仰残害了一个纯洁的女人。其实,苔丝是纯洁无辜的。这个女人,资产阶级社会的法律说她是杀人犯,实在来说她只是那个社会的受害者,她受资产阶级社会欺骗、折磨,最后被毁灭了,她的死也是对资产阶级社会的一个控诉。所以作者竭尽全力为她辩护,说她“不过是因为觉得自己触犯了一条纯系人为、毫无自然基础的社会法律,是一个礼法的罪人就是了”。当苔丝被凶残的亚雷侮辱之后,作者大声疾呼地说:“哪儿是保护苔丝的天使呢?哪儿是她一心信仰的上帝呢?”

在克莱和苔丝的关系上,我们还可以看出资产阶级婚姻制度的虚伪性。苔丝的婚姻悲剧,不只是个人命运的悲剧,实质上乃是一个社会悲剧。在这个不平等的婚姻制度中,妇女是以被出卖者的身份出现的,她们是奴隶,丈夫是统治者,夫妻之间根本不可能平等。克莱在发现了苔丝过去的问题时,正是按照这种不平等的资产阶级观点残忍地抛弃了苔丝,给她致命一击。小说的控诉力量是巨大的,揭露和批判现实生活也是深刻的,在当时能够引起人们对于现存秩序永久性的怀疑,对于资本主义社会发生强烈的憎恨,这是应该充分肯定的。但是,由于作者世界观的局限,哈代对自己所揭露出来的罪恶现实以及对苔丝的悲剧根源,都流露出一种唯心主义的无可奈何的悲观情绪,认为这一切都是“命中注定”的,无法逃避。这又是他小说中消极的一面。

《苔丝》在艺术形式方面也有独到之处。小说通过优美的风景描写、细腻的心理刻画、动人的故事情节以及有血有肉的人物形象,揭露19世纪资本主义社会的残酷性和空虚、丑恶的本质,创作方法基本是现实主义的。他的作品描绘了英国农村生活的真实面貌,在英国文学史上留下了光辉的一页。

第三节 列夫·托尔斯泰

1生平与创作

列夫·尼古拉耶维奇·托尔斯泰(1828—1910),19世纪俄国最著名的大作家,他代表了19世纪俄国文学发展的顶峰,是俄罗斯古典文学的终结者。

托尔斯泰出身于一个伯爵家庭,后来承袭了爵位。他两岁丧母,九岁丧父,由姑母监护长大。1844进喀山大学东方系学习,后转入法律系,接触到卢梭、孟德斯鸠的著作,开始对学校教育不满,三年后退学,回到故乡经营田庄。他一生中的大半时间都在自己的庄园雅斯纳雅·波良纳中度过。1851年,他到高加索加入军队服役。后来参加了克里米亚战争中的塞瓦斯托波尔战役,任炮兵连长。1856年托尔斯泰退役回家。

1862年,托尔斯泰同一位医生的女儿索菲亚·安德列耶夫娜·别尔斯结婚。从1863年起,他埋头于文学创作。19世纪70到80年代,托尔斯泰的思想发生了一场"激变",要同贵族地主生活决裂。他过起了自食其力的平民化生活,他戒掉了烟酒,开始吃素食,放弃了自己喜爱的打猎,他尽量干体力活,不要仆人侍候,自己生炉子、劈柴、收拾屋子,去井边汲水,还学干木匠活和鞋匠活。他认为最重要的问题是"拯救灵魂",反省自己的罪恶。他经常参观监狱,到法庭上去听审讯,去新兵收容站,访问贫穷人民等。他做这些事简直成了一种癖好,社会上的很多人,包括他的妻子和儿女都不理解他。

晚年,托尔斯泰与妻子的关系日益恶化,几次想离家出走,终因舍不下儿女而没有成行。1910年10月27日晚,他发现妻子总在翻他的遗嘱,于是弃家出走。同年11月7日,托尔斯泰病逝于阿斯普沃火车站。

托尔斯泰生活的时代,正是俄国社会发生剧烈变动的时代。在长达约60年的创作生涯中,托尔斯泰的世界观的变化也经历了不同阶段。据此,可以把他的创作分成三个时期。

早期创作阶段(1852—1863)。1852年,托尔斯泰发表了第一部小说《幼年》。它和后来发表的《少年》(1854)、《青年》(1857)合称"自传体三部曲"。在三部曲中,一方面,托尔斯泰真实地揭示了人的性格及其形成条件之间的固有联系,显示出心理描写的卓越才能;另一方面,托尔斯泰又宣扬了宗法制农民落后、愚昧、逆来顺受的弱点,以之为美,并主张以个人"道德上的自我完善"来解决社会问题,后来的托尔斯泰主义初露端倪。

1854年,托尔斯泰参加了塞瓦斯托波尔战役,并以此为题材写了短篇小说集《塞瓦斯托波尔故事》。这部作品的写作,为后来的《战争与和平》做了准备。

1856年,托尔斯泰发表了著名的短篇小说《一个地主的早晨》。它是根据作者在自己的庄园里试行"农事改革"的亲身体验而写成的,带有自传的性质。主人公青年地主聂赫留朵夫退学后回到自己的庄园,其后便着手改善农民的处境。但他们对此并不理解,一直猜疑老爷的"善言"背后掩盖着自私的目的和阴险的打算。这位青年地主对于农民在千百年来受压迫生活中形成的对地主阶级的敌意,也感到无可奈何。

1857年,托尔斯泰根据国外旅行所得印象写成了小说《琉森》。作品暴露了资产阶级道德的虚伪和反动,也反映出托尔斯泰的思想弱点:他囿于传统的宗法制观念,看不到资本主义比农奴制有相对的进步性,所以在揭露和批判它的罪恶的同时,也否定了它在科学技术上的成就。

1863年,托尔斯泰发表了写作将近10年的中篇小说《哥萨克》。小说描写贵族青年奥列宁深感上流社会生活的空虚,便离开首都,到高加索去寻找自由和幸福。但是城市生活在他身上造成的性格和思想观念始终是个障碍,奥列宁最终失败了,痛苦地离开了哥萨克村。奥列宁这个形象表明,他看不到出路,只好诉诸一种脱离现实的理想境界——返璞归真,即把返回大自然当作接近真理。

中期创作阶段(1863—1880)。这一时期,托尔斯泰否定了西欧文明,希望在俄国文化中寻找生命的意义和俄国的出路。在转变自己的思想时,托尔斯泰发生了一场深刻的精神危机。危机起于1869年的"阿尔札玛斯的恐怖"。阿尔札玛斯是俄国的一个城镇,1869年8月,托尔斯泰路过这里住宿了一晚,晚上他躺在沙发上睡着了,突然醒来,屋里一片漆黑,他问自己:"我为什么要到这里来?我要到什么地方去?我在逃避什么东西?并且到哪里去?""我担心着什么?我害怕什么?"托尔斯泰第一次感到了生命中的虚无。这个时期,托尔斯泰思想的特点是带有过渡的性质,这在他的两部优秀的长篇小说《战争与和平》(1863—1869)和《安娜·卡列尼娜》(1873—1977)中有明显的表现。

《安娜·卡列尼娜》是一部以现实生活为题材的长篇小说。小说是由两条平行而又互相联系的线索构成的。一条线索写贵族妇女安娜不爱她的丈夫卡列宁,对贵族青年军官渥伦斯基产生爱情而离开了家庭，为此她遭到上流社会的鄙弃，后来又受到渥伦斯基的冷遇，终于绝望而卧轨自杀。这里表现了城市贵族和资产阶级生活的状况。另一条线索写外省地主列文和贵族小姐吉提的恋爱，经过波折结成了幸福家庭。这里反映了农奴制改革后俄国农村的动向，也提出了作者的社会理想。

安娜的原型是作者邻近庄园的女管家安娜·斯捷潘诺娃。她是主人的情妇，后被主人抛弃，卧轨自杀。托尔斯泰以此为原型，准备写一个"不贞的妻子"的私生活小说。后来他改变初衷，淡化私生活，增加了列文的情节线，又选取了普希金的女儿普希金娜为安娜的原型，赋予安娜以惊人的美貌、高雅的气质、丰富的内心世界，是一个不同寻常的贵族妇女。

安娜是一个追求资产阶级个性解放的女性。当她还是少女的时候，由姑母做主嫁给了比自己大20岁的官僚卡列宁。她不但外貌美，而且内心感情丰富。卡列宁则冷漠无情，思想僵化。两个人之间毫无感情可言，完全靠封建礼教维系了8年的家庭生活。随着社会风气的剧变，安娜发出了"我要爱情，我要生活"的呼声，并为争取自由的幸福勇敢行动起来。安娜行动的社会意义，一方面是反对旧的封建礼教，反映了资产阶级个性解放的要求，另一方面也是向贵族社会的虚伪道德挑战。

安娜追求个人幸福，具有西方文明的个性自由观，爱情至上，与西欧文化的个体意识一致。安娜的追求以失败告终，她卧轨自杀，表明作者否定了西欧文化的个人主义和爱情至上观。

小说的另一条线索的主人公列文是作家笔下自传性的人物，代表了托尔斯泰这个时期的思想。列文对俄国的现状感到焦虑，又把宗法制当作理想的社会生活制度，赞扬自给自足的经济。他反对都市文明，但对于农村的分化、贵族地主的衰落又感到忧虑。他认识到自己的富足和农民的贫困是不公平的现象，因此力图找到普遍富裕的道路。他主张贵族地主应该与人民接近，调和矛盾，合作经营，"以人人富裕和满足来代替贫穷，以利害的互相调和和一致来代替互相敌视。一句话，是不流血的革命"。但是，他的这种避开资本主义道路，保留宗法制农村的主张，终究是一种空想。

列文追求人生意义和社会理想，思考生与死的意义，表现出对人生的矛盾和彷徨。他也是一个社会探索者，努力寻找社会的出路，企图进行农事改革，靠地主和农民的合作，抵制西欧资本主义道路。结果，改革失败，最后在宗教找到出路，这就是"为上帝，为灵魂活着"。小说全面否定贵族，批判上流社会的法律、道德、习俗和生活方式。肯定列文的乡村贵族生活方式，宣扬宗法式家庭理想。

后期创作阶段(1880—1910)。19世纪70年代末80年代初,托尔斯泰的整个世界观发生了根本性的变化,从贵族地主阶级的立场最终转变到了宗法制农民一边,成为俄国宗法制农民的思想代表。

这一时期,托尔斯泰建立在宗教道德基础上的为上帝、为灵魂而活着,爱一切人,"勿以暴力抗恶",通过"道德自我完善"摆脱罪恶,使人类达到"最后的幸福"的"托尔斯泰主义"思想,发展到顶峰。这是托尔斯泰长期进行精神探索的结果,也是俄国社会发展在托尔斯泰思想中的反映。这些集中体现于后期最重要的作品《复活》中。

《复活》写于1889—1899年。小说以一件真人真事为基础。起初,作者想写一部以忏悔为主题的道德教诲小说,但在10年的创作过程中他六易其稿,不断地修改、扩展和深化主题思想,逐渐转向揭露社会问题;小说的篇幅也逐渐扩大,由中篇而长篇,最后写成了一部具有广阔而深刻的社会内容和鲜明的批判倾向的作品。正如作者所说,它的主题思想就是"要讲经济的、政治的、宗教的欺骗","也要讲专制制度的可怕"。

小说写贵族聂赫留朵夫出席法庭陪审时,发现被诬告杀人并被错判罪名的妓女,正是他10年前诱骗过的农奴少女玛丝洛娃,于是他良心觉醒,开始悔罪,极力要为她伸冤。上诉失败后,他又陪她去西伯利亚,终于感动了她。最后两人都在精神和道德上"复活"了。小说揭露了法庭、监狱和政府机关的黑暗,官吏的昏庸残暴和法律的反动,对俄国社会的揭露和批判达到了空前激烈的程度。

《复活》塑造了一个丰满而复杂的形象——聂赫留朵夫公爵,一个"忏悔"贵族的典型。聂赫留朵夫是优秀的贵族知识分子,他的探索突破了其他忏悔贵族的局限,达到了否定贵族特权,跟贵族彻底决裂,靠拢人民民主主义的程度。他是托尔斯泰主义的代表,也是托尔斯泰思想的总结,体现了其精神探索的轨迹。

《复活》除了描写主人公形象的艺术成就之外,还有许多特色。它运用单线的情节线索而能够描绘广阔的社会生活,成功地提供了社会全景图;它在描绘艺术画面和人物形象时大量使用了对比手法,如景物对比、人物对比、贫富之间的生活遭遇对比等等,从而突出社会矛盾,加强了作品的批判力量;它对人物的心理刻画细致入微,既深入各种人物的内心,又抓住了其瞬息间的思想感情变化;重视细节的描写,所有细节包括人的外貌特征和生活环境,都被描绘得生动逼真、栩栩如生。

托尔斯泰的后期作品还有中篇小说《伊凡·伊里奇之死》(1886)、《哈泽·穆拉特》(1886—1904),戏剧《黑暗势力》(1886)、《文明果实》(1890)等。托尔斯泰的作品主题思想严肃深沉,能充分地挖掘文学的真实性,发展对人物内心世界的挖掘,注意写具有多方面性格的人物,善于运用对比、讽刺、隐喻等手法,注意细节描写与人物肖像的刻画,重视语言的鲜明、准确。

2 经典解析:《战争与和平》

《战争与和平》是托尔斯泰用了6年时间写成的史诗性巨著。小说以库拉金、罗斯托夫、保尔康斯基和别竺豪夫四大贵族的家庭生活为情节线索,气势磅礴地再现了1805—1820年俄国社会生活的广阔画面。作品肯定了1812年卫国战争的正义性,谴责拿破仑的野蛮入侵,歌颂了俄国人民的爱国主义、英雄主义和乐观主义精神。其基本主题是探索俄国贵族的命运和前途。

托尔斯泰把贯穿全书的人物分成明显的两大类:一类是皮埃尔·别竺豪夫、安德烈·保尔康斯基和罗斯托夫。他们厌恶贵族社会的空虚无聊,渴望有所作为和献身崇高的事业。经过长期的精神探索和卫国战争的洗礼,他们最后在《福音书》和宗法式农民那里找到了精神归宿,成为造福于社会的人。主人公彼埃尔和安德烈都属于忏悔贵族,爱做自我分析,皮埃尔也是自传性探索人物。另一类是库拉金等人。他们沉湎于荒淫无耻的寻欢作乐之中,生活糜烂堕落。作家肯定前者,对之做了诗情洋溢的描写;否定后者,给予他们无情的揭露和批判。

庄园贵族罗斯托夫一家和农民的关系非常融洽,洋溢着牧歌式的诗意。他们善良、正直、单纯、慷慨,并具有强烈的爱国主义,这些"俄国人"的品质仿佛本乎天性,从老伯爵夫妇到小彼佳无一例外,而以娜塔莎为最。她天真无邪,一切听任感情的驱使,对人们怀有无限的同情心,具有一颗"俄罗斯心灵"。在莫斯科告急时,她在一次祈祷中说:"我们……大家在一起,没有等级差别,没有仇恨,在友爱中联合起来……"这表达的正是作品的一个重要主题。

皮埃尔和安德烈也是优秀贵族的代表,在这两个自传性人物的身上作家"描写了自己心灵的不同方面和不同时期"。他们有共同的品质,如正直、高尚、爱国等,但性格颇不相同。皮埃尔过分地服从"必然",安德烈过分地要求意识的"自由"。皮埃尔开始与多洛霍夫决斗,同海伦决裂,一度曾同外界冲突,但是在这之后转向内心,思考好与坏、爱与憎、生与死和人生意义等问题。为了自我洗涤,他参加了共济会,但旋即失望;他计划解放自己的农奴,却反而增加了他们的负担。到此为止,爱他人和自我牺牲,他的这条自我完善之路还只是死胡同。

与皮埃尔不同,安德烈出场时那疲乏而厌倦的眼光表明他对周围环境的不满和同它的冲突。他和皮埃尔都崇拜拿破仑,但皮埃尔要师法拿破仑建立共和国,而安德烈则要建立不世功勋,为功名心而“活着”。奥斯特利茨战役中他负伤仰卧战场时,高远无垠的天空使他省悟到一切都是“空虚”和“欺骗”,而在这长空的背景上,他看到了心目中的英雄拿破仑的渺小,功名心也随之破灭了。他的夫人之死使他初步意识到自己的冷漠寡情和对他人的责任感。因此,不久他接受了皮埃尔的忠告,要“矫正自己”,开始了内心生活的新的一页。月夜娜塔莎的笑语暂时点燃起他的生命的火焰,开始想到“要同大家一起生活”。可他又面临新的考验:在协助斯佩兰斯基改革而徒劳无功之后,又遇上娜塔莎的突然变心。与皮埃尔和没有灵魂的海伦重新和好不同,他却不能宽恕娜塔莎。

卫国战争是两个主人公精神转折的重要阶段。他们都感染了人民同仇敌忾的爱国情绪,与人民逐渐融合在一起,分别被称为“我们的老爷”和“我们的公爵”,并分担人民的痛苦和不幸:一个成为备受折磨的俘虏,一个身负致命的重伤。但他们的结局却是生死异路。皮埃尔在俘虏中也顺从命运安排,处之泰然,只是在法军枪杀俘虏时,感到世界的完整性受到破坏,人类之爱荡然无存,一度失去对生活的信心。在这精神危急时刻,他接受了驯顺而又博爱、把个人融合于整体的卡拉塔耶夫精神,获得了梦寐以求的内心的“和谐”,“完全的自由”。而安德烈却始终与外界冲突,不能执着地向善,因而丧失了生的意志,在波罗底诺战役中寻找死亡。当弥留之际,他才宽恕了娜塔莎,才体验到不仅要爱邻人,而且要以“神圣之爱”来爱仇人。在尾声中,皮埃尔秘密结社。不过,他是十二月党人中的温和派,他的“道德同盟”的纲领是“爱”和“互助”,而不是革命。

托尔斯泰在这部作品里一面肯定人民的伟大力量,一面又夸大群众的盲目性;一面谴责拿破仑侵略者的非正义性和反动性,一面又鼓吹“勿以暴力抗恶”和基督教的“博爱”与“良心”;一面揭示出现实生活中尖锐复杂的矛盾冲突,一面又进行“道德自我完善”的反动说教。

在创作这部长篇之初,作家原拟写“自由的人们”(即贵族)的历史,写1856年携眷归来的十二月党人。后来他在尾声的一份手稿中说,他是“努力写人民的历史”。从写贵族到写“人民”,并不意味着构思上的根本变化,而是因为他的“人民”概念实指民族,即“历史地形成的稳固的人们的共同体”。不过这个“人民”大抵指代表民族性格的农民,也包括具有这种民族性格的优秀贵族。正是在这个意义上,他说,在《战争与和平》中,他所爱的是“人民的思想”。

“人民”本身在小说中并不出现于前景,但也绝非消极的背景。作品中,人民力量的代表是士兵和普通军官,其“特写镜头”则是图申、季莫欣、杰尼索夫以及吉洪·谢尔巴特。如果说在1805年的两次战役中官兵们都表现了英勇镇定,表现了“谦逊的”英雄精神,那么当敌人的铁蹄蹂躏祖国的危难之秋,他们全体的脸上都燃烧着有敌无我的烈火,乐观地面对牺牲和死亡。与奥斯特利茨等战役不同,波罗底诺之战更多地写集体的英雄形象,而且不限于军队。斯摩棱斯克的商人烧毁了店铺,莫斯科近郊的农民焚烧了饲料,莫斯科居民不惜牺牲一切而全体撤退,最后是游击队举起“大棒”……托尔斯泰以此强调了这是一场人民战争,人民的意志是战争胜利的决定性力量。奥斯特利茨(那时人们“不知道为什么而战”)的失败正是反衬。

“人民”也包括某些将领,如巴格拉季翁。而最能代表并表达人民的精神和意志的是库图佐夫。他朴素而平易近人。作为统帅,他沉着果断,指挥若定,不顾虑个人得失,肩负起了拯救祖国的重任。但作家往往突出他的消极无为,说他的指挥艺术不在于英明决策,而在于忍耐与等待,他听任战争发展而不加干预,认为事由前定,似持宿命论观点。托尔斯泰以此否定理性和个人在历史上的作用。但他认为,要发现历史规律,不应着眼于帝王将相,而应研究支配群众的“极小的因素”。这种历史观有合理成分。

《战争与和平》是作家的思想与创作发展道路上的一个重要环节。一方面,他要求爱一切人,甚至爱敌人,这不只是基于宗教思想,而且是要求在接近人民的优秀贵族的领导下各阶级间的“和平”;另一方面,作家用人民的淳朴、纯真的品质和“潜在的爱国心”来衡量贵族阶级,从而对宫廷贵族做了多方面的揭露,对当时的社会表达了深刻的不满,这一切标志着他开始走向人民。同时,他以艺术家的敏感,描写的是社会矛盾尚未充分发展、宗法制风习仍然保存的时代,是民族存亡关头,举国上下共同对敌、患难与共的时代,因此他的各阶级联合一致的想法不无现实基础。再则,尽管他有意讳言19世纪初贵族地主的野蛮与残暴,然而在小说中,农民与地主之间牧歌式的关系只限于打猎与圣诞节等场面,而安德烈关于农民的想法,皮埃尔的防止普加乔夫起义,尤其是博古恰罗沃农民骚动的场面,仍然透露出阶级之间的对立。正因为上述的一切,托尔斯泰得以在无损于艺术真实的前提下,写出了画面广阔、反映整个历史时代的伟大的人民史诗。

在艺术方面,《战争与和平》极为成功地把大规模的战争场面与多方面的和平生活有机地组织在一起,结构宏伟壮观而又严谨明晰,生动地展示了当时整个俄国社会生活的无比丰富的画面,塑造了数以百计的多彩多姿的人物群像,其中的一些主要人物,经过作者独特的心理分析刻画,性格特别鲜明生动,具有很动人的艺术魅力。

第四节　易卜生

1 生平与创作

亨利克·易卜生(Henrik Ibsen,1828—1906),19世纪挪威伟大的现实主义戏剧家。他不仅对北欧文学做出了巨大贡献,而且对整个世界文学产生了深远影响。易卜生的戏剧创作改变了欧洲戏剧的发展道路,有“现代戏剧之父”的美誉,其成就可与莎士比亚、莫里哀的作品相媲美。

易卜生出生于挪威东南滨海小城斯基恩,他父亲经营木材生意,曾盛极一时,在当地商界颇有影响。不幸的是,当他8岁时,父亲经商破产,从此社会地位一落千丈,家庭生活日趋艰苦。为了谋生,易卜生16岁时不得不辍学到造船业中心格里姆斯达当药房学徒。长时间的学徒生活,使他认识到“体面的”上流社会的庸俗、狭隘和自私,同时也深刻地体验到世事艰难、人情冷暖。然而,易卜生终究未向现实低头,他利用工作之余勤奋学习,充分阅读了莎士比亚、歌德等欧洲著名作家的大量作品,并开始从事诗歌创作。1848年,资产阶级革命浪潮席卷全欧,在此影响之下,易卜生写出了许多歌颂民族独立的诗篇,表达了小资产阶级知识分子争取民主和反对暴政的自由思想。这些诗歌包括《给马扎儿》《醒醒吧,斯堪的纳维亚人》等。与此同时,易卜生也进行了第一次戏剧创作实践,历经一年于1849年完成了三幕诗剧《凯蒂琳》(该书又被译为《凯替莱恩》或《卡提利那》)的写作,于1850年出版。该剧用诗体写成,读来朗朗上口,然而剧情充斥着太多心理描写,最终未能上演。在这部戏剧当中,他将历史上的“残忍的坏蛋”塑造成一个意志坚定、敢于反抗顽固势力的时代英雄,虽取材于历史,但现实针对性非常明显。

1850年,雄心勃勃的易卜生到挪威首都克里斯替阿尼遏(现名“奥斯陆”)报考大学,然终未被录取。不灰心的他,一方面在首都依靠编辑报刊和搞文学创作谋生,一边积极参加挪威社会主义者特列恩领导的工人运动。虽然第一次戏剧创作失败了,但并没有击败易卜生戏剧创作的决心与勇气。就在这一年他创作的第二部戏剧《勇士坟》在奥斯陆剧院上演,获得了巨大成功。第二年他为卑尔根创作了一部序曲,而受聘于卑尔根剧院当编剧和舞台主任。按照剧院规定,易卜生每年写出一部新剧,这在客观上为他以后的戏剧创作实践打下了坚实的基础。同年,受卑尔根剧院的派遣,他到丹麦的哥本哈根、德国的柏林和意大利的罗马参观学习。在卑尔根剧院的六年当中,易卜生几乎每年都有新的戏剧创作问世。纵观这些浪漫主义剧作,虽然取材于挪威中世纪历史和民间传说,但时代背景已经具有了一定的现代色彩,并且形成了自己独特的戏剧观念。他认为,戏剧不仅是大众娱乐的工具,还应干预现实,批判现实,使戏剧成为改造现实的武器。

1857年易卜生辞去卑尔根剧院的职务,受聘于奥斯陆的“挪威剧院”,任剧院经理。在此期间,他与一批志同道合的朋友一方面继续宣扬挪威民族解放,一方面创办挪威民族戏剧。然而,不幸的是,1864年普奥联军再次侵略丹麦。作为坚定的斯堪的纳维亚统一论的拥护者,因挪威拒绝出兵,加之他的戏剧创作激起了部分中小资产阶级的不满,易卜生被迫离开祖国,侨居法国、意大利和德国达27年之久,直到1891年最终回国。在此期间,易卜生创作了大量剧本,为挪威戏剧的繁荣做出了巨大贡献。

从他任职于卑尔根剧院至他乔居意大利期间,易卜生创作出了大量的浪漫主义戏剧,诸如《英格夫人》(1855)、《苏尔豪格的宴会》(1856)、《海尔格伦的海盗》(1858)、《爱的喜剧》(1862)、《觊觎王位的人》(1863)等,其中《觊觎王位的人》是这个时期较有代表性的作品。在侨居意大利期间创作的两部重要的哲理诗剧《布朗德》(1866)与《培尔·金特》(1867)标志着他创作上现实主义的转向。

易卜生创作的民族浪漫主义戏剧大多取材于北欧的民间传说、叙事谣曲和民族历史,充满了爱国思想、民族精神和浪漫激情。在艺术上,易卜生借古喻今,大量采用象征、暗示等艺术方法针砭时弊,为挪威当时的民族解放运动服务。譬如《觊觎王位的人》取材于挪威13世纪的历史,通过农民起义起家的国王霍古恩对抗王公伯爵,最终实现了国家统一大业,表达了作者实行社会改革和统一挪威的政治理想。

《布兰德》描写了一个牧师为了彻底实现心灵完善和精神自由的理想而最终自我牺牲的悲剧。布兰德是一个绝对的理想主义者,为了他的理想,反抗一切形式的妥协,要求理想与现实绝对一致,终身秉持“或是得到一切,或是一无所有”的格言。为了理想,他残忍地对待他的母亲,牺牲了他唯一的儿子,逼死了他的妻子。虽然他获得了群众的尊敬,但最终被坍塌的冰块砸死,宣告他的理想破产。这部剧所包含的“人的精神的反叛”主题后来一直贯穿于他的社会问题剧当中。与之相反,互为补充的《培尔·金特》则描述了一个绝对的个人主义者的神奇冒险故事。培尔·金特背叛了朋友,诱拐其妻,逃亡当中抛弃了新娘,误入山妖王国。后来他又偷偷返回家乡,为母送终,因家破人亡,再次离家出走,漫游各地,晚年落魄地回到初恋情人索尔薇格的身边。在这出戏剧当中,易卜生塑造了一个完全不同于"布朗德"的个人利己主义的人物,成为庸俗自私的市侩的典型。然而相比布兰德而言,培尔·金特更彰显出人物性格与时代背景的巨大张力,现实与浪漫手法相互运用使这一人物形象更为生动复杂,更富魅力。

1868年后,易卜生侨居德国德累斯顿等地,其戏剧创作进入鼎盛时期,他以散文体形式写出了一系列现实的社会问题剧[1]。易卜生往往通过社会问题剧加入"讨论"因素,以此提出一系列重大的社会问题,包括挪威的政治、经济、道德、法律与宗教等现实问题。这些作品包括《青年同盟》(1869)、《社会支柱》(1877)、《玩偶之家》(1879)、《群鬼》(1881)、《人民公敌》(1882)等。

《青年同盟》是易卜生以当时挪威的现实生活为素材写成的第一个社会问题剧,主要通过青年律师史丹斯戈成长为政客的经历揭露了资本主义民主的虚伪。《社会支柱》则塑造了一个挪威式的"社会支柱"——造船厂老板博尼克的形象。于家,博尼克是一个模范丈夫;于公,他深得市民的尊敬。然而,这样一位"社会支柱"原来竟是一个唯利是图的骗子、无赖。易卜生通过他无情地刺穿了挪威社会政客的伪装,强烈地讽刺了资产阶级式的社会支柱,即:道德与民主。

《群鬼》和《玩偶之家》一样是说明婚姻家庭问题的,只不过它们角度有别。《群鬼》的女主人公海伦·阿尔文太太温柔懦弱,胆小怕事,受传统思想影响较深。她的丈夫阿尔文上尉酒色无度,只知享乐。海伦曾想抛家出走,后在她的旧情人曼德牧师的劝告下回到家中。对家庭的失望让海伦寄希望于儿子欧士华,在他七岁时就把他送往巴黎学绘画。然而,最终欧士华因花柳病而死,海伦昏狂欲绝。海伦的不幸命运无疑是娜拉留在家里无法避免的,易卜生通过该剧很好地回答了"娜拉该不该出走"的问题。

《群鬼》发表之后,挪威资产阶级的保守派发起了更为猛烈的攻击,易卜生恍如"人民公敌",后于1882年创作《人民公敌》加以还击。该剧是"社会问题剧"的顶峰之作。戏剧主人公斯多克芒是一个进步的知识分子,他高尚诚实,关心群众利益,毫无自私之心;同时,他又是个天真质朴,不甚熟悉人情世故的科学家。他在一个正在修建的疗养区的矿泉中发现有传染病菌,为了不危害当地人和外来游客的健康,提出改建矿泉管道的主张。然而这一主张遭到市长、报界、房产主等的激烈反对。后斯多克芒医生不

1　社会问题剧的特点表现在以日常生活为题材,从多方面剖析社会问题,层层揭开,使矛盾突出,以戏剧讨论社会问题,启发观众思考现实,从而引起人们关注现实,改变现实。其局限在于其改变现实的方法过于理想。

顾有产者的威逼利诱，举办宣讲会，想向市民说明真相，宣传自己的社会主张。但反对派却利用这次集会煽动听众，操纵会场，以所谓“民主方式”表决，宣布斯多克芒为“人民公敌”，逼迫他带着妻子儿女离开了家乡。《人民公敌》通过斯多克芒医生的遭遇，暴露了资产阶级民主的虚伪实质。

自易卜生发表《人民公敌》之后，他的创作风格与关注重心发生了巨大的变化，标志着他创作的象征主义戏剧时期，其转折性的作品以1884年创作的《野鸭》为标志。其后的《罗斯莫庄》(1886)、《海上夫人》(1888)、《海达·高布乐》(1890)、《建筑师》(1892)、《小艾友夫》(1894)、《博克曼》(1896)、《我们死人醒来的时候》(1899)。易卜生这一阶段的作品从社会问题转向关注个人内心，尤其是挪威知识分子的内在心理与个人主义的幻灭。相比于前期作品，此时戏剧气氛更为阴郁，往往利用象征主义的手法安排剧情，整个戏剧笼罩着一股强烈的颓废气息。

1906年5月23日，易卜生死于家中，终年78岁。为了表达对作家的崇敬之情，挪威政府为这位戏剧大师举行了隆重的国葬。

2 经典解析:《玩偶之家》

《玩偶之家》是易卜生“社会问题剧”当中最为杰出的一部，它体现了易卜生思想与艺术创作的最高成就。该剧是易卜生根据一个名叫劳拉·皮德生的人的故事改编而成的，但它所表现的主题以及产生的深远影响远远超出了故事本身。

剧中的女主人公娜拉是一个既年轻美丽又善良天真的女子。从小她就是父亲的玩偶——“小宝贝儿”，嫁给律师海尔茂后又成为丈夫的玩偶。娜拉爱自己的丈夫，甚而崇拜他。两人婚后一年，作为律师的海尔茂为家庭辛苦奔波、日夜操劳，终于病倒。本来生活就拮据的娜拉为了给丈夫治病不得不跟银行职员柯洛克斯泰借钱。因父亲病危，她伪造了父亲的签名。到意大利疗养后海尔茂终于康复，但娜拉还得瞒着丈夫熬夜工作，偿还债务。戏剧一开场就展示了海尔茂一家是多么的幸福和睦！从表面上看，海尔茂很爱娜拉，一见面就“小鸟儿”“小松鼠”那么亲昵地叫她。他们有三个活泼可爱的孩子，还雇了一个保姆管理他们。总之，他们过着愉快的生活。八年后，因柯洛克斯泰被辞退，请求娜拉说服她的丈夫海尔茂让他继续当差，不然就将当年伪造签名借钱的证据寄给海尔茂，让他名誉受损。然而，当上银行经理的海尔茂因不喜欢柯洛克斯泰最终解雇了他。海尔茂看到柯洛克斯泰的来信之后勃然大怒，骂娜拉瞒住他做触犯法律的事,把他的前途毁了。他还像一条疯狗似的乱叫起来,辱骂娜拉是“伪君子”“撒谎的人”“下贱女人”,并剥夺了娜拉教育儿女的权利。娜拉在镇静之后终于看清了自己在家庭中的地位。最终她忍无可忍,砰的一声关上房门,离家出走了。

全剧通过娜拉的逐渐觉醒,全方位地揭露了资产阶级社会法律、道德、宗教与婚姻的虚伪,提出了妇女解放的重大社会问题,充分地展现了“易卜生式的人道主义”[1]。一方面,易卜生通过娜拉的出走肯定她反抗男权制度的决心;另一方面,也向世人提出了女性如何获得独立自主的难题。该剧所塑造的女主人公娜拉也因此成为当今女权主义的榜样与典范。然而,正如当年鲁迅先生所著文反思的那样,娜拉走后到底会怎样?这不仅是当时中国革命需要解答的问题,也是当今女性需要思考的大问题。

在剧中,娜拉是一位独立自主、敢于反抗的独特女性。娜拉像所有女性一样,最初都渴望有一个温馨幸福、和谐和睦的家庭。现实似乎将所有女性的幸运都给予了娜拉,她出身良好,丈夫有一份不错的工作,她爱丈夫,丈夫也爱她。一家五口,快乐无比。然而,平静的生活总是不经意地会掀起风浪,最终彻底地打碎了这个看似幸福、无比坚固的家庭。全剧围绕着“假冒签名”这一导火索,娜拉与丈夫、娜拉与社会之间的冲突如火山般喷薄而出,将娜拉有关家庭、有关婚姻的一切梦想燃烧殆尽。本来娜拉也独立自主,然而当时的社会却不允许她自主。为了生病的丈夫与父亲,她不得已自作主张“假冒签名”借钱治好了丈夫的病;为了还债,她日夜缝补,节衣缩食,最终差一点就将钱还清。然而,海尔茂最终的表现彻底打碎了她对家、对丈夫所抱的幻想,使她充分认识到丈夫表面爱她背后的虚伪,同时也让她认清了充斥于那个时代的虚伪与不合理。最后,她彻底地觉醒了,向以海尔茂为代表的那个市侩阶层,向那个专断的男权社会提出了强烈的控诉,发出了历史上女性反抗的最强音:“父亲病得快死了,法律不许女儿给他省烦恼。丈夫病得快死了,法律不许老婆想法子救他的性命!我不相信世界上有这种不讲理的法律。”不仅如此,娜拉还提出了她作为女性所具有的平等权利:“现在我只相信,我是一个人,跟你一样的一个人——至少我要学做一个人!”所有这一切将娜拉独立自主、敢于反抗的性格完整地展现出来,让娜拉成为当今女性反抗男权社会的一面镜子,引人深思。

---

1 “易卜生式的人道主义”亦称为“易卜生主义”,它代表着挪威小资产阶级的开创性和独立性等思想意识,体现了“自由农民之子”的精神传统和时代要求。易卜生主义包含一种绝对的否定精神,它以一种小资产阶级的狂热否定社会上一切腐败的东西,包括封建制度和资产阶级的卑鄙庸俗的生活习气。易卜生提倡“整体革命”,奉行“全有或全无”哲学,要求彻底否定国家、社会、宗教的弊病和一切虚伪的口号。易卜生主义是易卜生的思想精华,现在仍具有重大的社会意义。

当然,该剧也成功地塑造了海尔茂这个自私虚伪的资产者形象。表面上看,海尔茂像《社会支柱》当中的博尼克一样,在家里是一位模范丈夫,深爱他的妻子,时刻准备着为妻子牺牲一切。在剧中,观众看到的海尔茂确实也是如此的,他既不寻花问柳,也不贪杯赌博,倒是为了家庭到处奔波操劳。然而,随着剧情的发展,娜拉与海尔茂之间的浪漫爱情彻底破产。在娜拉坦率地承认是她假冒签名这一事件之后,海尔茂翻脸不认人,不仅无视娜拉的恩情,反倒对她大肆辱骂。在社会上,海尔茂亦是一位成功人士。作为律师,他不接不正义的案子;但作为银行经理却因为个人私利而故意解聘柯洛克斯泰。正是因为他是这样一个"成功人士",所以在家他要求娜拉做一个驯服的妻子。然而,一旦妻子做出任何有损他形象、荣誉的行为,他的本性便一露无遗。

《玩偶之家》作为易卜生整个戏剧的最高代表,表现了出多方面的艺术成就。

第一,作为社会问题剧的代表,剧作直接从日常现实生活中取材,破除了古典戏剧多写神话历史与英雄传奇的套路。故事一开头,易卜生就将当时挪威家庭的客厅展现在观众的面前:舒适的客厅、一间书房、一架钢琴、一张小桌子……随后出现的娜拉、海尔茂、林丹太太、阮克医生等,所有这一切让观众看到的不是高大的英雄与惊险的传奇,而是一个个活生生的寻常百姓之家。因此,有学者说易卜生的戏剧开创了"客厅戏剧"的传统。

第二,"追溯法"与伏笔的运用让剧情紧张、紧凑。日常生活的选材虽然难免平淡拖沓,然而易卜生终究是大师,"追溯法"的运用让观众看得步步惊心、紧张曲折。日常生活的切入虽然显得有些平淡,然而通过娜拉与林丹太太的聊天,八年前的一件事为后面剧情的冲突埋下了伏笔,随后剧情顿时急转,后面的故事紧紧围绕"冒名签字"一事步步深入,直到最后谜底揭开,夫妻二人反目成仇,娜拉最后彻底绝望,砰的一声,一个巨大的问号留给了观念。作为观众,目睹一个表面平静幸福的家庭如何走向崩溃瓦解,其间的情感转折,真是让人扼腕叹息,嘘唏不已!

第三,作者创造性地将"讨论"引入了戏剧。为了很好地凝练主题,将整个剧情的重心步步推进,易卜生在戏剧当中引入了大量的"讨论"戏。譬如,娜拉冒名签字好不好,丈夫将妻子当玩偶对不对,娜拉出走后将怎样等都是剧情发展必不可少的问题。正是这些被讨论的问题不仅推动了整个剧情的发展,也使人物性格得到充分的展现。另外,这些讨论也将观众与剧情紧紧地联系在一起,将剧情延伸至现实生活,促使观众思考现实。

第五节　波德莱尔

1 生平与创作

夏尔·皮埃尔·波德莱尔(1821—1867),19世纪法国著名诗人、文艺评论家,现代主义诗歌的先驱。他以独特的方式捕捉大都市中破碎且稍纵即逝的人类经验,影响了后世的众多诗人、文学家,包括魏尔伦、兰波、马拉美、瓦雷里、普鲁斯特、艾略特。波德莱尔的代表作《恶之花》在问世之初颇多非议,他在给母亲的信里写道:"我自信有一天我所写的一切都会畅销。"这部诗集数十年之后成了世界文学经典。

波德莱尔1821年4月9日生于巴黎,父亲弗朗索瓦担任过参议院大法官办公室主任,比波德莱尔的母亲卡洛琳大34岁。1827年,波德莱尔的父亲去世,卡洛琳改嫁奥比克少校。后者此时已获得骑士勋章,后来擢升为将军,担任过大学校长、驻外使节和参议员。童年丧父对波德莱尔的个性造成了很大影响,他与军官出身的继父始终关系不睦,在生活和文学领域均成为资产阶级的浪子。1831年,继父被调往里昂镇压纺织工人运动,波德莱尔也迁入里昂一所私立学校就读,有同学后来回忆他"卓尔不群"、有很好的教养。1836年,波德莱尔迁回巴黎路易大帝中学,在阅读大量文学作品的同时,开始了纨绔子弟的生活,因买衣服而欠债。他没有职业规划,对继父设想的法律或外交工作不感兴趣。母亲卡洛琳后来说:"如果夏尔听从继父的指导,他的生活会完全不同……不在文学里留名,但我们三人都会更快乐。"1939年,波德莱尔被中学开除,原因是拒绝交出同学传给他的纸条,将纸条吞进肚里并蔑视校长。他勉强通过了中学毕业会考,短暂就读于一所法律学校。

1841年,波德莱尔的继父委托一位船长把他送往印度加尔各答,希望他在殖民地学做生意。这一计划很快失败,波德莱尔在游历了印度洋上的毛里求斯、留尼旺群岛等地之后中途返回,不过东方之行开拓了他的眼界,为诗歌创作提供了素材和灵感。回国之后,他的创作日渐成熟。对异域文化的兴趣促使波德莱尔爱上一位在海地出生、有非洲黑人血统的女演员让娜·杜瓦尔。让娜当时正从加勒比地区到巴黎发展,成为波德莱尔一生最亲密的伴侣,《恶之花》里有二十多首诗与她有关。[1]1842年,波德莱尔到了可以继承生父遗产的法定年龄。由于他花钱没有节制,家族以信托的方式限制了他每月可支取的额度,文学创作也不能带来多少经济收益,这使得波德莱尔经常手

1　英国女作家安吉拉·卡特(1940—1992)以让娜·杜瓦尔为原型创作了女性主义小说《黑色维纳斯》,加拿大女作家娜洛·霍普金森(1960—　)以她为主角创作了历史小说《盐路》。

头拮据,需要借账度日。加上家人坚决反对他与让娜的关系,他两度自杀。1844年以后,精神困苦、时常自我否定的波德莱尔开始参加政治活动。他受傅立叶、布朗基、普鲁东等空想社会主义者的影响,积极参加街头运动,编辑政治报刊,直到1852年法兰西第二帝国[1]建立,才结束生涯中的“革命时期”。这一阶段,波德莱尔还发现了美国奇幻作家爱伦·坡,引为精神上的知己,把译介他的作品作为终身事业。

1846年,波德莱尔出版了自己的第一部文艺评论集《一八四五年的沙龙》,大获好评。他很尊敬夏多布里昂、雨果、邦维尔、奈瓦尔等浪漫主义文学的主流作家,与他们中的许多人保持着友谊。对于正在走向没落的浪漫主义文学,他又试图赋予其现代主义、象征主义的新意。与此相应,他敏锐地预见了传统绘画的式微和印象派的崛起,与马奈、纳达尔、居伊等艺术家过往甚密。波德莱尔很早就酝酿《恶之花》的出版,在报刊上数次刊登预告,这部诗集直到十年后才问世,其间更换过几次题目。除了在报刊上发表诗歌、评论,波德莱尔还出版了大量的爱伦·坡作品译著。

19世纪五十年代初,波德莱尔陷入与债务、疾病、毒品的斗争,创作上并不稳定。1855年,他首次以“恶之花”为总题,发表了《仇敌》《厄运》《前生》等18首诗。作品激起了两种截然不同的评价,有评论家认为《恶之花》是天才的、富于激情的杰作,也有人反感它所揭示的城市罪恶、人性颓废、享乐、死亡、同性恋等主题。1857年,波德莱尔的继父去世,他和母亲的关系得以修复。但同年《恶之花》遭到报刊批判,司法部认为诗集诲淫诲盗,有“触犯公共道德和善良风俗”的嫌疑。虽然圣伯夫、雨果、福楼拜等知名作家对波德莱尔表示支持(福楼拜的小说《包法利夫人》受到相同的指控,经审判宣告无罪),法庭仍然对波德莱尔本人和他的出版商进行了罚款,勒令删掉其中的6首诗。

1861年,波德莱尔推出了《恶之花》新版,收入新作32首,再次引起了轰动,同年提出加入法兰西文学院,后来在圣伯夫的劝告下撤销了申请。1865年,他以“巴黎的忧郁”为题发表了6篇散文诗,这是一个很大的写作计划的一部分,最终只完成了其中的50篇散文诗。19世纪60年代后期,波德莱尔被疾病压垮,最终瘫痪、失语。1867年8月31日,他在巴黎去世,账户里尚有生父留下来的但他无权支取的遗产。翌年,50篇散文诗被编订为《巴黎的忧郁》出版;《恶之花》也出版了第三版,增补25首诗,一共收录157首。被勒令删掉的6首诗,直到1949年5月31日才由最高法院宣布解除禁令,

1 法兰西第二帝国是法兰西第二共和国总统路易·拿破仑·波拿巴在法国建立的君主制政权(1852—1870),路易是拿破仑的侄儿,被称为“拿破仑三世”。

离它们诞生的时间已经过去了近一百年。波德莱尔在创作上对自己要求严格,写作速度较慢且成书的速度也慢,相当一部分作品是后人编订出版的。除《恶之花》《巴黎的忧郁》两部作品外,波德莱尔还创作过一部自传体小说,文艺评论方面的著述包括《一八四五年的沙龙》《一八四六年的沙龙》《论笑的本质并泛论造型艺术中的滑稽》《论几位法国漫画家》《论几位外国漫画家》《论一八五五年世界博览会美术部分》《哲学的艺术》《一八五九年的沙龙》《现代生活的画家》《画家和蚀刻师》《欧仁·德拉克洛瓦的作品和生平》等,其中论文学的重要篇目被汇编成《浪漫派的艺术》,论艺术的重要篇目被汇编成《美学珍玩》。

波德莱尔对现代法语文学和英语文学都有很大的影响。诗人兰波称他为"诗歌之王"。马拉美发表过关于他的十四行诗。阿尔弗雷德·维尼在1922年的一篇评论中称他是"19世纪最伟大的诗人"。美国评论家埃德蒙·威尔逊把波德莱尔尊为象征主义运动的先驱。诺贝尔文学奖得主T. S.艾略特不仅热爱波德莱尔,还在《荒原》等作品中直接引用他的诗句。此外,萨特、本雅明等20世纪哲学家对波德莱尔写过专门论著,借以阐发自己的哲学、美学思想。波德莱尔在20世纪二三十年代的中国文坛也产生过很大的影响,李金发、徐志摩、穆木天、梁宗岱、周作人、邵洵美、田汉、张闻天、戴望舒、李健吾、王道乾、林庚、陈敬容等众多文学名家,或讨论过他的诗学理念,或译介过他的作品。

2 经典解析:《恶之花》

诗集《恶之花》是波德莱尔最著名的作品,其中一小部分曾发表于报刊上,诗集从第二版开始分为6个部分,分别是"忧郁与理想"(88首)、"巴黎风光"(18首)、"酒"(5首)、"恶之花"(12首)、"叛逆"(3首)、"死亡"(6首),第三版增补了21首诗。这6个部分组成有序的结构,大致呈现出一个时而沉湎于享乐、时而痛苦反思,遍寻出路而不得,试图革命又终于灭亡的观察者形象。占据全书三分之二篇幅的第一部分"忧郁与理想"书写主人公个人成长和情感等方面获得的积极、消极体验;从第二部分"巴黎风光"开始,主人公结束自审,寻找若干解脱之道:观察城市生活、同情劳苦大众("巴黎风光"),超现实主义的体验("酒"),纵情享乐("恶之花"),试图革命("叛逆"),逝去("死亡")。

诗集的开端部分还有献辞和一首《致读者》,献辞写道:"谨以最深的谦虚之情,将这些病态的花呈现给完美的诗人、法国文学的十全十美的魔术师,我的非常亲爱和非常尊敬的老师和朋友:泰奥菲尔·戈蒂耶。"文学家戈蒂耶比波德莱尔大十岁,早年受到浪漫主义文学影响,后来提出"为艺术而艺术"的主张,以反对浪漫派的"为人生而艺术"。波德莱尔和戈蒂耶保持着亦师亦友的关系,但他没有赞成"为艺术而艺术"的唯美主义诗学,《恶之花》的开篇献辞并非这部诗集的点题之语。

《恶之花》最大的成功之处,在于波德莱尔对现代都市生活的创造性书写,从内容和形式上开启了现代主义诗歌的时代。法国文化史上有很多名人以巴黎这座城市作为创作根基,如15世纪的诗人维庸,18世纪的思想家孟德斯鸠和狄德罗、"市民戏剧"的代表人物梅尔西埃,19世纪的大作家雨果、巴尔扎克等等,构成了一个巴黎写作的序列。波德莱尔位于这个序列中新的历史起点,他生活的19世纪中期的巴黎是第一次工业革命结束时崛起的现代世界城市,拥有一百多万人口以及众多的街道、工厂、百货商店、剧场、赌场、咖啡馆,同时泾渭分明地划分出富人区和贫民窟。所有这一切都是围绕资本主义生产方式建立起来的,这些大都市——伦敦、巴黎、柏林、布鲁塞尔……创造出一个全新的时代,即所谓欧洲发达资本主义时代。生活在其中的人们,他们的生活方式、情感方式有别于小城镇居民,跟过往的伦敦人、巴黎人、柏林人也有所不同。

在波德莱尔之前,从没有人用诗歌描绘过如此复杂的巴黎。这一时期的巴黎经历了高速城市化的过程,尤其是从1950年开始,由奥斯曼男爵主持进行了大规模的旧城改造,通过征地、拆迁,建造了奠定今天大巴黎城区格局的林荫道,严格规划街道立面建筑物的高度、风格,开辟了若干大型公园,建立起迷宫一般的地下排水系统。巴黎经过改造后不仅容纳了更多的城市人口,也使商业、娱乐场所遍布大街,把它迅速变为欧洲娱乐时尚之都。波德莱尔作为一个出身于上流社会、土生土长的巴黎人,描绘了这座呈现新貌的世界城市全部的内容,既包括资产阶级创造出来的绚烂文明,也包括它光鲜外表之后阴暗、颓废、罪恶的一面。《恶之花》写了剧院、商店、赌场、咖啡馆、高级公寓里的物质生活,有许多纵酒欢愉、情人相会的内容,也描绘了在街巷、阁楼、医院、码头形形色色的工人、流浪汉、拾垃圾者、卖艺者、妓女、乞丐、醉汉的生活。

《恶之花》以渎神的口吻写到了阶级矛盾。第5部分"叛逆"收录的作品《亚伯和该隐》把《旧约》里亚当的两个儿子描写为对立阶级,该隐谋杀兄弟的故事被写成反抗阶级压迫的结果,甚至对主宰一切的上帝也要"革命":

亚伯的后代,去恋爱、繁殖!

连你的黄金也能够增产;

该隐的后代,燃烧着的心,
你要当心这强烈的欲念。
亚伯的后代,你仿佛椿象
饱吃着嫩叶而繁殖蘖生!
该隐的后代,你走投无路,
拖着一大群落魄的家人。
…………
该隐的后代,去登上天庭
把天主揪来摔倒在地上!

尽管波德莱尔还不能把法国革命的主体总结成除了出卖劳动力之外一无所有的"无产阶级",他的种种描绘却符合这一阶层的特征。另一首《献给撒旦的连祷》中暴力革命的情绪更是一触即发,被哲学家本雅明形容为"闪动着工人运动领袖布朗基的影子":

你赐给罪犯冷静高傲的眼光,
诅咒围在断头台四周的人群。

谈论革命和作为一种社会阶层的无产者,这样的作品在《恶之花》里只占很小一部分,这不仅是因为波德莱尔本人对资产阶级以及巴黎这座城市存在着复杂的态度,还在于救赎之道本身很难寻得。即使是未来的无产阶级精神领袖、作为波德莱尔同辈人的马克思,此时也刚刚在巴黎转变成一名共产主义者,那些影响深远的经典著作尚未诞生。波德莱尔更多的时候是以观察者的眼光反思现代城市化进程带来的新的罪恶和贫困,在短暂的"革命生涯"结束后,他在《恶之花》最后一章"死亡"里用悲哀的声音描绘下层民众的结局:

它是个天使,她那有磁力的手指,
把握着睡眠和迷人之梦的赠礼,
她替光着身子的穷人们再铺好卧床。

《恶之花》着墨最多的不是与资本主义生产方式结合紧密的工人阶级,而是流浪汉、拾垃圾者、妓女、小偷、诗人、艺术家……这些形象构成了一种新的城市“波西米亚”族群,他们不是浪漫主义文学喜欢描写的古老游牧民族的后裔,不用坐吉卜赛大篷车周游世界;他们生活在高度工业化、职业化的城市里,工作和生活却没有规律,喜欢在夜晚的街道漫无目的地闲逛。波德莱尔对这种新波希米亚人的描绘和对有革命倾向的无产者的描绘是不一样的,这些人未必会动摇社会根基,却一直作为理性城市生活的对立面而存在。他们游离在资本主义生产方式的边缘,却比普通人更了解这座城市,把人们生活的秘密看得格外清晰。这类“波希米亚人”有波德莱尔自况的意味,就像拾垃圾者是从工业废品中寻找有价值的东西,诗人同样是在日常工具化的语言之外寻找诗歌语言,他们都喜欢在市民酣睡的时候工作。更重要的是,波德莱尔通过塑造巴黎波希米亚群像,修正了资本主义文明的逻辑——城市的主人不只是政治家、金融家、商人、律师、工厂老板,也应该包含那些除去工具理性枷锁,保持敏锐、活泼感觉的人,哪怕他们的生活是普通人极力拒绝的。在另一代表作《巴黎的忧郁》里,波德莱尔虚构了一则神秘对话。普通人在“下贱的地方”遇到了艺术家,感到十分惊讶。艺术家回答说:“刚才,我急急忙忙地穿过马路,纵身跳过泥泞,避开死神从四面八方飞快逼过来的大混乱,就在这猛烈的动作之中,我的光轮从我头上滑落到碎石子路的烂泥里去了。”当那位路人提醒他可以报案或张贴启事寻找光轮的时候,艺术家表示完全没有必要,他不想被别人认出来。这个带有爱伦·坡色彩的寓言故事表明了波德莱尔的决心,在放弃上流社会文人的桂冠,放弃田园牧歌式的浪漫主义或“为艺术而艺术”的唯美主义之后,他又变成了感官敏锐的普通人,他将在现代城市生活的失败之处找到诗歌的价值。

波德莱尔是古典诗歌与现代派诗歌的交汇点,《恶之花》在形式上有很多古典诗歌的特征,辞藻考究,注重音韵格律,集合了象征、比较、反讽、夸张、反复、双关等各种修辞手段,有时用“商籁体”(十四行诗),有时用“马来体”,每节的二、四句作为下一节的一、三句再次出现,等等,显示了作者的古典文学造诣。与传统诗歌不同的是,他有时会打破格律规制,喜欢用一些冷僻词汇,塑造怪诞的形象,这些处理都是刻意为之的,意在阻断传统的欣赏预期,让人获得震惊的审美效果。《恶之花》还有许多浪漫主义文学里不常见的象征、暗示、隐喻、烘托、联想等手法,与它的奇崛主题相融合,开启了现代主义文学的第一个流派——象征主义。波德莱尔在“通感”的使用上更是具有巨大的原创性,《感应》这首直接描摹感觉的作品体现了他的诗学追求:

自然是一座神殿,那里有活的柱子
不时发出一些含糊不清的语音;
行人经过该处,穿过象征的森林,
森林露出亲切的眼光对人注视。
仿佛远远传来一些悠长的回音,
互相混成幽昧而深邃的统一体,
像黑夜又像光明一样茫无边际,
芳香、色彩、音响全在互相感应。

波德莱尔的《恶之花》不仅带来了人的基本感觉的交汇,还把文学感受与音乐、雕塑、绘画等艺术门类给人的审美感受相融汇,第二部分"巴黎风光"里的作品就带有印象派绘画的韵味。波德莱尔对"通感"的大面积应用以及对痛苦、麻醉、狂喜、迷惘、绝望等感觉的书写,不简单是偏好某种修辞手段,而是一种经验危机的产物——在理性化、程式化的资本主义生产方式下,劳动者只负责专业分工之后的一小部分单调的工作,不复有传统手工劳动者那种创造的喜悦,知觉和情感能力日渐贫乏。生活在大城市的人们被安排进一种标准化的、非自然的、条件反射式的生活经验中,而真正属于自我的经验要么深藏于记忆,要么是碎片化的。波德莱尔大部分的作品都在开展一项面向城市生活的唤醒工作,就像《给一位交臂而过的妇女》中的惊鸿一瞥,如果它只是法庭读出的资产阶级浪子的轻薄行为,就毫无意义可言,然而作品带给我们的是一种悲剧性的震惊,一种被大城市生活所否定的自我意识。诗歌的魅力不在于主人公无意中瞥见了陌生女人,而在于这位"身着重孝"的哀愁女子擦肩而过的一刹那,通向神秘世界的门关闭了,尘世中的热情毁灭了,而这根植于最个人化经验的诗歌却带给我们以安慰。

第四章

20世纪
现实主义文学

本章的重点是理解、识记现实主义文学的概念,结合20世纪西方的社会背景,理解现实主义文学在这一时期的基本特征及发展概况,明确20世纪现实主义文学与19世纪传统的现实主义文学之间的关联及变化;在此基础上,了解主要国家的代表作家及其作品。

第一节　概述

一、20世纪现实主义文学的历史背景及基本特征

20世纪的西方社会处于动荡且急剧变革的时代。19世纪末20世纪初,资本主义世界的发展进入帝国主义阶段,列强对海外殖民地瓜分殆尽,国内的贫富差距问题造成各国工人运动相继开展,欧美资本主义各国之间的矛盾加剧,酿成1914年第一次世界大战的爆发。混战结束后,矛盾暂时缓和。"一战"后诞生了世界上第一个社会主义国家——苏联。1929年,席卷欧美的经济危机和经济大萧条引发了西方社会的精神恐慌。20世纪20至30年代,法西斯势力兴起,促使欧洲各国掀起了反对法西斯主义的斗争。1939年第二次世界大战全面爆发,1945年第二次世界大战结束。两次世界大战深刻地影响了20世纪的世界格局,催生了各种社会思潮,西方人的精神文化意识在此间深受冲击,发生了急剧变化,由此,20世纪的欧美文学呈现出多元化、复杂化的格局。宏观上,20世纪欧美文学存在现实主义、现代主义两大主流。其中,20世纪现实主义文学是欧美19世纪现实主义文学在新时代的延续以及在20世纪的复兴。

20世纪现实主义文学继续发展,因受到西方社会新的历史条件和现代文化思潮的影响而表现出与19世纪传统现实主义文学的明显差异,具有新的特征。

第一,20世纪现实主义文学继承了19世纪现实主义文学的人道主义思想,又在关注人的命运的层面更具深度和广度,重视表现人的价值。

第二,两次世界大战使欧美作家普遍认识到战争对人类身心的巨大破坏,反战、反法西斯与爱国主义成为20世纪欧美现实主义文学的重要主题。"一战"期间,欧美文坛反战、反压迫的作品增多;"二战"战后的冷战时期,欧美各国均出现了揭露法西斯罪

行、歌颂反侵略斗争的作品。

第三，十月革命的胜利和国际无产阶级革命运动的开展，使20世纪欧美的现实主义作家在不同程度上受到社会主义思想的影响，因此，20世纪欧美现实主义文学新的文学任务和形态包括描写无产阶级的生活、思想和斗争，塑造工人形象等。

第四，较之于19世纪传统的现实主义文学，20世纪欧美现实主义文学借鉴了现代主义的表现手法，更重视表现人物的内心活动和精神世界，呈现出“向内转”的趋势，具有内倾性特点，而淡化了情节和对人物形象的典型性塑造。

第五，20世纪欧美现实主义文学出现了“长河小说”，繁荣了长篇小说创作。“长河小说”一般为多卷本，字数超过百万，容量较大，内涵丰富，更适宜于广泛、深刻地反映社会历史的变迁，在描写现实生活的广阔性、真实性和批判性方面，成效更突出。

二、20世纪现实主义文学在欧美各国的发展

（一）英国文学

20世纪上半叶，英国的现实主义小说取得了突出成就，一批代表性作家继承并发展了19世纪英国现实主义文学的传统，在创作中表达立场，同时加强了批判色彩，矛头直指这一时期英国社会的保守和虚伪。

萧伯纳，全名乔治·伯纳德·萧（1856—1950）是20世纪英国杰出的现实主义戏剧作家，被认为是英国现代戏剧的奠基人。其剧作擅长以幽默、讽刺的语言揭露英国资本主义社会的顽疾，暴露剥削阶级的罪恶，抨击社会问题，发表新知卓见，一扫之前100年内英国戏剧的低迷局面。他于1925年获诺贝尔文学奖。其戏剧代表作有《鳏夫的房产》（1892）、《华伦夫人的职业》（1893）、《巴巴拉少校》（1905）等。

约瑟夫·康拉德（1857—1924）是出生于波兰的英国籍作家。他学习过航海，做过水手，当过船长，具有20年海上航行的生活经验。康拉德的创作擅长于海洋冒险经历以及丛林生活等题材，反映了人性的善与恶，也揭露了西方殖民活动中的掠夺行为，反映了文化冲突等问题。其代表作包括《吉姆爷》（1900）、《黑暗的心》（1902）等。

约翰·高尔斯华绥（1867—1933）是20世纪英国现实主义文学有较高成就的代表作家之一。他于1899年从牛津大学法律系毕业，其父也是伦敦的著名律师，但高尔斯华绥在毕业后却专心从事文学创作，1906年以长篇小说《有产业的人》在英国文坛获得声誉。《有产业的人》与《骑虎》（1920）、《出租》（1921）共同构成了高尔斯华绥最重要的代表作《福尔赛世家》三部曲。《福尔赛世家》通过描写福尔赛家族的兴衰过程，反映

了19世纪80年代中期至20世纪20年代中期英国资产阶级的社会生活,揭露了资产阶级强烈的私有财产意识。福尔赛家族的故事在《现代喜剧》三部曲(1924—1928)中得以延续。《现代喜剧》包括《白猿》(1924)、《银匙》(1926)、《天鹅曲》(1928)三部作品。在这两套三部曲中,高尔斯华绥展现出高超细腻的细节描写和心理分析能力,塑造出福尔赛家族栩栩如生的人物群像。他以卓越的艺术描写成就于1932年获得诺贝尔文学奖。

两次世界大战之间,在现代主义小说繁荣的同时,现实主义文学得到了持续发展。戴维·赫伯特·劳伦斯(1885—1930)的小说创作长于挖掘人物的心理,表现出独特的现代意识,成名作《儿子与情人》(1913)奠定了劳伦斯在英国文坛杰出小说家的地位,他因此被认为是20世纪英国文学史上最重要的作家之一。《虹》(1915)被认为代表了劳伦斯小说创作的最高成就,体现出批判社会现实的力度。小说讲述了布兰温家族三代人的经历,通过反映19世纪后期工业文明入侵英国农村后破坏自然环境、摧毁乡村生活、毁坏两性关系等问题,批判了工业文明的恶果;同情英国农民的生活境况,表现了人们在现代工业文明社会中对旧传统束缚的挣扎与寻求新生活的愿望和探索。

20世纪30年代,英国现实主义小说的创作阵营扩大。威廉·萨默塞特·毛姆(1874—1965)经历过"一战",战后游历了世界各地。其长篇小说代表作《人生的枷锁》(1915)具有自传性质,以早年的游历经历为蓝本,描写了主人公菲力普·卡莱30年的人生道路,揭露了宗教教条的虚伪、教育体制的陈旧、社会观念的陈腐等对人性的禁锢。其后的小说创作形态各异,却都着力反映天才在社会现实中的矛盾压抑和备受摧残,如《月亮与六便士》(1919)、《刀锋》(1944)等都属于此类佳作。

20世纪下半叶,英国小说创作出现了向现实主义传统回归的现象,被称为"新现实主义",题材上多为普通人的生活状态和生存困境,主题上多为揭露人性邪恶、道德沦丧、社会不公。重要作家如"愤怒的青年"一派作家的代表金斯利·艾米斯(1922—1995),其代表作是《幸运的吉姆》(1954)。小说的主人公吉姆是处于试用期的一名大学历史教师,他痛恨周围虚伪做作的风气,用一系列令人发笑的反叛行为对抗精英阶层,近乎一个"反英雄"的形象。吉姆所代表的"愤怒的青年",正是当时英国社会中出身于中下阶层的青年一代,他们有的受过高等教育,但无法因此真正地进入所谓"上流社会",他们反感所谓"绅士"之流,尤其嘲笑特权和伪善。"愤怒的青年"一派作家擅长塑造像吉姆一样的处于社会边缘、对现存秩序不满的新兴阶层。

这一时期的英国小说家、诗人威廉·戈尔丁(1911—1993)是1983年诺贝尔文学奖获得者。"二战"的经历促使他在小说中注意探讨人性中的恶以及美与恶的斗争。他的第一本小说《蝇王》(1954)是其代表作之一，为他奠定了世界级声誉。《蝇王》描写了一群孩子因核战而流落荒岛，在失去社会规则的制约后，人性中潜藏的邪恶逐渐显露而发生的故事。作品被视为一部现实主义的寓言小说，启示人们警惕人性之恶的蔓延及其可能带来的后果。

多丽丝·莱辛(1919—2013)的小说题材广泛，对殖民主义、女权问题、科幻领域皆有关注。莱辛的代表作《金色笔记》(1962)以框架故事的结构描写了"自由女性"的精神困境。

(二)法国文学

20世纪法国现实主义文学与19世纪现实主义文学一脉相承，其思想武器仍然是人道主义，内容上仍然注重反映时代风貌，塑造典型，形式上注重情节，追求细节的真实性，突出作品的认识价值和对社会的批判意义。但由于社会条件的变化和现代派思潮的影响等因素，20世纪法国现实主义文学也发生了一些变异，多卷体长篇小说"长河小说"的出现、描写空间的扩大等均为这一时期的新特征。

20世纪法国现实主义文学涌现出许多重要作家，可分为跨世纪的、前半期的和后半期的三代。阿纳托尔·法朗士(1844—1924)的创作经历长达60年，跨两个世纪，并在20世纪进入成熟，他于1921年获得诺贝尔文学奖，1924年辞世之时法国政府为其举行了盛大的国葬。法朗士的长篇小说代表作包括《企鹅岛》(1908)、《诸神渴了》(1912)等，题材涉及法国大革命历史，针砭时弊。

跨世纪一代的代表是小说家、戏剧家和散文家罗曼·罗兰(1866—1944)，他因"文学作品中的高尚理想和他在描绘各种不同类型人物时所具有的同情和对真理的热爱"，于1915年获得诺贝尔文学奖。罗曼·罗兰以其第一部长篇小说《约翰·克里斯朵夫》(1904—1912)而奠定其文学史地位。20世纪初期进步知识分子的精神风貌集中体现在平民出身的音乐家克里斯朵夫这一形象中，战争、世纪之交的时代风云等重大社会历史事件则伴随主人公的命运而展开。小说长达百万字，描写了主人公约翰·克里斯朵夫奋斗、求索的人生历程，开创了多卷体长篇小说，即"长河小说"这一体裁。小说以主人公生命历程的四个阶段分别对应交响乐的四个乐章，展示出交响乐一般的精美结构，因而被认为是一部"音乐小说"。

安德烈·纪德(1869—1951)是1947年获得诺贝尔文学奖的作家。他在思想上藐视传统的道德束缚，追求绝对的自由，同时又摇摆不定，具有清教徒的自我约束意识。

他唯一的一部长篇小说《伪币制造者》(1926)是其重要代表作品。小说在主题上抨击家庭和社会道德的虚伪,结构上则采用"小说套小说"的样式。这些创新之处开其后的新小说派的风气之先。纪德还著有《背德者》(1902)、日记体小说《窄门》(1909)、《田园交响曲》(1919)等。

罗歇·马丁·杜伽尔(1881—1958)经历过"一战",于1937年获得诺贝尔文学奖。其代表作《蒂博一家》(1922—1940)是一部规模宏大的"长河小说"。通过讲述充满矛盾纠葛的蒂博一家的故事,小说再现了"一战"带来的时代灾难,反映了战争前后法国及其他资本主义国家的社会危机;也通过主人公雅克的形象表达了反战思想。作品在注重真实的同时,在艺术上吸取了意识流手法,展现出这一时期现实主义文学发展的开放性。

20世纪法国现实主义文学前半期的代表还有莫里亚克(1885—1970)。因其小说长于细腻的心理描写,他被认为是20世纪法国最杰出的心理现实主义作家。其代表作有《给麻风病人的吻》(1922)、《蝮蛇结》(1932)等。因其小说"深入刻画人类生活的戏剧时所展示的精神洞察力和艺术激情",他于1952年获得诺贝尔文学奖。

女作家玛格丽特·尤瑟纳尔(1903—1987)是法国诗人、小说家、戏剧家和翻译家。她出生于比利时布鲁塞尔,用法语写作,她曾是法兰西学院历史上第一位女院士。在小说创作方面,尤瑟纳尔擅长"历史小说",其叙述立足于历史本身,而非立足于历史之外去描述曾经的事件与人物,从这个意义上讲,她的创作也被称为"历史的现实小说"。正如她自己所说,《苦炼》写到后三分之二,"我觉得自己才有些远离了再现16世纪的生活,而更加接近了16世纪的生活"。这一类长篇小说代表作《阿德里安回忆录》(一译《哈德良回忆录》,1951)、《苦炼》(1968)以及传记《北方档案》(1977)等,均显示出女作家文笔的优美洗练及其对古代历史独特的理解力。

玛格丽特·杜拉斯(1914—1996)是20世纪法国著名的女性小说家、剧作家、电影编导。儿时随父母在越南的生活经历成为她写作的重要素材。杜拉斯的代表作品有《如歌的中板》(一译《琴声如诉》,1958)、《广岛之恋》(1960)、《情人》(1984)等。《情人》带有自传色彩,于出版当年获得了龚古尔文学奖。杜拉斯小说创作中的异域风情、多重文化色彩、独特的叙述方式和心理描写艺术在该作中得到充分展现。

著有《星形广场》(1968)、《环城大道》(1972)、《暗店街》(1978)等小说的法国作家帕特里克·莫迪亚诺(1945—)是20世纪后半期法国现实主义文学的代表,擅长夸张、幽默笔法。他于1978年获得了龚古尔文学奖,于2014年获得了诺贝尔文学奖。

(三)德语文学

20世纪德语文学表现出强烈的批判精神。德国文坛的进步作家不断反思法西斯主义产生的原因,反法西斯成为文学创作的重要主题。奥地利和瑞士等德语国家也产生了具有世界影响力的作家。

亨利希·曼(1871—1950)和托马斯·曼(1875—1955)两兄弟的创作为20世纪初期德国现实主义文学的发展开辟了道路。托马斯·曼的创作在思想上批判传统社会,在艺术上以现实主义为基调,融合了现代派的表现手法。其代表作《布登勃洛克一家》(1901)是一部编年史式的长篇小说。作为德国19世纪后半期社会发展的艺术缩影,作品通过描写一个资产阶级家庭四代人的生命历程,反映了19世纪中叶德国传统社会走向没落的历史过程,对德国乃至整个欧洲社会可能发生的激变提出预示,被誉为德国资产阶级的"灵魂史"。托马斯·曼于1929年获得了诺贝尔文学奖。

赫尔曼·黑塞(1877—1962)出生于德国,于1923年入籍瑞士,1946年获得了诺贝尔文学奖。黑塞的一生漂泊而孤独,作品多描写小市民的生活,表现对过去时代的留恋。著有长篇小说《荒原狼》(1927)等重要作品。

德国小说家埃里希·马利亚·雷马克(1898—1970)的代表作《西线无战事》(1929)被认为是描写第一次世界大战最著名和最有代表性的作品之一。

贝尔托·布莱希特(1898—1956)是20世纪德国著名的剧作家、戏剧理论家和诗人。在戏剧理论方面,他创立了被誉为"世界三大戏剧表演体系"之一的"布莱希特体系"。戏剧代表作有《大胆妈妈和她的孩子们》(1939)、《四川好人》(1943)等。

德国作家海因里希·伯尔(1917—1985)曾被强征入伍而在"二战"中负伤,对法西斯主义及侵略战争深恶痛绝,他提倡清除暴力意识,重建精神家园。中篇小说《列车正点到达》(1949)是伯尔的成名作,也标志着战后德国"废墟文学"的兴起。伯尔于1972年获得了诺贝尔文学奖。

德国作家君特·格拉斯(1927—2015)的长篇小说代表作《铁皮鼓》(1959)以主人公奥斯卡·马策拉特的回忆,讲述了他30年的人生故事,揭示了同时期法西斯势力从崛起到覆灭的过程。

奥地利小说家、诗人、剧作家、传记作家斯蒂芬·茨威格(1881—1942)的代表作《一个陌生女人的来信》(1922)和《一个女人一生中的二十四小时》(1927)分别收录于他的第二本小说集《热带癫狂症患者》(1922)和第三本小说集《情感的迷惘》(1927)之中,表现了作家在小说创作中的突出特点和成就;他长于描写与情感、激情、情欲、女性相关的主题,在艺术上擅长对人物复杂丰富的情感活动和心理状态进行细腻刻画。茨威格身陷法西斯势力猖獗、欧洲沉沦的时代,深感绝望,于1942年在巴西里约热内卢服毒自尽。

瑞士籍德语作家弗里德里希·迪伦马特(1921—1990)的剧本《罗慕路斯大帝》(1949)揭露了人类历史中荒诞的一面。剧本《老妇还乡》(1956)批判了资本主义社会的金钱万能。其第一部犯罪小说《法官和他的刽子手》(1952)精于心理剖析和暗示,成为推理小说的名著之一。中篇小说《抛锚》(1956)对犯罪、道德问题进行了探索,体现出了他长于心理分析的特点。

(四)美国文学

19世纪中后期,美国文学走上了民族文学发展之路,20世纪的美国文学更是取得了长足发展,在小说、诗歌、戏剧方面均成就辉煌。20世纪上半叶的美国现实主义小说继承了19世纪的传统,面对这一时期美国的经济繁荣与社会矛盾、精神危机并存的社会局面,进一步体现出清醒的现实主义态度,一批具有世界影响的作家共同把美国文学推上了世界的高峰。

德莱塞和海明威被认为是美国20世纪最杰出的现实主义作家。西奥多·德莱塞(1871—1945)最早描写这一时期新的美国城市生活,并影响到同时期作家的同类创作。德莱塞的第一部长篇小说是《嘉莉妹妹》(1900)。《美国悲剧》(1925)使他获得了国际声誉,小说通过主人公克莱德的故事暴露了"美国梦"的虚幻本质,撼动了清教传统的道德根基。

欧内斯特·海明威(1899—1961)是20世纪美国作家中享誉世界文坛的杰出代表。他是"迷惘的一代"的代表作家,于1954年获得了诺贝尔文学奖,至今已成为美国人心目中的文化偶像。第一次世界大战、美国社会的工业化、城市化进程、爵士文化、1929年发生的经济大萧条、1936年爆发的西班牙内战、"二战"及战后美国的发展、冷战对峙等重大历史事件,无一不对海明威的创作产生了影响。海明威的小说创作成果丰硕。其代表作包括他的第一部长篇小说《太阳照常升起》(1926)、《丧钟为谁而鸣》(1940)以及以刊载形式发表、取得巨大成功的《老人与海》(1952)等。1961年7月2日,海明威饮弹自尽。

司各特·菲茨杰拉德(1896—1940)是美国"迷惘的一代"的重要作家。美国女作家格特鲁德·斯泰因(1874—1946)曾称海明威等人是"迷惘的一代","迷惘的一代"由此得名。"迷惘的一代"这一文学流派的作家在创作中一致表现出对帝国主义战争的厌恶以及找不到出路的迷惘。菲兹杰拉德的小说代表作《了不起的盖茨比》(1925)为他赢得了巨大声誉。作品通过主人公盖茨比的人生悲剧,表现"一战"后美国年轻一代"美国梦"的破灭,揭露了爱情理想与资本主义现实的矛盾、美国中西部与东部文化的冲突、金钱腐蚀人心等社会现象和问题。

约翰·斯坦贝克(1902—1968)凭借《愤怒的葡萄》(1939)获得了1940年普利策文学奖,于1962年获得了诺贝尔文学奖。《愤怒的葡萄》重现20世纪30年代美国大萧条年代的历史,斯坦贝克以高超的叙事艺术构建了作品独特的叙事结构,使小说展现出蓬勃的史诗般的气势。

索尔·贝娄(1915—2005)是20世纪美国杰出的犹太裔作家,分别于1954年、1965年、1971年获得美国国家图书奖。其重要作品有获美国国家图书奖的长篇小说成名作《奥吉·马奇历险记》(1953)以及长篇小说《雨王汉德森》(1959)、《洪堡的礼物》(1975)等。

同为犹太裔的作家杰罗姆·大卫·塞林格(1919—2010)是20世纪下半叶美国现实主义文学的重要代表,其长篇小说《麦田里的守望者》(1951)引起了巨大轰动,使他一举成名。小说主人公霍尔顿是当代美国文学中最早出现的"反英雄"形象,通过这一形象,作品反映了这一时期美国中产阶级子弟的苦闷与彷徨,抨击了资本主义的虚伪文明。

美国长篇小说、短篇小说作家、诗人约翰·厄普代克(1932—2009)一生的创作体裁多样,包括小说、诗歌和评论等。厄普代克被公认为20世纪美国最优秀的小说家之一。他凭借《兔子富了》(1981)和《兔子歇了》(1990)两度获得普利策小说奖。这两部作品与《兔子,快跑》(1960)、《兔子归来》(1971)共同构成厄普代克的"兔子四部曲",反映了"二战"结束之后40年内美国的社会历史画面。他的文风对许多作家产生了巨大影响。

黑人女作家托妮·莫里森(1931—2019)以《最蓝的眼睛》(1970)、《苏拉》(1973)、《所罗门之歌》(1977)等作品而获得文坛声誉,于1993年获诺贝尔文学奖。其作品关注美国黑人在西方社会所受到的精神奴役,表现出浓郁的黑人民族文学色彩。

(五)东欧、南欧、北欧国家文学

20世纪上半叶,东欧文学以民族独立斗争为内容,揭露黑暗现实,描写民族苦难;"二战"之后,东欧文学受苏联文学影响较大。20世纪南欧和北欧文学的主要成果集中在描写古老家族的史诗性作品和反法西斯题材的作品。

20世纪的东欧、南欧和北欧文坛优秀的现实主义作家及作品众多。捷克幽默作

家、讽刺作家雅洛斯拉夫·哈谢克(1883—1923)的长篇政治讽刺小说《好兵帅克》(1920—1923)以“一战”为背景,揭露了奥匈帝国统治阶级的凶恶专横和军队的腐败堕落。米兰·昆德拉1929年出生于捷克斯洛伐克,后定居于法国,其代表作包括《生活在别处》(1969)、《笑忘录》(1979)、《不能承受的生命之轻》(1984)。

(六)苏联文学

苏联文学的创始人马克西姆·高尔基(1868—1936)的文学成就开创了文学史上无产阶级文学的新时代。米哈伊尔·亚历山大罗维奇·肖洛霍夫(1905—1984)是苏联时代最杰出的作家之一,他于1965年获得了诺贝尔文学奖,代表作有《静静的顿河》(1928—1940)。

第二节 高尔基

1 生平与创作

高尔基(1868—1936),原名阿列克赛·马克西莫维奇·彼什科夫,1868年3月28日出生于俄国伏尔加河畔的下诺夫戈罗德城,20世纪苏联无产阶级文学的奠基人,无产阶级艺术最伟大的代表者。

高尔基出生于俄罗斯伏尔加河畔一个普通木匠家庭。他早年丧父,寄居在经营小染坊的外祖父家。母亲去世之后,他十一岁时便单独出外谋求生计,四处飘零。为了生存,他做过鞋店学徒,在轮船上洗过碗碟,在码头上搬运过货物,给富农打过工。他还干过铁路工人、面包工人、看门人、园丁……可以说,高尔基的童年和少年时代是在旧社会的底层度过的。而这些经历也给予了他丰富的写作素材,在他的自传三部曲中均有体现。在高尔基16岁的时候,他来到俄罗斯的喀山,在这里开启了他所谓的“大学生活”。而在此期间高尔基也逐渐开始接触马克思主义思想,这也成了他之后毕生的理想追求。而在他生活的这座“大学”中,高尔基也接触到了各行各业的人物,甚至与流浪汉成为挚友,他们交流攀谈,互相分享苦难。此后,高尔基于1888年和1891年两次周游俄罗斯,从尼日尼跑到察里津,经过顿河区域、乌克兰,来到比萨拉比亚,再从那里沿着克里米亚南岸到了库班,再到黑海边。行走千里路的实地经历更让高尔基全面认识了他的祖国俄罗斯,并逐渐滋养出他日后作品中体现出的人道主义情怀和平民意识。可以说,生活的艰辛、人间的磨难让高尔基较早地体会到了人间冷暖,感悟到了底层人民生活的酸甜苦辣，也逐渐领悟到了资本主义制度的罪恶根源。一次又一次的体力劳作，也砥砺了他的品格，磨砺了他的意志，赋予了他底层生存的生命体验，而这一切的一切也成为他之后作品创作的不竭源泉，为他走上创作之路打下了坚实的基础。1892年高尔基第一次以“马克西姆·高尔基”这个笔名发表了处女作《马卡尔·楚德拉》。“高尔基”，意为“痛苦的、悲惨的、不幸的”。这个笔名是高尔基对他饱含苦难的一生的高度总结，浓缩了他悲天悯人的人道主义理想。自此之后，高尔基便开启了他的创作之旅。

在高尔基的早期作品中，题材纷繁复杂，多聚焦社会现实，反映社会问题，大胆地揭露社会流弊，极富有批判色彩。在19世纪90年代的俄罗斯，社会动荡，统治黑暗，人民反对沙皇俄国专制统治的热情极度高涨。作为一名来自社会底层，深知民间疾苦的作家，高尔基渴望用自己的一支笔扫清天下之乱，为人民献言献策，反映当下的社会问题。此时的高尔基倾向于革命，但是并未形成坚定的政治信仰，故而其文学创作大多基于他丰富的人生经历和感悟，大多以寻求生活真理的姿态进入俄国文坛。其处女作《马卡尔·楚德拉》写一对年轻情侣的爱情悲剧，情节曲折，人物形象鲜明。在故事中，罗伊科和拉达均没有突破生命的底线，最终两败俱伤。正如裴多菲曾说过的，“生命诚可贵，爱情价更高，若为自由故，二者皆可抛”，此篇小说正是透过生命和爱情的悲剧，高歌着高于一切的自由；短篇小说《伊泽吉尔老婆子》和《鹰之歌》，极富有浪漫主义情怀，充满了诗人的畅想；《伊泽吉尔老婆子》整本书由两个民间传说和一个生活故事组成，以一位名为伊泽吉尔的老太婆的口吻将故事娓娓道来。在她的回忆和叙述中年轻人渐渐变老，勇敢的人逐渐怯懦，最后自由的人终究成了奴隶，呈现了一幕幕荒凉和颓败的人间惨剧。小说幻想了一个理想的世界与现实形成鲜明的对照，抨击了日渐衰颓的19世纪末的俄罗斯黑暗环境。伊泽吉尔老婆子作为故事的讲述者和联结者，体现了个人主义对于社会发展的危害，表现出高尔基对于美好生活的向往。全文展现了人物丰富多彩的内心世界，穿插着多种多样的浪漫主义写作手法，运用象征和讽刺将人物冲突描写到了极致，并在情节冲突中着力刻画各色人物的性格，表达了高尔基早期创作的倾向和方法，极具文学张力。同样在1895年，高尔基发表了另外一部作品《切尔卡什》。这是一部现实主义的力作，高尔基将关注的重点聚焦于俄罗斯底层的流浪汉生活，展现了小人物的喜怒哀乐与斗争挣扎。这些流浪汉们对于社会的不公充满了仇恨，却有着奋斗的信念。他们渴望获取自由，敢于对社会的不公发出自己微弱的声音，但同样存在人性上的弱点。他们贪图私利，胆小卑微，最终只能在一次次的想象中消磨自己的人生，空有一腔仇恨，却无法改变自己的生存现状。显然，高尔基对于这些流浪汉的态度是同情的,但“哀其不幸,怒其不争”。

1899年,高尔基完成了人生的第一部长篇小说《福马·高尔杰耶夫》。小说的主人公福马本是一位资产阶级的接班人,但之后经历的种种现实却让他陷入苦闷和迷茫之中,他越来越体会到资产阶级的腐败和肮脏,越来越为自己的身份感到耻辱和恐惧。最后,在这样的感性和理性的双重纠缠之下,他最终无法走出自己的思想泥沼,以悲剧收场,走入了他自己的幻想之中,被别人送进了疯人院。故事在表现上着力刻画主人公的心理变化过程,将外在的资产阶级生存方式的肮脏和邪恶,与主人公内心秉承的高尚的道德追求放置在一起,在对比和缠绕中摸索出主人公的思绪发展历程,展现出资产阶级生活的现实画卷,积极提倡高尚道德的推行。这部小说的问世标志着高尔基的文学创作开始走向成熟阶段。值得一提的是,20世纪初期面对着如火如荼的俄国工人运动,作为一名走在时代前列的文学家,高尔基自然没有放弃这样优秀的写作素材。在工人运动激情的鼓舞下,高尔基接连创作了许多描写工人罢工以及活动的文学作品。诸如1901年创作的、通篇用韵文写成的散文诗《海燕》。1901年,高尔基因为参加彼得堡的示威游行而锒铛入狱。《海燕》就是他参加这次示威活动后完成的,他渴望用这篇激情满怀、洋洋洒洒的革命檄文拥抱20世纪无产阶级的革命风暴。同年,他再一次创作了戏剧剧本《小市民》。1902年他又写出了《在底层》,1906年写出了《仇敌》,《在美国》《我的访问记》两篇游记也相继问世。在这些蔚为壮观的作品中,最为著名的便是创作于1906年的长篇小说《母亲》,它的问世开辟了无产阶级小说创作的新纪元,是一部跨时代的文学巨著。

1906至1913年,高尔基因沙皇政府的政治迫害被迫侨居意大利,背井离乡,流离失所,成了一名政治流亡分子。1907年春,他参加了在伦敦举行的俄国社会民主工党第五次代表大会。1908年高尔基的文学创作开始发生微妙的变化,其审美方式逐渐脱离了原有轨道,从以往的专注于揭露社会现实,表达对于社会的不满,发泄批判情绪,转而进入对于人性的琢磨和心理分析层面。在这个阶段中,他的很多小说均把苗头指向俄罗斯民族心理的剖析。《忏悔》《奥古罗夫镇》《俄罗斯漫游散记》以及著名的自传体三部曲[1]均是此时期的代表作品。

《奥古罗夫镇》将文学事件发生的时空放置在奥古罗夫这个小镇之中,并以这个小

1 “自传体三部曲”包括:《童年》(1913)、《在人间》(1915)和完成于1922年《我的大学》。“自传体三部曲”是高尔基文学遗产中最优秀的作品之一,在这些作品中,高尔基根据早年间自己的生活经历,形象而真实地描绘了19世纪70年代至90年代俄国社会生活的全貌,充分展现出俄国污秽、黑暗、残酷、血腥的统治现状,以及底层人民的生活艰辛,表达了渴望自由、崇尚光明、高尚生活的美好愿望。

镇为故事背景，展开了三部小说的创作。《奥古罗夫镇》是第一部，之后的两部分别为长篇小说《马特维·克日米亚金的一生》(1911)，以及未完成的《崇高的爱》。这三部小说旨在揭露和批判社会中的小市民气质。这些小市民身上所具有的不良习气被作者讽刺为“奥古罗夫习气”。高尔基将小镇居民生活的常态一一展现，并深刻地刻画了他们身上的胆小怕事、虚张声势、伪善保守的特点，深入揭露了俄罗斯人身上存在的民族劣根性。

在这一创作阶段，尤其是1927年二月革命失败以后的高尔基一直处于思绪混乱之中，故而这些生命情感在他的作品中也体现得淋漓尽致。他琢磨人心和人性，却对自己的思想和立场产生了一定的动摇。在迷茫和彷徨之中，高尔基的作品逐渐脱离了俄国革命的现实，这点受到了革命导师列宁的严厉批评，最终在列宁的帮助下，高尔基逐渐认识到自己的错误，并对自己的态度做出了相关的调整和改善。

逐渐摆脱精神迷茫的高尔基并没有停止他创作的脚步，在一生中最后的10年里，他仍然笔耕不辍，积极书写着他所深爱的俄罗斯人民，感受着他们的沉浮与动荡。这个时期高尔基写了大量的小说、散文、戏剧、回忆录以及政治性论文和文学论文。主要代表作有回忆录《列宁》(1924)、长篇小说《阿尔达莫诺夫家的事业》(1925)和《克里姆·萨姆金的一生》(1925—1936)等。回忆录《列宁》是为了纪念革命导师列宁而作，全篇展现了列宁作为无产阶级伟大革命家的日常生活，塑造了精神导师高风亮节、艰苦朴素、无限追求真理的崇高形象。而长篇小说《阿尔达莫诺夫家的事业》则是一部史诗巨著，旨在描述俄国资产阶级的兴衰存亡。它通过阿尔达莫诺夫家族一家三代的盛衰变迁，凝练地总结了俄国资产阶级从农奴制改革到十月革命这50年间的历史命运，气势恢宏，格局宏大；1925至1936年写的长篇史诗《克里姆·萨姆金的一生》是高尔基的最后一部巨著，这部史诗是高尔基最杰出的艺术成就之一。在作品中作家仍然笔锋矫健，一针见血，用宏大的创作情怀容纳了十月革命40年间的俄国社会生活，见证了历史上大大小小、形形色色的变革发展，全文更具有史家笔法和史诗情怀，在恢宏的气势中直面灵魂层面的拷问。值得一提的是1934年，在高尔基的主持下苏联召开了第一次全苏作家代表大会，高尔基当选为苏联作家协会主席。

1936年6月18日，高尔基离世。他对俄国现实的揭露和批判，对人性的质问与剖析，对精神崇高的呼唤，以及对历史的真诚态度都对后世的文学创作产生了深远的影响。高尔基的文学活动极大地推动了俄罗斯(苏联)和欧美、亚洲各国的无产阶级社会主义文学的发生和发展[1]。

2 经典解析:《阿尔达莫诺夫家的事业》

在1925年步入晚年的高尔基发表了他的长篇小说《阿尔达莫诺夫家的事业》。这部小说是在列宁的亲切关怀下完成的,描述了阿尔达莫诺夫一家三代的发迹和创业史,剥落出独具特色的俄国文学面貌。在这部作品中,伟大的无产阶级作家和现实主义大师高尔基以其匠心独运的巧妙安排和恢宏大气的艺术手法,通过工厂主阿尔达莫诺夫盛衰兴亡、几经沉浮的命运,生动地描绘了俄国资产阶级发生、发展和衰亡的整个历史过程。这部小说在跌宕起伏的情节矛盾和冲突中,生动而形象地再现了十月革命前半个多世纪俄国社会独特的历史风貌,是高尔基在十月革命后写的带有总结性的作品,是他创作中的巨大收获。

早在创作之初,高尔基就曾对列夫·托尔斯泰谈到其写作这部小说的动机:"我告诉他一个我所熟识的商人家庭祖孙三代的历史,其中退化的规律特别无情地起着作用。他激动地拉着我的衣袖,劝说道:'这一切都是真实的!这我知道,在土拉有两个这样的家庭。这应当写出来。长篇巨著要写得简洁,明白吗?一定要!'"[2]可以说,这部作品中充斥了高尔基对于资本主义运行发展的凝练概括以及对于人性的全面考量,是他在十月革命之后所创作的带有总结性意义的文学作品,是他一生对于历史、文学、人生的思考结晶,是一部具有史诗规模的杰出作品,甚至在高尔基的整个创作中都占有一席之地。

小说主要讲述了一个名为伊利亚·阿尔达莫诺夫的外乡人同他的三个儿子来到俄罗斯的一个偏远的小村庄,而后发家创业的故事。伊利亚·阿尔达莫诺夫曾是一个农奴,在他来到这个地区之前,他还曾做过仆人。虽然出身不高,但是他极富商业头脑,目光精准,头脑清晰。他很快便以其犀利的目光衡量了山村的形势,注意到时代变革

---

1 "高尔基对于中国文坛影响之大,只要举出一点就能明白:外国作家的作品译成中文,其数量之多,且往往一书有两三种的译本,没有第二人是超过了高尔基的。三十年前,中国的新文学运动刚刚开始的时候,高尔基的作品就被介绍过来了。抢译高尔基,成为风尚;从日文重译,从英文、法文、德文,乃至从世界语重译。即在最近十多年中,直接从俄文翻译,已经日渐多了,这些重译还是继续不绝。这说明作者需要之众多,光靠直接从俄文译是不能满足的。""至于中国进步的作家呢,则不但从高尔基的作品里接受了战斗的精神,也学习了如何爱与憎,爱什么,憎恨什么;更从高尔基的一生事业中知道了一个作家如果希望不脱离群众便应当怎样生活。现在还没有人把高尔基对中国文坛影响之渊且广做过系统研究,如果有人这样做了,我想他可以写成一本原书,而且这工作的本身也就是一种学问。"——茅盾《高尔基和中国文坛》

2 高尔基:《高尔基三十卷集》俄文版,苏联国家出版社,1953年,第14卷,第296页。

的脚步。他准确地把握了这个时代的要求，明白如今这个时代工业已然成熟，可是在广大的农村地区并没有很好地践行工业文明。故而，他认为农村正是大规模发展工业的用武之地。在这样的理念的支撑之下，他同他的三个儿子用自己节省下来的钱财开办了一家亚麻布工厂，这个举动在还未开化的农村引起了轩然大波，反抗的声音此起彼伏。可是伊利亚·阿尔达莫诺夫一家不为所动，无视任何低声或者高声的反对，兢兢业业地操办起了自己的工厂。他们不屈不挠地贯彻着自己的行动意志，将自己的理想注入实践之中。在阿尔达莫诺夫家族的第一代中我们可以看到他们创办工厂的艰辛，可以感受到他们操办工厂的辛劳。高尔基在这位创办者身上倾注了太深邃的感情，他将阿尔达莫诺夫作为俄罗斯古老人民的象征，毫不吝啬自己的溢美之词。他赞扬他们的一丝不苟、认真努力，他讴歌他们身上的克制耐心、脚踏实地、锲而不舍。他希望借助这位创办者真实地再现俄罗斯人民身上的阳刚之气，以及坚持不懈、努力奋斗的行动力量，借助这样一位富有精神的人物来展现俄罗斯民族的风姿。

可是任何东西都不仅仅是一面，伊利亚·阿尔达莫诺夫一心扑在自己工厂的运作上，他几乎将工厂视作自己的生命，每天机械而又固执、残暴地掌握着一切。而这样单行道式的生活方式显然在阿尔达莫诺夫家族中已经慢慢被第二代人所抛弃。在第二代即伊利亚·阿尔达莫诺夫儿子（彼得和尼基塔，第三个儿子阿廖沙本来只是他收养的侄子）的身上，老阿尔达莫诺夫身上粗犷的行事作风已经悄然不见，更平添了几分细腻与顺从。他们沉迷于酒色之中，不再主宰女人，反而会对女人屈服；他们没有了雄心壮志，只是顺其自然地管理并扩大着工厂的业务；他们不具备不屈不挠的将领之才，更多的是一份面对困难和动荡生活的躲避与妥协；他们没有了铁一般的意志，更多的是避让和懦弱；他们已经脱离了老阿尔达莫诺夫的行事道路，在运行轨道上渐行渐远。财富、金钱、土地已经不再是他们追逐的目标，他们既无心也无力。老一辈的优良传统已经被他们消磨殆尽，而只剩下一些不太灵光的精神支配着他们在苟延残喘。那种俄罗斯人民身上的厚重、百折不挠的意志力已经开始瓦解，他们也仅仅能靠着百年基业继承下来的东西继续麻木地向前推动，而现实生活的血腥残暴更开始让他们屡屡感到不适。但是在第二代身上我们毕竟依然可以看到老阿尔达莫诺夫一辈的影子，从父辈那里学来的方法和模式依然能够支撑着他们向前运作。而且，他们几乎也有了自己的选择，在良心的驱使下，二儿子显然无法忍受这种野蛮粗暴的生活模式，他开始选择逃避，选择走自己的道路，他走入了修道院，渴望寻求心灵的避难。我们常说“守业总比创业难”，就像开国的君主总是励精图治，而守成的君主则慢慢坠入困顿，阿尔达莫诺夫家族的发展过程莫过于此。到了阿尔达莫诺夫家族的第三代,他们的事业开始土崩瓦解。

但这种解体显然不是我们所说的君主治国、创业守业那样简单。在阿尔达莫诺夫家族的第三代中革命的风暴其实已经悄然滋长,而这种解体更象征着一种新的生命的催生。俄罗斯民族身上那固有的坚韧力量并没有随之飘散,而是渴望召唤出一种新的力量。女儿们与富商结婚,对在农村中操持工厂的辛勤劳作抱怨连连。儿子们出外求学,大学毕业归来之后成为革命者,他们并没有继续巩固工厂的发展,而是选择毁灭工厂,毁灭这一座充斥了计谋和暴力,使人忍气吞声、每天任劳任怨的人间监狱。富商与大学,这些具有城镇文明特点的新的身份与空间让负重累累的农村生活开始出现了危机,而这些年轻人也渐渐感受到了农村生活的刺眼与不合理。他们期盼着农村中所谓道德风俗的变革,期望着革命新生的到来。

诚如斯言,这部小说以解放农奴阿尔达莫诺夫家的三代人为描写对象,阿尔达莫诺夫第二代长子彼得的视角贯穿始终。虽然对于阿尔达莫诺夫家族的兴盛发达过程寥寥数笔不做深究,却清晰而完整地再现了俄罗斯资本主义的发展全貌。通过三代人物、两类人群巧妙地剖析了各色人物的性格和心理,深刻地揭露了资本主义的罪恶,并展望和勾勒出社会主义胜利的伟大图景,揭示了社会主义必将代替资本主义的历史规律。高尔基称它为"说明资产阶级的发展和瓦解过程的文献"[1],有人评价它为俄国资本主义的"编年史"。

第三节　罗曼·罗兰

1 生平与创作

罗曼·罗兰(Romain Rolland,1866—1944),法国现代最著名的人道主义作家、音乐史家与社会活动家,因其代表性作品《约翰·克利斯朵夫》深刻地反映了现代欧洲的时代精神,故被称为"欧洲的良心"。作为人道主义作家,其人道主义精神上承欧洲文艺复兴时期的人文主义思想,进一步延续了浪漫主义作家雨果与现实主义作家托尔斯泰的人道主义,形成罗曼·罗兰式的人道主义,被高尔基亲切地誉为"法国的托尔斯泰"。

罗曼·罗兰于1866年1月29日生于法国勃艮第地区的克拉姆西镇。父亲是小镇

1　高尔基:《论文学》,人民文学出版社,1978年,第111页。

上的公证人，经历过法国大革命的洗礼，从小在罗曼·罗兰的内心播下了自由与民主的种子，为以后的反战活动提供了思想根源。母亲是一个天主教徒，特别喜欢音乐，受此熏陶，罗曼·罗兰后来不仅成为著名的音乐史家，而且连小说也采用了音乐的结构，其小说《约翰·克利斯朵夫》被誉为“音乐小说”。

1880年罗曼·罗兰随父母迁居巴黎，在中学期间，他就兴趣特别广泛，文学、艺术、历史、地理、植物学等学科都有所涉猎，其中尤爱文学，熟读了莎士比亚与托尔斯泰的作品。他说自己读莎士比亚的作品是“我把他整个儿吞下去了，或者不如说他把我整个儿吞下去了”；读托尔斯泰作品的感受是“在热爱与兴奋的激情中，连气都喘不过来”。正是在他们的影响之下，罗曼·罗兰逐渐形成了他那非暴力的人道主义思想。中学毕业之后他曾两次报考巴黎高等师范学校，最终于1886年秋进入该校学习历史。尽管如此，他从小怀着“不创作，毋宁死”的决心，考上大学的第二年，为了急于得到俄国文豪的指点，冒冒失失地给他写信求教。谁知不久以后，托翁以38页的篇幅回信于他，不仅为他解答了创作的难题，并教导他“爱艺术，首先必须爱人类”。此次回信更加坚定了他从事文学创作的决心。大学毕业后他去了意大利罗马研究历史，与70岁的老太太马尔薇达·冯·迈森布洛结下友谊，亲切地称她为“第二母亲”。同时，意大利的古老文化启发了他文学创作的灵感，为他以后写《米开朗琪罗传》提供了素材。1892年回国之后，罗曼·罗兰与克洛蒂尔德·勃莱亚结婚。1895年完成了其博士论文《现代歌剧之起源》，受到法兰西学士院的嘉奖。1894年至1912年期间，罗曼·罗兰先后在巴黎高师和巴黎大学讲授艺术史。

罗曼·罗兰的文学创作之路始于戏剧。面对法国剧坛商业化加剧的倾向，以及自普法战争以后日益低落的民族情绪，以德雷福斯事件为生发点，罗曼·罗兰开始了他“人民戏剧”[1]的创作之路，一生总共创作了21部戏剧，其中发表了15部，结集了12部。这12部戏剧分成两部分，即“革命戏剧”与“信仰戏剧”。“革命戏剧”包括《群狼》（1895）、《丹东》（1900）、《七月十四日》（1902）等8部戏剧，都是以法国大革命为题材的历史剧，其目的在于以法国大革命的历史折射当时法国的现实，以法国大革命的精神鼓舞情绪低落的法国人民。譬如《群狼》描写了共和派军队被保王党围困在梅因兹城而发生内讧，影射了当时在法国闹得轰轰烈烈的“德雷福斯事件”，以此表达罗曼·罗兰对法国当局的态度。而《丹东》则描写了法国大革命的领袖之一丹东被逮捕和处死的

1　所谓“人民戏剧”是指反对颓废的、脱离现实的娱乐性戏剧，要用戏剧反映人民的生活，以重塑健康向上的国民精神；用罗曼·罗兰自己的话说是“用真正而强有力的人民生活和能使民族复兴的艺术来对抗巴黎的那些寻求娱乐的商人”。其名称来自1903年罗曼·罗兰出版的戏剧评论集《人民戏剧》。

整个过程,表达了作者对革命与反革命所流露出来的非暴力的博爱精神。"信仰戏剧"则包括《圣路易》(1893)、《阿埃尔》(1898)、《理性的胜利》(1899)等四个悲剧,其中的主人公成为罗曼·罗兰景仰的、为追求崇高理想而不屈不挠的伟大英雄。尽管罗曼·罗兰的戏剧创作雄心勃勃,辛勤耕耘,然而上演效果平平,观众反应冷淡。究其原因在于,一方面罗曼·罗兰因其喜好究理而忽略了戏剧的节奏,致使剧情发展缓慢,剧场沉闷拖沓;另一方面在于其秉持的历史观念与观众的理解脱节。

虽然他的戏剧创作不是很成功,但是处在世纪之交的罗曼·罗兰却深感当时欧洲文化的腐败堕落,加之1901年的离婚,罗兰认识到要拯救欧洲文化于堕落,必须要有"自由的空气与英雄的气息"。由此他蜗居书斋,埋头书海,终于发现,古往今来的众多伟人,必先承受人世的苦难,坚守不屈的精神,保持崇高的人格,创造宝贵的精神遗产,最后方可为万世英雄,受世人所景仰。而这一切正是那个腐化堕落的欧洲,那被铜臭所腐蚀的艺术,那被商业所娱乐化的文学所需要的时代精神。

自1903年发表的《贝多芬传》为他带来巨大的荣耀之后,罗曼·罗兰的名字便响彻欧洲,蜚声文坛。自那以后,《米开朗琪罗传》(1906)、《托尔斯泰传》(1911)、《甘地传》(1924)等多部传记发表。《贝多芬传》描写了德国著名音乐家贝多芬的传奇人生。出身贫寒,音乐天才与病魔同时缠绕着他,然他那一首又一首的交响曲,一次又一次与命运的抗争,彰显出贝多芬崇高的人格魅力与巨大的精神力量。"他远不止是音乐家中的第一人,而是近代艺术的最英勇的力。对于一般受苦而奋斗的人,他是最大而最好的朋友。""他分赠给我们的是一股勇气,一种奋斗的欢乐,一种感到与神同在的醉意。"而《米开朗琪罗传》则讲述了意大利著名雕塑家米开朗琪罗的悲苦人生。因受宗教的深刻影响,米开朗琪罗自幼形成了一种宗教的悲苦情怀,他说:"愈使我受苦的我愈欢喜","我的欢乐是悲哀"。一生背负耶稣十字架的米开朗琪罗在雕塑中看到了英雄人物的静穆伟大、庄严厚重,由此成为"当代最伟大的雕塑家"。《托尔斯泰传》与其说是献给英雄的赞歌,不如说是致英雄的挽歌。之所以这样讲,是因为俄国最伟大的人托尔斯泰晚年离家出走,像乞丐一般死在了火车站。托尔斯泰的英雄之路不是迫于现实的无奈,而是出自他精心的选择,而这需要怎样的勇气与毅力?这就是托尔斯泰的英雄气概、崇高品格。此三部传记通常被称为"名人三传",连同其他传记共同表达了罗曼·罗兰呼唤英雄的声音,同时也铸就了他后来小说创作中"歌颂伟大心灵的英雄"这一主题。罗曼·罗兰的传记创作打破了以往传记力求纯粹客观的原则,在记叙中略带抒情,在抒情中略发议论,让读者在感受英雄气息的同时也感受到来自作家的倾慕之情。

与《贝多芬传》同年发表的还有他最伟大的小说《约翰·克利斯朵夫》。这部小说自1903年刊载在其好友夏尔·贝玑主编的《半月丛刊》上，至1912年出齐，总共10卷。小说出版后荣获了法兰西学士院小说大奖，从此罗曼·罗兰成为一个专职作家。

第一次世界大战爆发前夕，罗曼·罗兰于1913年春夏之际重回故乡克拉姆西小镇，在家乡高卢乡村气息的感染下很快地完成了中篇小说《哥拉·布勒尼翁》，因战争的原因此书后于1919年出版。小说以日记体写成，记录了乡村木匠哥拉·布勒尼翁从1616年2月4日至1617年1月6日期间的生活现实。小说着力塑造了这个高卢农民乐观豁达、幽默快活、感性务实的性格，充分体现了法国民族文化传统。

第一次世界大战爆发后，罗曼·罗兰痛感欧洲民族沙文主义甚嚣尘上，一大批知识分子失去独立人格，为战争摇旗呐喊，成为政治家的御用文人。基于德国作家霍普特曼所发表的一系列战争言论，罗曼·罗兰在定居瑞士日内瓦期间首先于1914年9月2日发表了《超乎混战之上》一文，加上后面所发的一系列反战文章，1915年结集出版了《超乎混战之上》一书，立即在欧洲各国广为流传，引起了巨大反响。此书明确地表达了罗曼·罗兰对战争的抗拒，他呼唤采用人道主义的立场来解决欧洲各国的纷争。1915年，罗曼·罗兰获得了诺贝尔文学奖，但因其反战言论得罪了法国当局，直到第二年11月15日，瑞典文学院才正式通知他。罗曼·罗兰将奖金全部赠送给了国际红十字会和法国难民组织。

俄国十月革命之后，罗曼·罗兰参加了巴比塞创立的"光明社"，于1919年发表《精神独立宣言》，号召全世界的知识分子不再服从政府的备战措施与命令，同时希望无产阶级革命避免"过火行动"，不再采取暴力手段，各国文化工作者积极响应。同年，他回到巴黎。1922年他再次定居瑞士，自此之后，罗曼·罗兰经历了一次痛苦的思想危机，思想上逐渐左倾，亲近苏联，支持革命。

1931年，他发表《向过去告别》一文，以忏悔的精神告别过去的错误思想，从此毅然决然地"站在苏联一边"，成为一名著名的反法西斯活动家，担任国际反法西斯委员会主席，主持世界保卫和平大会等。1935年应高尔基邀请，罗曼·罗兰访问了苏联，切身感受了苏联的社会现实，写下了《莫斯科日记》，要求"50年内不得发表"。1938年他回到故乡定居，在法国重获自由后不久，罗曼·罗兰于1944年12月30日与世长辞，永远地离开了他所热爱的这个世界。

整个20世纪20年代，直到第二次世界大战期间，罗曼·罗兰所发表的作品不多，但也出现了不少精品，其中最著名的当数其四卷本长篇小说《欣悦的灵魂》（又译为《母与子》),它们包括《安乃德与西尔薇》(1922)、《夏季》(1924)、《母与子》(1927)、《女信使》(1933)。这部小说的创作从1922年开始,到1933年完成,历时12年,整个创作充分地反映了罗曼·罗兰后期思想转向后的革命热情与坚定的探索精神。《安乃德与西尔薇》主要描写女主人公安乃德在20岁接受父亲遗产后整理父亲遗物时发现父亲在外有一私生女西尔薇,后两人相见结为亲姐妹,感情非常亲密。第二部《夏季》主要写安乃德在大学期间与男子洛瑞·勃里索相恋,但因勃里索爱慕虚荣,贪恋名利,终致两人分手。不幸的是,安乃德的经济人输光了她的财产,致使她变得一贫如洗。但是她谢绝了一切帮助,甚至包括西尔薇的馈赠,最终凭借自己的双手养活了自己与儿子玛克。当小说写到第三部的时候,主要讲述了安乃德的儿子玛克成长为一名真正的革命战士。小说首先讲述了玛克在"一战"爆发后反对战争,同情负伤军人,帮助奥地利战俘逃跑,并与其情人介曼产生了深厚友谊。然而,日渐成熟的玛克不断地追问自己的身世,常常因为战争问题与母亲产生隔阂。当安乃德告诉他亲生父亲之后,玛克亲自聆听了他作为政客的父亲的好战演讲,心生厌恶,最后回到母亲的怀抱。后经过了20世纪20年代的迷惘与虚无之后,最终成长为一名坚定的反战运动者,积极参加了当时的世界反法西斯战争。最后一部《女信使》分为两部分,即《一个世界的死亡》与《诞生》。前者写玛克与俄国姑娘阿霞结为夫妇,共同揭发法西斯战争的阴谋。在一次群众集会的冲突当中,玛克无意当中摔死了一个特务,两人从法国逃到瑞士,后两人被特务跟踪将他们诱骗至意大利佛罗伦萨,最后死于法西斯特务的刺杀。第二部分《诞生》写安乃德继承儿子玛克的遗愿继续参加战斗,直至逝世。整个小说实质上反映了罗曼·罗兰整个思想历程的转变。前三部作品一如继往地表现了罗曼·罗兰的非暴力人道主义思想,以自由公正的立场对待战争双方;而最后一部的《诞生》部分则反映了罗曼·罗兰思想观念的转变,从原来的非暴力人道主义转向以暴止暴的革命观念。整个小说从某种角度而言具有鲜明的社会主义倾向,相比于《约翰·克利斯朵夫》有明显的进步。然而,就艺术性而言,因罗曼·罗兰本人缺乏真正的社会革命体验,无论是人物形象塑造,还是故事叙述,都显得比较沉闷乏味,说理有余,激情不足。

2 经典解析:《约翰·克利斯朵夫》

《约翰·克利斯朵夫》既是一部长河小说,也是一部音乐小说。早在罗马考古的时候作家就开始构思这部小说,从1903年发表第一部到1912年,罗曼·罗兰写作此小说总共花了10年的时间。整个小说也分成了10部,讲述了一个贝多芬似的平民音乐家约翰·克利斯朵夫一生的经历。

小说前三卷《黎明》《清晨》《少年》分别对应克利斯朵夫的童年与少年。正如罗曼·罗兰自己所说，该小说是一部长河小说，克利斯朵夫的一生似乎都与河水有关。他出身于德国莱茵河畔的一个小城市的穷音乐师家庭，其祖父与父亲曾经都是宫廷的御用乐师。然而，此时已经家道中落，父亲成天醉酒，无力养活家庭。克利斯朵夫在祖父的严格督促当中学习音乐，从小就表现出极高的音乐才华，其练笔之作成功上演之后，获得了“音乐神童”“莫扎特再世”的美誉，被任命为“宫廷乐团第二小提琴手”。然而家庭的重担，一身的傲骨，市侩的风气，使得克利斯朵夫的内心非常矛盾痛苦，最后愤然离开了王府，决心以艺术的纯洁对抗世俗的趣味。现实的无奈逼迫着他只能到富人家去做钢琴家庭教师以独立谋生，然而与弥娜的爱情失败几乎让他重蹈父亲的覆辙，最后来自舅舅的忠告让他重新振作起来，决心以真诚的音乐表达自己“自由的灵魂”。

第四卷《反抗》与第五卷《节场》写克利斯朵夫从现实的骚动中摆脱炽热的激情，重新审视自己的音乐之路，正视德国音乐的虚伪假象，最终决定摆脱宫廷音乐的束缚，寻找更为理想的音乐圣境。当遇到法国少女安多纳德之后决心离开小城，前往巴黎，途中遇见大兵欺侮农民，出手相救，无意当中造成命案，被迫来到法国。然而，现实总是与理想格格不入。如今的巴黎再也不是雨果、巴尔扎克的世界，这里处处可见金钱的魔力，一切的艺术与文化，包括音乐，都像在德国一样充满腐败的气息。残酷的现实让他的梦想终成泡影。现实的绝望激起了他更为强烈的反抗，因写文章批判当时的知名作家，克利斯朵夫重新陷入孤立无援的地步。有幸的是，一直在他身边学琴的葛拉齐娅理解他的处境，不幸的是，她很快回到了意大利。接下来的三卷《安多纳德》《户内》与《女朋友们》则着重描写了克利斯朵夫的友情与爱情。《节场》当中一直深爱着他的法国少女安多纳德虽然早逝，但她对克利斯朵夫的爱情最终转化成她弟弟奥里维与克利斯朵夫之间的友情。两个年轻人因音乐、因崇尚自由而结下了深厚的友谊，并因此成就了克利斯朵夫音乐创作的高峰。然而，出版商的私自篡改逼迫克利斯朵夫再次反抗，他下决心赎回作品却遭到报刊的猛烈攻击，最终因葛拉齐娅丈夫的干预，此事不了了之，然而，克利斯朵夫仍然因为无人理解他的音乐而独自痛苦。第九卷《燃烧的荆棘》与第十卷《复旦》则描述克利斯朵夫在奥里维的引导下深入群众，克服个人英雄主义的局限，终于走进了现实生活。然而，在一次“五一”节示威游行当中，奥里维死于军警的乱刀之下，而他本人因为自卫打死警察最终不得不逃亡瑞士。奥里维的死让克利斯朵夫失去了他生活的精神支柱，为了逃避残酷的现实，他隐居小山村埋头创作达十年之久,其创作趋于恬静优美。晚年的克利斯朵夫用全身心的爱促成了奥里维的儿子乔治与葛拉齐娅的女儿奥洛拉的婚姻。最后他在病榻上总结回顾自己的一生,对一切都表示忏悔和宽恕,认识到只有人道主义的博爱精神才是人类欢乐的源泉。他的灵魂已被一生的痛苦所净化,直到临终都在心里谱写着一曲生命的颂歌。他做了最后的祈祷:"主啊,我曾经奋斗,曾经痛苦,曾经流浪,曾经创造。让我在你为父的臂抱中歇一歇罢。有一天,我将为了新的战斗而再生。"

小说的思想内涵非常丰富,一方面以平民音乐家克利斯朵夫一生的不断反抗与妥协、对立与宽容为线索,反映出当时欧洲德法两国资本主义发展所显现出来的各种矛盾,揭露资本主义社会的黑暗与虚伪,金钱与权势对个人英雄主义的扼杀;另一方面也通过他个人的不断反抗表现了罗曼·罗兰对个人英雄主义、宽恕博爱思想的思考与反省。

总体来讲,小说主人公克利斯朵夫是现代文学当中的一位难得的平民英雄,在他的身上融汇了多种性格特征。首先,因罗曼·罗兰早年曾深受尼采的超人哲学与柏格森的生命哲学的影响,约翰·克利斯朵夫身上首先具有一种英雄人物的品质:不息的生命创造、激情满怀的力量与崇高坚毅的精神。克利斯朵夫像贝多芬一样一生都在不断反抗现实、反抗命运,其音乐的调性随着生活的波浪不断起伏变化,贯穿其一生的是那反抗现实的决心、充满激情的爱恨与执著坚定的毅力。这便是一个英雄。其次,克利斯朵夫也是一个在西方文化中成长起来的典型的个人主义英雄。从这个层面来讲,有学者认为克利斯朵夫承继了西方文学当中哈姆莱特的忧郁与反思,堂吉诃德的无畏与率真,浮士德的追求与幻灭,于连的虚荣与傲骨,是有道理的。当个人理想追求与现实严重不符的时候,克利斯朵夫像很多的西方英雄一样,奋起反抗,捍卫理想,不断抗争,然而正如克利斯朵夫时常感受到的那样,他出自灵魂的自由的音乐始终曲高和寡,高处不胜寒,难得世人理解,因此他将人生的理想、音乐的追求最终寄托于纯洁的友情与爱情;即使有深入民间大众的时候,最终也以隐居乡村聊以自慰,支撑起他整个英雄人生的是来自基督教的宽恕与博爱。尽管如此,在那样一个商业与娱乐的时代,平民与反英雄的时代,约翰·克利斯朵夫似的平民英雄还是必需的。正如罗曼·罗兰曾说过:"在此大难未已的混乱时代,但愿克利斯朵夫成为你坚强而真实的朋友,使大家心中都有一股生与爱的欢乐,使大家能不顾一切地去爱,去生活!"

同样,小说在艺术形式方面也取得了很高的成就。

第一,该小说是20世纪现实主义文学当中典型的长河小说。正如罗曼·罗兰自己在该小说第七卷的序言中所写到的:"在我看来,《约翰·克利斯朵夫》始终就像是一条长河。""长河小说"之名由此而来。不仅如此,该小说的长河性还在于此小说当中"长河"的隐喻与主人公的一生紧密相连。从克利斯朵夫的出生到童年、少年、成年,一直到其离开人世,"河流"的隐喻贯穿始终。譬如小说开篇第一句话就是:"江声浩荡,自屋后上升。"浩荡的江水,不尽的莱茵,仿佛注定了不凡的克利斯朵夫的出生。事实的确如此。每当克利斯朵夫的人生曲折动荡之时,与之相伴的都有这一意象的出现。譬如,克利斯朵夫临终之际在梦中听见了莱茵河的涛声。"河流"意象的反复出现,实质上象征着人类不息的生命力与创造力,自由奔腾的心灵与精神。

第二,小说具有明显的音乐结构。正因为如此,该小说也被称为"音乐小说"。正如作者自己所言,这部小说"其所有部分将出自同一个全面而强大的主题,按照交响乐的方式,通过某些音符来表达一种感情,全面地发展,在作品中进展过程中成长,胜利或者毁灭"。这就是罗曼·罗兰所谓的"小说新形式"。纵观整部小说,以交响乐的结构来分析整个小说,不难发现,无论是小说的整个故事进程,还是克利斯朵夫的人生经历,仿佛都是按照交响乐的四个乐章:序曲、发展、高潮与结尾。与之对应的是主人公的四个人生阶段,即:诞生、发展、磨难到升华。第一册前三卷主要描写小克利斯朵夫的出生、童年与少年,是整个故事的序曲。而他与小城、与巴黎之间的冲突则是一个激情的快板,形成整个小说激烈的冲突。第六至八卷,克利斯朵夫收获友情与爱情则似抒情慢板,构成他的人生高潮。最后,在创作进入恬静期后,对生命与世界的理解达到了新的境界,形成了交响乐的急板。正因为如此,评论界公认它是一部"音乐小说"。

第四节　海明威

1 生平与创作

欧内斯特·海明威(1899—1961),20世纪美国著名作家,因其独树一帜的文体风格而闻名于世。海明威于1954年获得诺贝尔文学奖。

海明威的一生充满了传奇色彩。1899年海明威出生在伊利诺伊州芝加哥郊外一个叫作"橡树园"的小镇里。他的父亲是医生,喜欢带着小海明威参加打猎、钓鱼、采集标本等活动,这不仅锻炼了他的体魄,而且造就了海明威喜欢冒险的性格。他的母亲信奉宗教,对艺术有一定的鉴赏能力,海明威耳濡目染,对文学和艺术十分喜爱。求学期间,海明威表现出突出的文学天赋,经常为报社撰稿。

1917年美国参加了第一次世界大战,海明威积极报名入伍,却因眼疾未能通过体检。同年,海明威担任堪萨斯城的《星报》见习记者。《星报》是美国有名的报纸之一,对写作技巧要求严格,这为海明威形成简洁、明快的文体风格打下了基础。但是战争对海明威的吸引力越来越大,1918年海明威参加了意大利红十字会奔赴前线,他被炮弹击中,身上中了两百多片碎弹片,住院三个多月。这次战争给海明威的精神带来了很大影响,直接导致其经常失眠,同时也为他的创作提供了素材。1921年,海明威和比他大八岁的哈德莱结婚,海明威也作为《多伦多星报》驻外记者赴巴黎,在那里他结识了文学界的名人——美国作家安德森、斯泰因、庞德,爱尔兰作家乔伊斯,以及英国作家福德等人。大家很欣赏这个年轻人,特别是斯泰因鼓励海明威当作家,建议他把散文再修改得精炼些。

20世纪20年代,海明威陆续出版了小说集《三篇故事和十首诗》《在我们的时代里》(1925)、《没有女人的男人》(1927)和长篇小说《太阳照样升起》(1926)、《永别了,武器》(1929)等重要作品。这一时期的作品展现了贯穿海明威一生的创作主题和个人风格。

在海明威的创作中开始出现"硬汉子"形象。在短篇小说集《没有女人的男人》中多出现斗牛士、猎人或拳击手这样的角色,他们普遍具有坚强不屈、倔强好胜、临危不惧、刚强勇敢,为了名誉或尊严孤注一掷博取胜利的"硬汉气质"。如著名的短篇小说《打不败的人》中的斗牛士曼努尔,年轻时孔武有力、勇敢刚毅,是远近有名的斗牛士。随着时间流逝,当青春不在,曼努尔为了保住自己的名誉,毅然和斗牛决一死战,经过艰苦卓绝的厮杀,最后终于取得了胜利,保住了"打不败的人"的称号。"硬汉子"还有《五百万》中的拳击手杰克等。随着阅历的增长,海明威对这类人物的塑造更趋成熟。

战争是海明威的一大主题。1926年发表的《太阳照样升起》被认为是"迷惘的一代"[1]的代表作。小说描写了第一次世界大战之后侨居巴黎的美国青年,他们消极沉闷,揭示了战争给人们生理上、心理上造成的巨大创伤,在一定程度上具有反战色彩。小说的主人公杰克·巴恩斯,在战争中受伤失去了性能力,在战时他与年轻女护士勃雷特·艾希利一见倾心,但由于丧失了性功能,致使他们的爱情中间夹杂着烦闷和隔阂。为了排解忧愁,他们和朋友相约打猎、钓鱼,消磨时光,但是悠闲的生活和美丽的自然

1 "迷惘的一代"是20世纪20年代美国产生的一个文学流派。它是第一次世界大战后西方出现的反战情绪在文学上的体现。这一流派的作家大多都有战争经历,精神上遭受重大创伤而又找不到出路,心灵空虚,苦闷迷惘,不知前路在哪里。海明威的《太阳照样升起》扉页上引斯泰因之语作为题辞,该书成为迷惘的一代的代表作品。

风光并不能排解他们的精神苦闷。他们整日消沉堕落，没有奋斗的目标和动力。小说集中地反映了第一次世界大战后青年们内心世界的苦闷和迷惘，是对战争的一次有力的控诉。美国作家斯泰因在书的扉页上题词“你们是迷惘的一代”，因此，《太阳照样升起》被认为是“迷惘的一代”的宣言书。

1929年海明威发表的《永别了，武器》[1]也是反映战争的一部力作，充分反映了海明威的创作特色和艺术技巧。小说也是将第一次世界大战作为背景，以亨利和凯瑟琳的恋爱悲剧为主线，揭示了战争的残酷和无情，对战争进行了深刻的谴责。战争摧残和泯灭人性，致使人的精神痛苦至极，造成无法挽回的创伤。在这部作品中，海明威对战争的认识还不够准确，他的战争观是消极的，这种情绪反映在了他的作品中。《永别了，武器》的叙事技巧日臻成熟，笔触干净凝练，体现了海明威独特的文体风格。

这一时期，海明威的婚姻生活出现了裂痕。1927年海明威同哈德莱离婚，与保琳·帕发弗结婚。1928年海明威回到美国，定居在基维斯岛，保琳生下了他们的第一个孩子。这一年，海明威的父亲自杀了。

20世纪30年代的海明威，婚姻幸福，经济充裕，开始到处冒险。他去看斗牛，去非洲打猎，登上定制的“皮拉尔”号游艇到岛外捕鱼。1932年海明威创作出关于斗牛的《午后之死》，非洲的经历使他创作了两部关于非洲的小说——《非洲的青山》(1935)和《乞力马扎罗的雪》(1936)。同时，20世纪30年代，国际形势巨变，反战情绪高涨。1937年海明威远赴西班牙，参加了西班牙人民的反法西斯战斗。1937年海明威发表中篇小说《有的和没有的》，1938年发表剧本《第五纵队》，1940年又发表了长篇小说《丧钟为谁而鸣》，这一年海明威和保琳·帕发弗离婚，和玛莎结婚。

海明威爱西班牙的斗牛，对西班牙人民和这个国家有着狂热的喜爱。他看到内战时西班牙人民的痛苦惨状，便以西班牙内战为背景创作了《丧钟为谁而鸣》，再现了西班牙人民反法西斯斗争波澜壮阔的画面。在这部小说中，海明威延续了他的战争主题，但是对战争有了进一步的认识，其战争观得到了升华。海明威在小说中也继续塑造着硬汉形象。小说的主人公乔登是一个美国人，为了支援西班牙反法西斯战争，和西班牙的一支游击队奉命炸毁一座桥梁。乔登发现游击队领袖巴勃罗是一个狡猾的人，对炸桥的任务缺乏信心。乔登为了完成任务，争取到巴勃罗妻子和其他队员的支持。他们克服了暴风雪的困难，但是行踪泄露了，遭到了法西斯的轰炸。为了配合共

1　长篇小说《永别了，武器》几经修改，初稿写了6个月，修改又花了5个月，最后一页一共改了39次才满意。海明威对待写作极其认真，十分重视作品的修改，往往把作品改到最后一刻才罢手。1940年的《丧钟为谁而鸣》的创作花了17个月，样稿出来后，他连续修改了96个小时，真是有非常人的毅力。

和国军队的进攻,乔登仍和队员炸掉了桥梁,但是乔登受了重伤,在生命的最后关头,乔登仍充满斗志,对反法西斯事业充满必胜的自信。这一时期,海明威在小说《午后之死》中提出了著名的"冰山原则"。这是海明威独创的写作手法。他以冰山比喻创作:"冰山在海里移动之所以显得庄严、宏伟,是因为它只有八分之一的部分露出水面。"海明威强调剩下的八分之七,需要读者用想象去勾画。这也造就了海明威凝练简洁的文体风格。

20世纪40年代,海明威积极参与了反法西斯的斗争。他曾以战地记者的身份来到中国,报道中国战场反法西斯的战争。1942—1944年,海明威驾驶"皮拉尔号"在海上巡逻,并受到表彰。这一时期,海明威的创作陷入了低谷,很长一段时间没有作品问世。1950年,长篇小说《过河入林》出版,反响平平。文坛议论纷纷,说海明威江郎才尽了。直至1952年,海明威写出了中篇小说《老人与海》,震惊了文坛。海明威在《老人与海》中延续了他的硬汉形象的创作,塑造了一个敢于挑战自己,不肯认输的渔夫桑迪亚哥。

海明威一生经历丰富,跌宕起伏,带有传奇色彩。他在非洲丛林打猎,在海上捕鱼,在西班牙看斗牛,痴迷于拳击、运动,爱喝酒,爱美人,这种性格也导致他的一生婚姻多有波折。海明威经历了两次世界大战,多处受伤,数次被外界传他已死,海明威还在病床上看到过自己的讣告。海明威晚年疾病缠身,年轻时受的伤让海明威承受着身体和心灵的双重痛苦。他一度抑郁,心力交瘁。1961年7月2日,海明威用一把猎枪结束了自己的生命。他的第四任夫人玛丽·威尔什为他整理了遗稿。

2 经典解析:《老人与海》

《老人与海》(1952)是海明威的巅峰之作,为他赢得了世界荣誉。全书仅两万多字,行文简洁,用词凝练,但内涵丰富。1953年,《老人与海》获得了普利策奖。1954年,这部小说因"精通叙述艺术"和"对当代风格所发生的影响"而荣获诺贝尔文学奖。

《老人与海》讲述的是一个古巴的老渔夫桑迪亚哥连续84天都没有捕到一条鱼,前40天跟他一起出海捕鱼的小男孩曼诺林,也被父母强制安排到另外的捕鱼船上。老人每天一个人出海,每次都空手而归,人们都觉得他"倒了血霉"。第85天,老人决定去更远的海域,终于钓到一条一千五百多磅重的大马林鱼,经过两天两夜的僵持较量,老人终于征服了它。在归航途中,鱼的血腥味引来了鲨鱼群,老人奋力抵抗,等回到岸上时,大马林鱼只剩下一副巨大的骨架。当天夜里老人梦到了狮子。小说虽然情节简单，篇幅短小，却写得惊心动魄。

《老人与海》全篇都贯穿着一种不服输的乐观主义精神。主人公桑迪亚哥是“硬汉子”形象的代表，充满着象征意义和哲学内涵。虽然老人84天没有钓到鱼，但是他的眼睛“透露出乐观和永不言败的神色”[1]；老人在与大马林鱼搏斗时，筋疲力尽，浑身受伤，但是他仍然没有放弃，凭借自己超凡的毅力和意志，成功地制服了大马林鱼；在遇到鲨鱼的袭击时，老人没有弃鱼逃跑，而是继续战斗，并说出了那句名言“人不是为失败而生的”，“一个人可以被毁灭，但不能被打败”[2]。秉着不服输的精神，老人用鱼叉、刀子、舵把这些简陋的工具和鲨鱼搏斗。虽然最后回到岸上时只剩下一副巨大的鱼的骨架，面对人们的质疑和议论，老人一点也不沮丧，因为他在精神上是胜利者，因为老人知道“不在于谁弄死谁，而在于搏斗本身是庄严而美丽的”。桑迪亚哥与大马林鱼、鲨鱼搏斗的场景占了小说篇幅的三分之二，把桑迪亚哥不屈不挠、坚强勇敢、永不服输，敢于面对困难和死亡的“硬汉子”气质描写得淋漓尽致。

海明威关于写作的“冰山原则”在《老人与海》中得到了充分体现，表面上写得波澜不惊，平平淡淡，其实内里含蓄深沉，若细细品味，可以揣摩出多种主题。《老人与海》通过古巴渔民桑迪亚哥坚持不懈地出海，与天气、大海和鲨鱼做斗争，虽然最终带回来的是大马林鱼的骨架，桑迪亚哥在睡梦中梦到的仍是象征力量的狮子，赞扬了老人永不服输的拼搏精神。同时，小说也体现出了自由选择的存在主义的哲学思想。桑迪亚哥在面临严峻考验的时候本可以放弃，但他始终坚持抗争，以积极的态度对待厄运，在搏斗中找到了自己的价值和意义，体现了重压下的优雅风度。

小说也蕴含了命运悲剧，表达了海明威在对待人类挑战自然和抗争命运上，存在着消极的态度。桑迪亚哥连续84天没有钓到鱼，不是因为他技术不行，而是“倒了血霉”，是运气不好。作者让他捕到大马林鱼，同时又让鲨鱼把大马林鱼吃掉，在得与失之间，老人表现出来的与命运抗争的不服输的精神震撼人心。桑迪亚哥的经历，暗示了作者对人生和命运的悲剧性的认识。

《老人与海》在艺术特色上别具一格。

第一，语言简洁朴素，干净凝练。《老人与海》延续了海明威以往的散文式的文体风格，力求简洁，没有艰深难懂的词语，删除了过多的修饰。这和他做过记者的经历相关，但是也体现了海明威在语言和文体风格上的创新。贝茨生动地评价他说，“把英语

1　厄尼斯特·海明威：《老人与海》，李继宏译，天津人民出版社，2012年，第3页。

2　海明威：《老人与海》，吴劳译，上海译文出版社，2009年，第99页。

中附着的乱毛剪了个干净”。[1]

第二,含蓄深远的意境。海明威擅长运用简约含蓄的笔触,营造深远的意境。在《老人与海》中,海明威熟练地运用“冰山原则”,只用了大篇幅写桑迪亚哥在海上搏斗的场景,将时间空间隐去,小说中的村庄和人物都是一笔带过,突出了桑迪亚哥的拼搏精神,也给读者留下了想象的空间。

第三,善于运用象征、比喻的手法。《老人与海》可以说是海明威一生艺术的总结。小说寓思想于形象之中,赋予了每个形象以深刻的象征意义。老人是人类的代表,象征着人类的力量;男孩和狮子是勇气的象征,也暗示着青春和希望;大海、马林鱼、鲨鱼代表了自然界不可掌控的神秘力量。

第四,运用大量的人物内心独白和对比,进行人物形象塑造。当老人在海上钓鱼时,海明威运用了大篇幅的内心独白来展示老人的内心世界。其中,既有桑迪亚哥的自言自语,也有和天空、大海和小鸟的对话,或者是内心的无声自白,突出表现了老人强烈的孤独感和坚韧不屈的勇气。

1 董衡巽:《海明威研究》,中国社会科学出版社,1980年,第130页。

第五章

20世纪现代主义文学

本章的重点是了解20世纪现代主义文学产生的基础;结合20世纪西方社会的历史背景,理解现代主义文学的基本特征;了解20世纪现代主义文学的主要流派、主要作家及其创作。

第一节　概述

1 现代主义文学产生的历史背景及基本特征

“现代主义文学”又称“现代派文学”,作为一种文学思潮或文学流派,它产生于19世纪末,繁荣于20世纪中叶。欧美的众多文学流派或文学现象诸如后期象征主义、表现主义、未来主义、超现实主义、意识流等共同构成了现代主义文学。除了现代主义文学,现代主义也在绘画、音乐、戏剧、电影等艺术领域取得了多方面成就,它们在艺术上表现出反传统的共同特征。

19世纪中后期到20世纪初,欧美世界科学技术迅猛发展,现代工业蓬勃发展,城市化突飞猛进,人与人之间的关系却日渐疏远冷漠,个体的人充满深深的孤独感,社会变成人的异己力量,人类在精神上惶恐不安。20世纪欧美社会的动荡不安加剧,两次世界大战摧毁了西方社会关于自由、博爱、人道理想等价值观念,人类生存的稳定感遭到破坏,西方理性主义的文化传统摇摇欲坠,人类对未来的命运与前途深感焦虑,悲观情绪蔓延。叔本华的唯意志论、尼采的权力意志论、柏格森的直觉主义、弗洛伊德的精神分析说、荣格的无意识论等西方非理性主义文化思潮随之大行其道,成为现代主义共同的哲学和思想基础。现代主义文学在这一时代浪潮中应运而生,既根植于西方现代工业社会的客观环境,又脱胎于西方现代非理性哲学与现代心理学相融合的文化思想土壤,因此,非理性主义和悲观主义色彩是现代主义文学与生俱来的重要基因。

20世纪现代主义文学的特征主要表现为:

第一,异化主题成为现代主义文学表现的核心内容。作为20世纪西方现代工业文明和非理性主义催生的产物,现代主义文学关注西方人在时代动荡中所面临的生存困境。人与自然、人与他人、人与社会、人与自我之间关系的扭曲和变形,构成了文学批判和反思的重要问题。

第二，悲观厌世思想成为现代主义文学的基调，文化批判的倾向十分强烈。西方社会以理性为核心的传统价值观在20世纪受到冲击和颠覆，现代主义作家不再在文学作品中表达对人道主义理想的诉求，也不再构建“理性王国”的蓝图，而是以批判传统文化的眼光，关注人类的前途与命运，并对西方现代文明的发展进行深刻反思。

第三，“向内转”成为现代主义文学的总体趋势。心理世界的真实成为文学探索的重要领域，文学的主观色彩和自我意识增强，意识流手法运用广泛。较之于传统文学对客观真实的重视，现代主义文学强调表现超现实的、抽象的、形而上意义上的真实。

第四，现代主义文学积极探索艺术技巧的革新。倒错的时空、变形的结构、象征隐喻的神话模式、自由联想、内心独白、自动写作、意识流等是现代主义文学在形式上的重要创造以及表现手法上的大胆实验。部分现代主义作家认为形式即内容，甚至显露出形式主义的倾向。现代主义文学各流派在艺术上标新立异，大大有别于传统文学，表现出反传统的共同特征。

第五，“以丑为美”“反向诗学”成为现代主义文学新的美学倾向。现代主义作家违背古典艺术对真善美的讴歌，大量描写病态、瘟疫、死亡、犯罪、黑暗等，通过描写丑恶、暴露丑恶来表达对人性善恶斗争的关注和焦虑，表现20世纪西方社会的信仰危机。

2 现代主义文学的发展概况

（1）后期象征主义

象征主义是欧美现代主义潮流中最早出现且影响最大的文学派别，被认为是现代主义文学的源头。象征主义文学思潮及运动兴起于19世纪70年代的法国，至19世纪90年代止为前期象征主义；进入20世纪，逐渐发展分化为后期象征主义。后期象征主义形成于20世纪20至40年代，其文学成果已不局限在法国，而是发展成一场国际性的文学思潮和运动，在欧美各国广泛流行起来。在前期象征主义的基础上，后期象征主义文学仍注重用象征的方法表现心灵的最高真实，但摒弃了前期象征主义的艰深晦涩、神秘主义色彩等，突破了过多表现个人情感的主观性，更注重以意象象征和普遍象征来传达社会和时代精神，由此，象征主义文学的内涵更深广了。

法国诗人保尔·瓦雷里（1871—1945），法国象征派诗歌的重要代表作家。长诗代表作《海滨墓园》（1920）充满了哲理，极具抒情色彩。爱尔兰诗人、剧作家威廉·巴特勒·叶芝（1865—1939），受前期象征主义传统的影响较深，是英国象征主义诗歌的重要代表人物。《丽达与天鹅》（1923）、《驶向拜占庭》（1928）等为其代表作。

后期象征主义的文学成就还包括:比利时剧作家莫里斯·梅特林克(1862—1949)及其代表作《青鸟》(1908)、奥地利诗人里尔克(1875—1926)及其创作、俄国诗人勃洛克(一译“布洛克”,1880—1921)及其长诗《十二个》(1918)等;英国作家T.S.艾略特(1888—1965)是后期象征主义诗歌的杰出代表,长诗《荒原》(1922)被公认为西方现代主义诗歌里程碑式的作品,他于1948年因《四个四重奏》(1943)而获得诺贝尔文学奖。

意象派诗歌被视为英美象征主义的独特发展形态。美国诗人、文学评论家埃兹拉·庞德(1885—1972)是美国意象派诗歌的代表作家。他的诗作意象新奇,其创作及诗歌理论对英美现代派诗歌的发展具有重要的推动作用。

(2)表现主义

表现主义最早在艺术领域萌芽,随之扩展演变为文学运动。表现主义文学在19世纪末20世纪初的德国兴起,形成了表现主义戏剧运动;蔓延到欧美各国之后,表现主义在20世纪20至30年代的德国、美国等国达到鼎盛,成为20世纪现代主义文学中一个具有广泛影响力的流派,其主要成就在戏剧和小说方面。

表现主义文学强调表现主观情感、心灵世界,而不重视再现客观的自然存在或抽象理念,它反叛传统的现实主义和自然主义,这种反叛精神对20世纪现代主义文学的其他流派产生了重要影响。总的来说,表现主义文学的艺术特征包括:注重揭示事物的内在本质,表现强烈的内心感受以及探索新的语言形式。

表现主义最杰出的代表作家有弗朗茨·卡夫卡(1883—1924)和尤金·奥尼尔(1888—1953)。卡夫卡是生活于奥匈帝国时期的捷克德语小说家,被认为是表现主义的先驱。尤金·奥尼尔是爱尔兰裔的美国剧作家,1936年诺贝尔文学奖获得者。20世纪美国民族戏剧的开端,由奥尼尔开启,他也是美国现代戏剧的先驱,代表作《琼斯皇》(1920)和《毛猿》(1921)等在结构和主题方面都展现出表现主义戏剧的特征。

瑞典著名戏剧作家奥古斯特·斯特林堡(1849—1912)同为表现主义的先驱人物,他的《到大马士革去》(1898—1904)被视为最早的表现主义戏剧,《鬼魂奏鸣曲》(1907)也是表现主义的代表性剧作。表现主义文学的重要代表还包括捷克作家卡雷尔·恰佩克(1890—1938)等,恰佩克的代表作是科幻剧本《万能机器人》(1920)。

(3)未来主义

20世纪初,未来主义兴起于意大利。到20世纪20年代中期,未来主义已流行于欧洲各国,文学、绘画、音乐、建筑、舞蹈等领域皆产生了相关成果。作为现代主义的一个文学流派,未来主义从意大利向外扩散,俄国、法国受到影响而成为另外两个中心。

意、俄、法的未来主义文学表现出各自的独特性，未来主义作为文学流派的纲领也甚为庞杂。但未来主义文学思潮仍可以概括出一些最基本的特征：否定传统文化，面向未来，带有强烈的理想主义色彩；歌颂现代资本主义物质文明，鼓吹速度和力量之“美”；主张革新旧的文学形式，注重语言试验，推崇“自由不羁的字句”；追求诗歌的多重效果。总的来说，在文学艺术的表现手法方面，未来主义展现出丰富性和创新性。

意大利诗人菲利普·托马佐·马里内蒂（1876—1944）在1909年发表了《未来主义的创立和宣言》，这一流派由此诞生。马里内蒂提出的一整套反传统的理论及其剧本创作实践，使他成为未来主义的创始人。

俄国的未来主义继意大利之后蓬勃发展，按照对文学功能的理解不同而分化为立体未来主义和自我未来主义。自我未来主义强调诗歌表现个人感受和情绪，代表作家包括马雅可夫斯基（1893—1930）等人，马雅可夫斯基的代表作《穿裤子的云》（1915）表现出未来主义的特点；立体未来主义则强调诗歌为社会革命服务的功用。

纪尧姆·阿波利奈尔（1880—1918）于1913年发表《未来主义的反传统》，标志着在意大利、俄国之外未来主义在法国的创立。法国未来主义对“立体派”艺术的引入，创新了诗歌形式，增加了文学艺术的“立体感”视觉感受，对马雅可夫斯基的创作产生了重要影响。另一方面，法国未来主义由于较宽松的政治环境，而在意识形态上相对淡化，其反传统性主要表现在文艺领域。

（4）超现实主义

第一次世界大战后，超现实主义这一文艺流派在法国产生，由参加过“一战”的一群法国青年发起。他们因痛恨战争对人类身心造成的伤害，对传统文化所宣扬的理性核心产生了怀疑，从而在文学和思想文化领域发起了这场反传统的革命。两次世界大战期间，超现实主义流行于欧美，涉及文学、绘画、雕刻、戏剧、电影等领域。超现实主义文学的主要成就表现在诗歌创作方面，小说的成就次之。超现实主义从达达主义发展而来，又以弗洛伊德（1856—1939）的精神分析学说为基础，主张文艺创作要从理性的樊篱和牢笼中解放出来，变成自发性的心理活动过程，目的在于表现更高更真实的“现实”，即“超现实”；在理论上强调将现实与梦幻世界相交融，以无意识、本能、梦幻之境为灵感来源，表现超理性、超现实的世界；追求艺术上的革新，否定旧的文学传统，为达到神秘离奇的艺术效果，客观上造成了晦涩生僻等弊病，甚至变成纯粹的文字游戏。

法国小说家、诗人和文艺评论家安德烈·布勒东（1896—1966）是超现实主义的创始人和领袖。他的第一部实验性小说《磁场》（1921）与苏波合作，使用“自动写作法”写成,是超现实主义的代表作。1924年,布勒东发表《第一号超现实主义宣言》,与达达主义者决裂,阐述了超现实主义的理论主张:排除理性、道德和审美的因素,排除事实和逻辑的束缚,将感受、幻想和直觉等自在状态呈现在创作中,以此“自动写作”方式来宣泄潜意识。诗集《可溶解的鱼》(1924)就是对这一套理论主张的实践。《娜嘉》(1928)则是为实践理论而创作的超现实主义小说,同样运用了“自动写作”这一手法。法国超现实主义的重要代表作家还有路易·阿拉贡(1897—1982)和保尔·艾吕雅(1895—1952)。

(5)意识流小说

意识流作为一种文学流派,于20世纪20至40年代在英、法、美等国流行,主要指一种现代主义的小说流派。但意识流这一创作手法,自20世纪在西方萌生之后,至今仍在东西方的小说、诗歌、戏剧等文学样式以及摄影、电影等领域中被广泛采用。实际上,意识流文学并非一个统一的文学流派,也缺乏公认的统一定义,但它们仍然具有一些不同于传统文学的共同特征:意识流小说强调面向内心和自我,以人的内心,尤其是人的意识流动过程为主要表现对象,强调遵循心理逻辑组织故事,弱化对外部客观世界的描摹;大量使用内心独白、自由联想和象征暗示的创作手法;小说在语言、文体甚至标点的运用等方面均有大胆创新。总的来说,意识流对传统小说的叙事模式、结构方法、创作技巧等进行了突破,成为现代小说的基本创作方法之一。

20世纪欧美意识流小说创作中涌现了众多杰出作家。20世纪法国现代文坛充满传奇性的作家马赛尔·普鲁斯特(1871—1922)秉持“主观真实论”艺术观,是意识流小说的先驱。历时十四年完成的长篇巨著《追忆似水年华》(1913—1927)被誉为意识流小说的里程碑式作品,是“主观真实论”最成功的实践。

爱尔兰作家詹姆斯·乔伊斯(1882—1941)的小说创作代表了现代主义艺术的高峰。乔伊斯的小说创作独创性极强,他也是后现代主义文学的奠基者之一。其短篇小说集《都柏林人》(1914)、自传体小说《一个青年艺术家的自画像》(1916)、长篇小说《尤利西斯》(1922)以及后期作品《芬尼根的守灵夜》(1939)皆为意识流文学的杰作。

意识流文学的又一位重要代表是被誉为20世纪现代主义与女性主义先锋的英国女作家、文学批评家、理论家弗吉妮亚·伍尔夫(1882—1941)。她的第一部意识流小说是《墙上的斑点》(1917)。她成熟时期的意识流小说代表作有《达洛维夫人》(1925)和《到灯塔去》(1927)。伍尔夫的文学观念强调描写人的个人感受及内心世界,她追求小说形式上的革新,善于运用间接内心独白来表现人物意识,成就斐然。

1949年诺贝尔文学奖获得者，普利策奖获得者美国作家威廉·福克纳（1897—1962）是意识流文学在美国的杰出代表。他擅长描摹人物的复杂心理变化和细腻感情，绵延繁复的长句、精巧的词汇、象征隐喻是福克纳小说的常见特点，而时序颠倒、多角度叙述、意识流技巧的大量运用更使他的小说体现出对传统叙事的革新。

3 后现代主义文学的历史背景及特征

“二战”结束后，世界进入持久的冷战时期，分化为东西两极。欧洲虽然历经政治、经济风波和局部战争，但逐步趋向稳定。东方阵营发生巨变，社会主义国家出现动荡，最终柏林墙的拆除标志着“冷战”的结束。1991年12月苏联解体，两极争霸告终。与此同时，科技迅速发展，生产力得到提高，极大地改变了时代面貌，人们的生活变得便捷而富足，伴随这一进程出现了种种恶果，人类在享受科技带来的利好时也开始怀疑现代化道路。

第二次世界大战后，西方文化出现了后现代主义的倾向，在20世纪60至80年代到达高峰。后现代主义不像通常意义上的文学思潮和流派，没有形成具体的作家或批评家团体，也没有得到广泛认同的纲领和宣言。其与前期现代主义的关系既有继承延伸，又有决裂反叛。后现代主义比现代主义更彻底地否定旧传统（包括现代主义），解构常规的小说、诗歌、戏剧等文体规范甚至“叙述”本身，某种意义上是一种“反文学”。

后现代主义脱胎于现代主义，但又形成了新的特征：

第一，后现代主义哲学内涵丰富。20世纪上半世纪的尼采、柏格森、弗洛伊德等人的学说影响仍旧深远，但战后文学主要的哲学基础是存在主义。在思想层面，现代主义文学有着鲜明的悲观主义和虚无主义色彩，责难西方整个思想和文化传统及社会机制，因此有着颠覆性。后现代主义文学的破坏性和解构性反而具有巨大的包容性。

第二，后现代主义放弃现代主义的精英意识和优雅形式，不再追求进行复杂艰深的文学实验，从通俗文学、科幻小说、美国西部小说以及其他亚文学的体裁和作品中汲取养料，打破精英文学和大众文学的界线，向大众文学和亚文学靠拢；有的干脆以大众化的文化消费品的形式出现，尝试模糊文学与非文学的界线。

第三，在艺术上，后现代主义文学将现代主义的文学实验继续推进并超越了它，如运用矛盾、交替、不连贯性和任意性、短路、反体裁、话语膨胀等手法。以上手法使作品中的各种成分互相分解、颠覆，消解了作品的意义。在后现代主义小说中，结构扑朔迷离，“故事”前后矛盾，人物的行为缺乏说得通的动机，从而表达所谓的“不确定性”。

第四,从现代主义的内向化、梦幻化的神秘倾向转为直面荒诞的世界和人生,对现实否定得更彻底,但并未放弃脱困的努力。

4 后现代主义文学的发展概况

后现代主义文学在各国的发展情况迥异,作家们并没有就艺术原则和主张达成过共识,也没有持续长时间的作家集团和组织,某些后现代主义文学流派在不同国家也有不同变化。“二战”后,大致出现了以下可归为后现代主义的文学发展流派:

(1)存在主义文学

存在主义文学基于存在主义哲学而产生,在20世纪30年代末的法国出现,后流行于欧美。其主题是关注人的生存状态,表现世界的荒诞和无序性,表达人生的痛苦和虚无感。存在主义作品弥漫着失落、孤独和焦虑等情绪,与战争中和战后饱受精神挫折的知识分子极为契合。存在主义关于世界是荒诞的这一论断包含着对西方社会的清醒认识。但是,存在主义反对宿命论,试图以自我选择激励在荒诞中苦苦挣扎的人们奋起反抗。存在主义文学在艺术上相对保守,以现实的、神话的题材为创作基础,着力开掘哲理深度。存在主义的代表作家有法国的让-保罗·萨特(1905—1980)、阿尔贝·加缪(1913—1960)和德·波伏娃(1908—1986)。美国的诺曼·梅勒(1923—2007)和索尔·贝娄(1915—2005),英国的戈尔丁(1911—1993)等是具有存在主义倾向、色彩的作家。

(2)荒诞派戏剧

荒诞派戏剧20世纪50年代兴起于法国,而后流行于欧美各国,它又被称为“新戏剧”“先锋派”“反戏剧”等,因英国理论家马丁·埃斯林(1918—2002)的著作《荒诞派戏剧》而得名。荒诞派戏剧在思想上延续了存在主义的“荒诞”观念,内容上以“非理性”为中心,在艺术上吸收了超现实主义、意识流等文学流派的手法。荒诞派戏剧刻意打破传统戏剧结构,没有时空观念,没有性格鲜明的人物,以象征、寓言、夸张、非逻辑的片段取代连贯一致、跌宕起伏的情节,但是,在表面的喜剧、闹剧场面背后是对人类痛苦的极大关注,其悲喜双重性令人震撼。法国的欧仁·尤奈斯库(1909—1994)和爱尔兰的塞缪尔·贝克特(1906—1989)是荒诞派戏剧的主要代表。法国的让·热内(1910—1986)的《女仆》(1947)、阿瑟·阿达莫夫(1908—1970)的《弹子球机器》(1955),英国的哈罗德·品特(1930—2008)的《生日晚会》(1953),美国的爱德华·阿尔比(1928—2016)的《美国之梦》(1961)等均是代表剧作。

(3)新小说派

新小说派同样兴起于20世纪50年代的法国，主张“反小说”，尤其是反19世纪的现实主义小说，非意义化、非情节化和非人物化是新小说派的创作理念。他们认为小说不应该，也不必要具有意义，作家不是要表达某种政治观点和道德标准，而是要写出“直观的世界”和“潜意识的真实”；他们的小说情节含混不清，互相矛盾，完全打乱了传统小说井然有序的结构；在人称、视点上进行了各种新颖的实验，取消人物在小说中的中心地位，把绘画的原则应用到小说中。法国作家娜塔丽·萨洛特(1900—1999)、阿兰·罗伯·格里耶(1922—2008)、米歇尔·布托尔(1926—2016)、克洛德·西蒙(1913—2005)是最重要的新小说作家。

(4)黑色幽默

黑色幽默于20世纪60年代兴起于美国，因作家弗里德曼的《黑色幽默》作品集(1965)而得名。这一流派的作家在思想上深受存在主义的影响，关注现实，对世界的荒诞充满了深沉的痛苦和愤怒。“黑色”意味着阴郁、悲观、冷酷、苦涩；这里的“幽默”是一种嘲弄，嘲弄别人，更对“人类”自我加以嘲弄。作品中的主人公往往是性格乖僻的“反英雄”，作者既同情他们，又加以适度的嘲弄；他们用喜剧手法来处理丑恶和畸形，还处理痛苦和不幸，从而加强了作品的悲剧意味。约瑟夫·海勒(1923—1999)和库尔特·冯内古特(1922—2007)是黑色幽默的代表作家。此外，托马斯·品钦(1937—　)的《万有引力之虹》(1973)、约翰·巴思(1930—　)的《烟草经纪人》(1960)都是重要的黑色幽默小说。

第二节　艾略特

1 生平与创作

托马斯·斯特恩斯·艾略特(1888—1965)，英国著名诗人、剧作家和文艺评论家，英美现代主义文学的代表人物，1948年获诺贝尔文学奖。1927年艾略特由美国籍转入英国籍，其诗学理论推动了英美新批评派的诞生。

艾略特1888年9月26日生于美国密苏里州圣路易斯市的一个富有家庭，父亲亨利是成功的建材商人，母亲夏洛蒂是社会工作者，喜欢文学；祖父威廉·格里利夫热心于公益事业，创办了圣路易斯华盛顿大学，同时也是牧师和作家，被文学家爱默生尊称为“西方的圣者”;祖母是美国总统亚当斯的侄女。艾略特出生时父母都已经44岁,他自幼体弱多病,很少参加体育活动,在父母和四个姐姐、一个哥哥的照顾下长大。青少年时代大量的阅读以及位于密西西比河畔的家乡为他未来的创作提供了滋养。

17岁以前,艾略特主要在家乡的史密斯学院就读,学习希腊文、拉丁文、德语、法语,在阅读波斯古诗《拜鲁集》的英译本之后他开始尝试写一些四行诗。1905年,艾略特进入哈佛大学学习哲学、英国文学和比较文学,接触到了兰波、魏尔伦、拉弗格、马拉美等法国象征主义诗人的作品。1909至1910年,艾略特作为哲学助教短暂工作了一段时间。在哈佛大学的教师当中,哲学家乔治·桑塔耶纳和欧文·白璧德对他影响最大。此后艾略特赴巴黎索邦大学学习了一年法国哲学,听过柏格森的课,1911至1914年他回到哈佛大学改修印度哲学、佛教和梵文,在柏格森的影响下研读了英国唯心主义哲学家布拉德利的著作。早年的哲学研究对艾略特的诗歌和评论创作起了很大作用,他后来的许多作品都以博学、沉思著称。

1914年7月第一次世界大战爆发,本打算去德国继续研究哲学的艾略特来到伦敦,与诗人埃兹拉·庞德成为好友。后者与他有相似的美国学院背景,因发起意象主义运动而知名,帮艾略特发表了许多诗作。1915年,艾略特与来自剑桥镇的家庭教师薇薇安·海伍德结婚,薇薇安有精神疾患和其他慢性病,两人的婚姻生活并不十分和谐。但艾略特就此放弃了在美国任教的机会,定居伦敦,成为他一生的重要节点,他后来在书信中说婚姻带给他的心境促成了《荒原》的诞生。1917年,艾略特得到了劳埃德银行伦敦分行的文员职位,在银行工作了8年,这份工作保障了基本生活,这一时期他成为英国主流文学圈的一员,1927年加入英国籍并皈依国教[1]。英格兰萨默塞特郡的东库克村是艾略特先祖的故乡,他长久地处于英美两种文化认同的冲撞之中,也同时引领了英美两国的现代主义潮流,他认为自己更加属于当代美国文学的传统,与英国诗人共同点较少。

1925年艾略特离开银行,进入新成立的以人文书籍为主业的费伯与费伯出版社,在这里工作至退休,担任过总编辑、董事。1932年他与妻子薇薇安分居,后者1947年在精神病院去世。翌年,艾略特获得了诺贝尔文学奖,评委称“由于他对当代诗歌做出的卓越贡献和所起的先锋作用”颁发此奖。他还被英王乔治六世授予一等勋章。1957年,艾略特与出版社的秘书瓦莱丽结婚。他没有任何子女,1965年1月4日在伦敦去世,骨灰葬于东库克村的教堂,匾额上镌刻了《四个四重奏》第2部分“东库克”首末节

1 英国国教即基督教的安立甘宗,在中国被称为“圣公会”。

的两行诗:“我始之内有我终”“我终之内有我始”。

艾略特先后在银行和出版社工作,还兼职编辑文学评论杂志,算不上是高产的诗人,他认为正是由于时间有限,才迫使自己以“少而精”的态度对待写作。他的作品大多在报刊上发表后汇编成集,以三部代表作《阿尔弗雷德·普鲁弗洛克的情歌》《荒原》《四个四重奏》为界可大致分为四个时期:

第一个时期是从大学时代至《荒原》(1922)发表之前。代表作有诗集《普鲁弗洛克及其他观察》(1917)、评论集《圣林》(1920)等,其中的很多篇目在到英国之前就已经写成。长诗《阿尔弗雷德·普鲁弗洛克的情歌》(1915)展示了艾略特的独特风格:意识流式的叙述,用典极多,譬喻奇崛,不断进行类似于戏剧的场景转换。作品的开篇即引用《神曲》中亡魂吉多与但丁的对话作为题词,吉多以为但丁也是地狱的幽魂,毫无顾忌地讲述了自己的过往。而《情歌》的叙述者“我”普鲁弗洛克孤独、敏感又颇为颓废,以戏剧独白的方式邀“你”访问其生活世界,作品对《神曲》的引用暗示了对话者与读者同样陷于精神困境之中:

那么我们走吧,你我两个人,
正当朝天空慢慢铺展着黄昏
好似病人麻醉在手术桌上;
我们走吧,穿过一些半冷清的街;
那儿休憩的场所正人声喋喋;

(《英国现代诗选》,查良铮译,湖南人民出版社1985年版)

普鲁弗洛克宣称“要把你引向一个重大的问题”,此后他带领对话者穿过穷街陋巷,来到“客厅”,展示了充满诱惑却又十分无趣的交际生活,有众多“谈论米开朗琪罗”的女客却没有真正的倾诉对象。作品的末尾并未明示重大问题是什么,而是以古希腊神话中塞壬女妖的典故收尾,人称也转为复数的“我们”,提醒对话者一旦从海上梦幻中醒来,就将溺亡。按照新批评派学者布鲁克斯和沃伦的解读,《阿尔弗雷德·普鲁弗洛克的情歌》揭示出的普遍精神困境是“失去信念,失去对生活意义的信心,失去对任何事情的创造力,意志薄弱和神经质的自我思考”,“如果生活没有意义,个人关系也不可能有意义”[1]。循着这一思路,我们甚至可以把作品中的“情歌”和女士、女妖们都视

1　袁可嘉,董衡巽,郑克鲁:《外国现代派作品选》第一册(上),上海文艺出版社,1980年。

为隐喻,它们不见得是一般意义上爱情故事的组成部分,而是代表了这个世界上貌似合理的对生活意义的种种解说。

艾略特的《传统与个人才能》《"修辞"与诗剧》等著名评论文章也在这一时期发表,他主张尊重文本特性,进行文学的"内部批评",不应当把作品的内涵与作者的人生经历、个人情感画等号,任何艺术家都不能独自拥有其文学意义,而是要放到整个文化谱系中来评价,这些观点对后来的英美新批评派有直接影响。

第二个时期是从1922年《荒原》出版到1927年加入英国籍,代表作有《荒原》《空心人》(1925)等,形成了一个"荒原时期"。艾略特因发表《荒原》而获得了很高的知名度,这部作品的晦涩和用典多也引发了许多争论,以至于出版单行本的时候应编辑要求增加了近50条注释,主要是关于作品的用典,这些注释后来又引起了评论家、研究者们更大范围的讨论,使艾略特感到有悖其初衷。他后来的作品比《荒原》更容易接受一些,即使是同时期从《荒原》中剔除、发展成篇的《空心人》也要明晰许多。

第三个时期是1927至1945年《四个四重奏》发表。艾略特在皈依英国国教之后,作品中渗入了更多的宗教思想和历史、传统的元素。《四个四重奏》写于1934至1942年间,为艾略特带来了诺贝尔文学奖的荣誉,他也认为《四个四重奏》是自己最成熟的作品。其他作品还包括《圣灰星期三》(1930)、剧本《岩石》(1934)、《大教堂谋杀案》(1935)、评论集《怪神之后》(1934)、《古今论文集》(1936)等。《四个四重奏》由"焚毁的诺顿""东库克""干燥的塞尔维吉斯""小吉丁"四组相对独立的诗组成,题目中的四个地名都与艾略特本人的成长有关。每一组四重奏都有五个部分,结构类似于乐章的起承转合,诗句讲究韵律,与"荒原时期"有所不同。四个四重奏还对应春、夏、秋、冬以及水、火、土、气四种基本元素,全篇起首便是宇宙洪荒中的终极追问:

现在的时间和过去的时间
也许都存在于未来的时间,
而未来的时间又包容于过去的时间。
假若全部时间永远存在
全部时间就再也都无法挽回。
过去可能存在的是一种抽象
只是在一个猜测的世界中,
保持着一种恒久的可能性。
过去可能存在和已经存在的

都指向一个始终存在的终点。
足音在记忆中回响
沿着那条我们从未走过的甬道
飘向那重我们从未打开的门
进入玫瑰园。我的话就这样
在你的心中回响。

（《四个四重奏》，汤永宽译，上海译文出版社1999年版）

《四个四重奏》相对严谨的秩序是对“荒原时期”破碎经验的回答，但是随着组诗的深入，读者又会发现作品充斥着音韵多变、形式分裂的语句以及无法找到一种完美语言形式的焦虑感和挫败感——这种语言焦虑与生活意义的阙如是相通的，从这一点来看，《四个四重奏》并未远离《荒原》和《阿尔弗雷德·普鲁弗洛克的情歌》。

第四个时期是获诺贝尔文学奖之后。艾略特晚年主要从事文艺评论和剧本创作，较少发表诗歌，代表作有剧本《鸡尾酒会》（1949）、《机要秘书》（1953）、《政界元老》（1959）等。他认为戏剧创作要更多地考虑观众和演员的感受，诗歌则不然，要把为自己写作和为他人写作结合起来是困难的，他本人只是偶尔能将两者合一。

中国文学界早在20世纪20年代中期就开始译介艾略特的诗，艾略特的《传统与个人才能》《批评的功能》等文艺评论也为诗人们所悉知。早期译介艾略特的主力是“新月派”的叶公超、徐志摩、卞之琳、曹葆华、孙大雨、邵洵美等人。叶公超于20世纪20年代中期与艾略特相识，是向中国读者推介其作品的第一人。而“学衡派”的吴宓与艾略特同为白璧德教授的弟子，在伦敦也有交往。对艾略特等现代主义文学家的接受，促使新月派内部发生了分化。20世纪30年代后期，英国青年学者、诗人威廉·燕卜逊到西南联大任教，在中国前后工作十年之久，引领了研读艾略特、奥登、里尔克等现代主义诗人作品的风潮。辛笛、穆旦（查良铮）、陈敬容、唐湜、袁可嘉、王佐良、郑敏等西南联大师生不但译介艾略特作品，创作上也受其影响，形成了中国新诗史上的一个现代主义高峰，在新时期因《九叶集》（1981）的出版而得名“九叶派”。

2 经典解析：《荒原》

《荒原》是20世纪现代主义文学的经典，构思于1919年，1921年秋完成了大部分初稿，当时艾略特受困于婚姻和健康问题，向劳埃德银行请假到瑞士洛桑疗养，在假期里写成此作。手稿送给庞德阅览之后,被后者删掉了一半,其中一部分成了《小老头》《空心人》的内容。庞德曾把自己写的31行《地铁车站》删到仅剩两行,他对删减《荒原》的解释是"总想去做别人已经做得十全十美的事情,是徒劳无益的。应该有不同的作法"。[1]艾略特在接受庞德的意见之后自己也做了一些删改,并在正式发表时题词"献给埃兹拉·庞德,卓越的工匠",此称谓原是但丁对另一位中世纪诗人阿尔诺·达尼埃尔的赞誉。由于原稿由一些相对独立的篇章组成,这些删减并未改变作品的整体格局。《荒原》发表于1922年,乔伊斯的小说《尤利西斯》也在庞德的帮助下发表,在1922年出版了单行本。这两部作品同时问世,成为现代主义文学的标志性事件。

《荒原》是一首复杂的长诗,其特色体现在立意、用典、结构、比喻等几个基本方面。《荒原》有强烈的互文性,除作者自己添加的近50处注释外,还有很多没有点明的化用,涉及的重要人物包括:荷马、索福克勒斯、维吉尔、奥维德、圣奥古斯丁、佩特罗尼乌斯、但丁、乔叟、莎士比亚、弥尔顿、托马斯·米德尔顿、斯宾塞、奈瓦尔、约翰·韦伯斯特、安德鲁·马维尔、瓦格纳、奥利弗·哥德史密斯、黑塞、赫胥黎、魏尔伦、波德莱尔、康拉德、布莱姆·斯托克、惠特曼。另外,诗中多处引用《圣经》、公祷书、印度的《奥义书》、佛教语汇、人类学和民俗学著作。在英文中夹杂拉丁语、希腊语、意大利语、德语、法语、梵文6种文字以及一些口语、俚语。《荒原》的潜在读者无疑是具有相当文化修养的西方人,但即便了解以上名家著作,也未见得能进入这部作品,这与它的隐含结构和表达方式有关。

《荒原》的题目脱胎于渔王与骑士的中世纪故事,这一故事被人类学家作为研究对象,艾略特在注释中说他是受了美国女学者杰茜·韦斯顿的《从祭祀到传奇》和弗雷泽的《金枝》的影响。渔王故事的背景是更古老的圣杯传说:耶稣曾经在"最后的晚餐"中举起酒杯,让信徒喝下象征其血液的葡萄酒,而他被钉在十字架上之后用来接血的杯子也是此杯。后来圣杯丢失,骑士们四处寻找并视为最高尚的事业。渔王故事承接了圣杯传说,讲的是一位寻找圣杯的骑士来到河边荒原,那里有位残疾不能生育的国王在垂钓,这片土地没有产出,畜类也不能繁衍。要解除对王国的诅咒,必须完成渔王要求的任务,骑士最终只做到了其中的一部分,于是荒原也只有一部分得到灌溉而恢复生机。其实,艾略特早年在《阿尔弗雷德·普鲁弗洛克的情歌》里已经接触了类似的主题,邀请对话者进入其生活世界的普鲁弗洛克正是一个找不到生活意义,故而也不能找到爱情的人。《荒原》化用渔王与骑士的故事,大体上是在追问:当成为一个无宗教、

1 见多纳特·霍尔对艾略特的采访,《外国诗》,外国文学出版社,1983年。

世俗化的世界之后，西方现代文明的意义何在？如何才能避免“荒原”的命运而继续繁衍生息？艾略特在《荒原》中对“渔王”“骑士”“臣民”等角色的化用类似于剧本独白，常常以第一人称“我”来讲述，读者需要仔细分辨不同的段落是哪一类人的口吻。

正如布鲁克斯和沃伦所归纳的，艾略特借用了三组“荒原”的原型：渔王的王国、《旧约》里荒凉的世俗世界、但丁在《神曲·地狱篇》里描绘的景象。《荒原》以一种十分松散的方式跟随着“圣杯”“渔王”的故事，全篇由5个相对独立的篇章组成，分别是“死者的葬仪”“一局棋戏”“火的教导”“水里的死亡”“雷的说话”，渔王故事在章节中闪现。作品从整体上看不是叙事诗，但依稀看得到一条发展线索：

第一章“死者的葬仪”在温暖的回忆与冰冷的现实之间切换，名为“玛丽”的象征性人物讲述了她与表兄的美好经历，之后突然跳跃至旧约《以西结书》中的荒原，接下来又是一段“风信子花园”的故事，紧跟着是主人公感到“不生不死”，堕入虚无之海。本章结尾处以《神曲》地狱篇的语句描绘冬日黄昏、雾霾笼罩之下的伦敦桥。

第二章“一局棋戏”分别以第三人称叙述和对话的方式讲述了两位女士的故事，她们处于社会的两极：第一位富有却百无聊赖，不知道该做些什么；第二位被两个女性朋友谈论着，没有正面出现，从谈话中我们得知她是军人的妻子，因堕胎而显得衰老，留不住丈夫的心。诗行中插入的几句酒吧打烊的催促声提示读者，这两位闲言碎语的朋友已经聊到了深夜。本章以莎士比亚《哈姆雷特》中奥菲莉亚发疯前的告白结尾。

第三章的题目“火的教导”引自佛教教义，原意是教导信众熄灭情欲之火，却反讽地讲述了泰晤士河的肮脏和一段情欲故事。本章前半部分把泰晤士河在文艺复兴时期和现代的不同情形拼贴在一起：前一时期可以举行婚礼，通行皇家游船，甚至有仙女降临；后一时期则漂浮着垃圾，成为情欲的背景板和象征。本章后半段讲述了一段女打字员与小店伙计的风流韵事，主人公显得有欲无情，无可无不可。艾略特在此处戏仿了18世纪剧作家奥利弗·哥德史密斯《威克菲律师》里女主角的唱段。

第四章“水里的死亡”被删减至10行，相比其余章节来说显得较为单薄，主要讲述腓尼基商人在海中溺亡的情形，对比前三章，尤其是第三章的情欲之“火”，这一章有经历生死轮回，重返起点之意。但正如第五章开端所说，“那一度活着的如今死了/我们曾活过而今却垂死/多少带一点耐心”，第四章只是一种渴望超脱尘世的幻想，“我们”终究还是要垂死挣扎，去面对荒原上的困局。

第五章“雷的说话”紧扣“荒原”母题，雷声可以视为求雨的论争之声。这一章的前半部分讲述了在荒原跋涉的旅人找不到水，总是出现“你”和“我”之外还有第三人的幻觉。艾略特在此处借用了新约《路加福音》中耶稣复活的典故,然而荒野旅人期待的救世主并不会出现,下一段描述的反而是更大的干涸的文明世界。如何才能降雨,灌溉这片荒原?作为整篇作品提问的应答,艾略特在本章的后半部分安排了雷霆的发言,他从东方宗教哲学中借来的三个指示是:给予,同情,节制。这些东方思想显得过于玄妙,看不出有什么实质性的解救之道,而篇末也确实没有出现渴望已久的降雨。这些只能说是一种探索,篇末以"渔王"形象出现的叙述人"我"总结说:即使背后仍是一片荒原,至少可以先整理好自己的田地。

艾略特在《荒原》中娴熟地使用了象征、反讽、拼贴、互文、戏仿、通感等表现手段。他的诗行比喻新奇、句式多变、韵律自由,频繁使用西方经典语文来描述世俗生活尤其是现代城市生活,这些都不仅仅是一种语言技艺,而是反映出他对现实思考批判的深度。

第三节　卡夫卡

1 生平与创作

弗兰茨·卡夫卡(Franz Kafka,1883—1924),奥地利小说家,20世纪西方现代派的奠基者之一,表现主义文学的代表人物。

1883年7月3日,卡夫卡出生于布拉格的一个犹太百货批发商人的家庭。母亲个性忧郁,多愁善感。父亲是一个体格壮硕、果断自信、动作快速、脾气火暴的人,他艰苦创业,获得成功,期盼长子卡夫卡像自己一样刚猛,然而卡夫卡瘦弱的外表和忧郁内向的性格简直和父亲有天壤之别。卡夫卡一直活在"强大的父亲的阴影里",他对父亲的情感一方面是崇拜与敬畏,另一方面则是痛恨其专断,而后者更甚。卡夫卡曾表达过父亲的言行给他的感觉就是恐惧——喋喋不休的指责、脾气暴躁、声色俱厉、呵斥、辱骂、讽刺,而面对这样的父亲,卡夫卡的内心世界中留下的就是:畏惧、胆怯、不安、羞怯、惊吓、恐惧、自卑、毛骨悚然这样的感觉[1]。

1　这种情绪在《致父亲的信》中有比较充分的表达。这封信写于1919年,被称为向"父辈文化"宣战的檄文。在这封信里面,他描述了他在童年所受的创伤:他无比倾慕他那强势的,几乎决定一切的,并且每件事都能做出正确决定的父亲。然而他对儿子们只有轻蔑的嘲讽,对于卡夫卡所热衷的事情,他表现出的只有鄙视。这场父子之间实力悬殊的斗争的结果只有一个——这个本来就腼腆的男孩变得更加内向,内心充满恐惧。参见叶廷芳:《卡夫卡全集》第九卷,河北教育出版社,1996年。

卡夫卡小学至中学在德语学校读书，自幼酷爱文学。1901年他进入布拉格大学学习文学，后遵照父亲的意愿改学法律，并于1906年获得了法学博士学位。卡夫卡中学时代就对法国自然主义文学，对斯宾诺莎、尼采、达尔文等产生了极大的兴趣。在读大学期间，他有机会接触到了克尔凯郭尔的存在主义哲学，并受到中国老庄哲学的影响。而且在好友马克斯·布罗德的鼓励下他开始文学创作，同时与一些布拉格作家来往，接触到了犹太复国主义思想。大学毕业后他就职于布拉格工伤事故保险公司。1922年秋，因肺病加重辞职，辗转欧洲各地疗养。两年后于1924年病逝于维也纳附近的基尔林疗养院，年仅41岁。卡夫卡一生未婚[1]，但曾三次订婚，又都主动地解除了婚约。一种强烈的孤独感缠绕了他一生，卡夫卡是这个世界上最孤独的作家，他害怕孤独，又害怕失去孤独，他曾这样描述自己的心理："极度的孤独使我恐惧，实际上孤独是我唯一的目标，是对我的巨大的诱惑……不管怎样，我还是对我如此强烈渴望的东西感到恐惧。"

卡夫卡这种个性的形成，除了家庭原因之外，另一个重要原因是他的犹太身份。卡夫卡的故乡是布拉格，那里混居着各种各样的民族：捷克人、斯洛伐克人、普鲁士人、犹太人……他们运用着形形色色的语言。其中的犹太人无疑是命运最复杂的一群人。而卡夫卡就是这类人群中的一个。在卡夫卡的时代，一个犹太孩子随时可能遭受到各种形式的歧视、凌辱和打击。在给密伦娜的信里，他一再谈到犹太人的命运，谈到犹太人与生俱来的存在性不安，"他们被莫名其妙地拖着、拽着，莫名其妙地流浪在一个莫名其妙、肮脏的世界上。"卡夫卡称自己是寒鸦，是一只萎缩了翅膀的鸟。德国文学批评家龚古尔·安德尔曾这样评价卡夫卡："作为犹太人，他在基督徒中不是自己人；作为不入帮会的犹太人，他在犹太人中不是自己人；作为说德语的人，他不完全属于奥地利人；作为劳动保险公司的职员，他不完全属于资产者；作为资产者的儿子，他不完全属于劳动者，但他也不是公务员，因为他觉得自己是作家。但就作家来说，他也不是，因为他把精力花在家庭方面；而'在自己的家庭中，我比陌生人还要陌生'。"这段话是对卡夫卡没有社会地位、没有人生归宿、没有生活空间的生存状况的形象概括，也是对他的不幸人生的总结，这也促成了他内向、孤独、忧郁的个性，对其创作风格影响也较大。

卡夫卡的创作非常勤奋，夜间多是以艰苦的写作来度过的，因此损害了他的睡眠。

1　弗朗茨·卡夫卡一生多次与人订婚，却终生未娶。菲莉斯与弗朗茨·卡夫卡恋爱五年，卡夫卡写给她一共500多封信。1914年5月底，卡夫卡与菲莉斯订婚，7月解除婚约。1917年7月再度订婚，1917年9月，他被检查出患有肺结核，12月又解除婚约。1919年5月卡夫卡与另一位女子尤里雅订婚，1920年4月又解除婚约。1923年卡夫卡与朵拉热恋，但由于卡夫卡病情恶化，因此未能与朵拉完婚。

但他写作并不是以发表、成名为目的。写作是他寄托思想感情和排遣忧郁苦闷的手段,也是他理想的生活方式,可以说,他的生活与艺术之间没有距离,但他对自己的大多数作品并不满意,也致使他有许多作品无法结尾。临终前,卡夫卡要求好友布罗德烧毁其全部作品,但布罗德深知卡夫卡创作的巨大价值,怀着对好友的崇敬之心,布罗德违背了卡夫卡的遗愿,整理出版了《卡夫卡全集》(1950—1958),引起了文坛轰动。卡夫卡的主要创作是由三部未完成的长篇小说和一些中短篇小说,另外还有散文、寓言、随笔、格言及书信构成的。

1912—1914年卡夫卡写成了第一部长篇小说《美国》,讲述了一个16岁的德国少年卡尔·罗斯曼,因为受到家中女仆的引诱,致使女仆怀孕,被父母赶出家门,放逐到美国的经历,侧重刻画了主人公在美国的忧郁、孤独的内心感受。

1918年完成的《审判》,是卡夫卡的第二部长篇小说,具有很强的"卡夫卡式"[1]的艺术风格。小说讲述的是约瑟夫·K无辜受审并被处死的故事。主人公K在30岁生日那天吃早餐的时候,两个官差宣告他被捕了,被法庭宣判他有罪。但是他仍能自由活动,照常工作。K不知道自己犯了什么罪,认为是法院搞错了,于是他就展开了一场抗争。在第一次审判时,他慷慨激昂地揭露法庭的黑暗,为自己的无辜进行辩护,随着诉讼的进展,他却日益关心起他的案子,几乎天天为案子四处奔波,并亲自写抗辩书,从各个方面证明自己无罪。他生怕自己曾在某一个最微小的地方犯过什么过错,于是竭力寻找,然而一切的努力都是徒劳,他惶惶不可终日,于是明白要想摆脱命运的安排,摆脱法律的罗网绝无可能,最后他毫无反抗地被两个黑衣人架走,在碎石场的悬崖下被处死了。

1922年完成的《城堡》,是卡夫卡最重要的长篇小说,也是典型的表现主义的小说。主人公K在一个大雪之夜来到了城堡外的一个村子,声称自己是城堡请来的土地测量员。但村长却说这有可能只是一个误会,因为村子里并不需要一个土地测量员。为了证明自己的合法身份,K四处奔走,想尽了一切办法。他想亲自到城堡去看看,但城堡近在咫尺却无法靠近,甚至也没有人真正见到过城堡的官员。城堡还派来了两名对测量一窍不通、长得一模一样的跟班做K的助手,实际上不断地干扰K的正常工作。K去找村长,村长却告诉他聘请K是城堡的一次失误。多年前,城堡的A部门有过一

---

1 卡夫卡式(Kafkaesque)一是在文学意义上理解为卡夫卡的写作风格;二是指人受到自己无法理解、无法左右的力量的控制和摆布,发现自己处在一种不能以理性和逻辑去解释的荒诞神秘的境况中,内心充满恐惧、焦虑、迷惑、困扰和愤怒,但又无可奈何,找不到出路;那任意摆布人的力量是出自那样庞大复杂的机制,它又是那样的随意,它无所不在又无所寓形,人受到它的压迫却又求告无门。

个议案，要为村子请一位土地测量员，村长答复说不需要，但是这份答复信并没有送到A部门。于是K就被错误地聘请来了。K为了能接近城堡官员，能进入城堡，甚至勾引了官员的情妇弗里达，但是最后仍然没有达到接近城堡的目的。小说没有写完，根据布罗德的回忆，当时卡夫卡曾经跟他讲起过这部小说的结尾应该是，K临终前接到了城堡的通知，他不能进入城堡，但是可以在村子里居住和工作。

在这部小说中，充满了荒诞色彩。K为什么要千方百计进入城堡？城堡究竟象征了什么？小说的主题是什么？这些问题都没有明确的答案，这也正是《城堡》的特色。“正是渗透在卡夫卡的每一行作品里的这种荒诞色彩——这种预先就排除了弄懂书中事件的任何潜在可能的荒诞色彩，才是卡夫卡把生活非现实化的基本手段。一切的一切——物件啦，谈话啦，房屋啦，人啦，思想啦，——全都像沙子一样，会从手指缝里漏掉，而最后剩下来的就只是对于不可索解的、荒诞无稽的生活的恐惧情绪。”[1]城堡成了把握不清的意象，具有多重象征意义，也让小说变成了一个无法解释的迷宫。自问世以来，不同学者从不同角度尝试过对这部小说进行阐释。从神学立场出发，研究者认为城堡是神和神的恩宠的象征，K的追求是最高的和绝对的拯救，由于这场追求的毫无希望，有的学者指出它体现了卡夫卡作为犹太人内心对救赎的恐惧感。从心理学的角度分析，有学者认为城堡在客观上并不存在，是K的自我意识的外在折射。社会学的观点则认为城堡中的官僚主义严重，正如小说中讲到的，这些官员无所作为，终日昏昏沉沉，即使是批阅文件，也是要躺在床上完成。村子里的居民无不惧怕这些官员，鞋匠一家只是因为女儿拒绝了官员的无礼要求，就惨遭迫害。因此，有研究者认为这正体现了崩溃前夕的奥匈帝国的官僚主义作风。持马克思主义文艺观的研究者则认为，K的恐惧正是表明了普遍存在的个人与物化的外在世界之间的矛盾。实证主义研究者则认为，小说中出现的人物、事件同卡夫卡身处的时代、社会、家庭、疾病、婚事、工作等等一切具体的事件紧密相关。

可见，《城堡》是一个有着多重解释的作品，大多数的研究者认为对它的解释是无止境的，找不到最终的主题和答案，这就是小说的“复义性”，而这一点也正是卡夫卡小说的重要美学特征。《城堡》同其他长篇小说一样都是没有结尾的，这种未完成性也成了卡夫卡小说的一个特征，从表面上看，似乎是卡夫卡缺乏一个完整的构思，情节难以继续，但也可以看成卡夫卡的一种艺术追求，未完成性就变成了一个文学模式，显示出小说的开放性，并成为卡夫卡表达迷惘与困惑、异化与孤独的一种形式。

1　引自德·扎东斯基《卡夫卡真貌》，叶廷芳：《论卡夫卡》，中国社会科学出版社，1988年，第447—448页。

卡夫卡一生中除了这三部未完成的长篇小说,还创作了78篇短篇小说。1912年创作的短篇小说《判决》和《变形记》,是他形成自己风格的最早作品。其他重要的短篇小说还有《在流放地》(1914)、《乡村医生》(1917)、《为科学院作的报告》(1917)、《万里长城建造时》(1918—1919)、《饥饿艺术家》(1922)、《地洞》(1923—1924)等篇。

他的第一篇成功的短篇小说《判决》是卡夫卡最喜爱的作品,表现了父子两代人的冲突。作品的情节很简单,年轻的本德曼是一个商人,自从几年前母亲去世,他就和父亲一起生活,现在生意兴隆。并且,他在一个月以前订了婚,处在成功和幸福中的本德曼给远在彼得堡的一个朋友写信,告诉了他自己的情况。当他写完信来到父亲的房间,父亲对他的态度非常不好。首先父亲谴责儿子欺骗他,他说儿子在彼得堡根本没有一个朋友,而是在背着自己做生意,还盼着自己早死。儿子并不敢反驳自己的父亲,他反复向父亲解释他确实有这么个朋友,而且说到以前这个朋友来家里做客还和父亲谈过话。这个时候,父亲突然又转而去嘲笑本德曼欺骗自己的朋友,父亲自己倒是一直在跟那位朋友通信,并早已把儿子订婚的消息告诉他了。儿子忍不住顶撞了一句,父亲最后被激怒了,他判儿子去死,儿子也真的冲出去投河自尽了。主人公临死前说:“亲爱的父亲母亲,我可是一直爱着你们的。”这个故事框架也是典型的卡夫卡式的——荒诞不经的故事情节、剧烈的父子冲突。故事中把自己放在和儿子对立的位置上的强大而粗暴的父亲,造就了站在他对面的唯唯诺诺、充满了恐惧之心的儿子。父亲的形象带着一种上帝的权威性出现在卡夫卡的艺术世界里,这一点很容易让读者认为这是卡夫卡隐秘心曲的流露。在卡夫卡的其他作品中,比如《变形记》中的父亲,《在流放地》里的司令官也是带有父亲这种形象的特征的。除了对父亲这一权威形象的披露之外,卡夫卡通过这个故事表达了在普遍意义上人类的生存处境,人类是生活在一种怎样的权威与凌辱之下。同时,小说还表现了儿子对父亲的抗争,他把父亲放在床上,把他盖了起来,这一行为背后曲折地表达了卡夫卡的“审父”意识,在深层含义上儿子试图埋葬父亲,这也表现了卡夫卡对当时奥匈帝国统治的不满。

《地洞》(1923—1924)是卡夫卡晚期创作中最具代表性的作品。作品采用第一人称自叙的方法,描述了一只类似于鼹鼠类的动物惶惶不可终日的生活。“我”担心外来袭击,修筑了坚固的地洞,贮存了大量食物,地洞畅通无阻,退守和防御都无懈可击,但我还是生活在恐惧之中,常年不断地改建地洞,辗转不断地把粮食搬到另一个地方,“即使从墙上掉下一粒沙子,弄不清它的去向,我也不能放心”。小动物每天都在担心中度过,它很清楚地知道,“如果我能平息心中的冲突,我就相信自己已经很幸福了”。

但是,它却要在没有尽头的迷宫里等待着那个未知的危险。小说把小人物那种丧失了安全感,生活在毫无保障的社会中的恐惧心态淋漓尽致地表达出来了。这也是卡夫卡对“一战”前夕奥匈帝国的专制以及个人生活的痛苦体验的艺术表达,陌生、孤独与恐惧是他作品的永恒主题,正如他将巴尔扎克的“我能摧毁一切障碍”的格言变成了“一切障碍都能摧毁我”,这种个人化的感受成了一种全人类的现代性体验,卡夫卡也成了时代的预言家。

从整体上看,卡夫卡小说的内容主要有以下四个方面:

第一,揭示现实世界的荒诞与非理性。如短篇小说《判决》。短篇小说《乡村医生》(1917)也是此类内容的典型代表。在这篇小说里,现实的因素和非现实的因素交织在一起。在医生的一次出诊中,却突然出现了不平常的事情:从猪圈里走出两匹冒着热气的马,马还能将头伸进窗口。还有那个神秘的马夫,病人的伤口,医生被脱光衣服,等等,都是奇异的。这些荒诞的细节大概传达出这样的寓意:人类身患重病,却无药可救,连医生本人也成了需要寻找家园的流浪者。

第二,揭示现代人的异化现象。在现代资本主义社会,由于沉重的肉体和精神上的压迫,使人失去了自己的本质,异化为非人。《变形记》突出地表现了这种现象。《饥饿艺术家》(1922)也是一部讨论异化的作品。歌唱艺人为了生存,为了使自己的艺术达到最高境界,以绝食表演作为谋生手段,40天过去了仍坚持将绝食表演下去,最后被强迫进食,甚至被送到了马戏团,关在笼中与兽类一起供人参观。艺术家对于自己的饥饿艺术不能达到佳境深感遗憾。这个骨瘦如柴的艺术家形象是有多重寓意的,是人性异化、精神异化和艺术异化的象征。

第三,揭示人在现实世界中的困境和困惑。《地洞》最有代表性。卡夫卡通过一个小动物的心理活动,生动地展示了在弱肉强食的资本主义社会小人物的生命没有保障、生活不得安宁的困境。

第四,卡夫卡还描写了现代国家机器的残酷和统治阶级的专横和腐朽。《在流放地》(1914)深刻地揭露了专制制度的残酷和灭绝人性,也揭露了旧制度行将灭亡时它的信徒和卫道士们的冥顽不灵。《万里长城建造时》(1918—1919)中,作者借中国古代老百姓被驱使建造万里长城的故事,以更鲜明的态度揭露了封建统治者的残暴罪行。长篇小说《审判》揭露了官僚机构,尤其是司法界的罪恶,可以说,也是这方面的典型代表。

卡夫卡的小说在艺术特点上与传统小说也明显不同,没有引人入胜的故事情节,人物性格基本上没有发展变化,也缺乏现实主义作家极为重视的环境与景物描写。小说一般不交代具体的地点,没有确切的时间,也不说明具体的社会背景,有些人物甚至只是用一个字母来代表。卡夫卡的语言简朴平实,较少感情色彩,用冷静、客观的叙事风格描述一个荒诞不经的故事,这形成了独特的卡夫卡式的叙述风格。在整体上,他主要采用以下几种艺术表现手段:

一是象征。卡夫卡常使用象征形象来表达他对社会关系的理解。如《城堡》,小说中那个时隐时现、神秘莫测的城堡,对村民是一直萦绕在脑际的权力机构,也是K奋斗一生也无法到达的神秘之地,它具有言之不尽的多重象征含义。

二是荒诞。这主要是指那些表现在情节与人物行为上出现的违反常情与理性的情况。这里有存在主义哲学思想的影响。在卡夫卡的作品中,荒诞因素占有重要地位。《变形记》中人忽然变成了甲虫,《为科学院作的报告》中猿变成了人,《审判》中K被荒诞地逮捕,又被荒诞地处死,《城堡》中的主人公无论如何也进不了城堡,以及《判决》中父亲判决儿子自溺和儿子执行判决等,都是典型的卡夫卡式的荒诞手法。

三是平淡、拙朴、客观而冷静的叙事风格。卡夫卡写的经常是一个荒诞故事,有时给人一种神秘和阴森恐怖的感觉。但他的语言风格却是:平淡中透着冷漠,拙朴中透着凝重。这种平淡冷漠的叙述语调,对于表现主人公的痛苦和困惑感,体现作品抽象的主题,都是非常合适的。

卡夫卡以独特的艺术形式表现了现代世界人们所体验到的各种痛苦感受,他先于时人抓住了时代的特征,并且表现得十分深刻,故而被视为开一代文学的宗师和天才。而许多现代主义流派都把他看成自己流派的开创人或重要代表。

2 经典解析:《变形记》

小说叙述了旅行推销员格里高尔变成甲虫后的命运。主人公格里高尔是一家公司的流动推销员,一天早晨醒来,突然发现自己变成了一只长有许多细腿的大甲虫。但是他仍然具备人的感受和思考,同时也具备了虫性,喜欢爬行,吃烂菜叶等等,刚开始家人还比较关心他,但随着时间推进,他已经丢了工作,家庭经济状况也每况愈下,他终于成了大家的累赘,最终他在孤独、寂寞与自惭形秽中悄然死去。家人如释重负,心情愉快地郊游,畅谈未来的新生活。

《变形记》[1]是表现主义文学和卡夫卡最重要的作品。在现代资本主义社会，科技与工业迅猛发展，生活节奏加快，降低了人的价值；社会的商业化和金钱万能的世风，淹没了正常的人性。物，成了与人对立的力量，形成了物操纵人、奴役人的局面。在这种情况下，人实际上变成了非人。马克思在《资本论》中把这种现象归结成“物对人的统治，死的劳动对活的劳动的统治，产品对生产者的统治”，这就是人的“异化”[2]。格里高尔变成了甲虫，在现实生活中当然是无稽之谈，但是如果从他的工作已经使他变成了一架机器和工具来考虑，那么就应承认他丧失人的特性、异化为动物是符合逻辑的，从艺术的角度看也是真实的。小说正是通过人变成虫的荒诞故事，全方位地展示了人的异化主题。

异化首先表现在人与社会的关系方面。个人与社会的关系不断地处于摩擦、冲突、对立之中，特别是进入资本主义历史阶段之后，随着工业、科技的高度发展，物质的不断积累，人与社会的关系变得更加复杂，人不再是社会的主人，而是异化成了物、动物、非人。卡夫卡生活在奥匈帝国行将崩溃的时代，社会矛盾更加尖锐复杂，他在工伤保险公司工作时接触了许多被劳动致残而一贫如洗的工人，使他认识到“富人的奢侈是以穷人的贫困为代价的”，下层人民没有能力掌握自己的命运。在《变形记》中，主人公格里高尔一夜之间变成了一只大甲虫，造成人变虫的原因主要是社会环境的严酷和劳动本身的机械、繁重。格里高尔是旅行推销员，他从事的是一个“多么累人的差事”！每天4点钟就得起床赶火车，成年累月在外奔波，饮食很差又不定时，由于工作关系，连个知己的朋友也没有，随时可能因为一点小差错而被解雇，但因为父亲破产欠下老板的钱还得要五六年才能还清，因此他每天都活得战战兢兢，但依然得不到上司的信任，秘书主任动辄指责他玩忽职守，老板甚至怀疑他有时候贪污。生活在这样一个社会环境中，人就会逐渐变得麻木、机械，成为“非人”。人变甲虫的荒诞故事深刻而尖锐地表现了社会与人之间一种可怕的“异化”关系。

1　就变形而言，这并非卡夫卡的独创。古罗马时代的奥维德就写了《变形记》，在这个作品中变形是人类借以征服自然、支配自然的想象，突出的是神的权威。到了近代，果戈理也写过变形，主要是通过变形来凸显小人物无能为力的状况。

2　袁可嘉先生指出：“现代派在思想内容方面的典型特征是它在4种基本关系上所表现出来的全面的扭曲和严重的异化：在人与社会、人与人、人与自然（包括大自然、人性和物质世界）和人与自我4种关系上的尖锐矛盾和畸形脱节，以及由之产生的精神创伤和变态心理，悲观绝望的情绪和虚无主义的思想。这4种关系的全面异化是由现代资本主义关系的腐蚀作用所造成的，它们是在它的巨大压力下被扭曲的。现代派文学的社会意义和认识价值也正在于此。”（《外国现代派作品选·前言》第5页，上海文艺出版社，1980年）

异化还表现在人际关系方面,这正是小说的重点。恩格斯在《英国工人阶级状况》一文中做出了揭示:“维系家庭的纽带并不是家庭的爱,而是隐藏在财产共有关系之后的私人利益。”在《变形记》中,通过格里高尔和家人的关系就解释了隐藏在金钱背后的家庭关系的本质。在家里,格里高尔是经济支柱,他也将供养全家当成了自己的责任,当格里高尔身体健康,每月能拿回工资供养全家的时候,他能使大家住在“一套挺好的房屋里,过着蛮不错的生活”,他是这个家庭里一名堂堂正正的,受人尊敬的长子。但当他一旦变成了虫,失去了公司里的职务,无法与家庭保持这种经济联系的时候,他在家庭里的一切尊严很快被剥夺干净,甚至连维持生命的正常饮食都无人过问,温馨、甜美的家庭亲情立即瓦解了。当他还在为老板要炒他的“鱿鱼”而焦虑,他为给父亲暗暗地存了一笔钱而欣慰,他为妹妹明年上音乐学院的事而筹划,他为今后一家人的生计而忧心时,父亲对他的惯用表情就是“紧握拳头,一副恶狠狠的样子,仿佛要把格里高尔打回房间去”。而当格里高尔逃回房间时被卡在门上,父亲狠命一推,使他一直跌进房间中央,汩汩地流着血。父亲甚至用苹果砸他,其中一个苹果陷进了格里高尔的脊背中,到死那只苹果都一直留在他身上。母亲则一见到甲虫,立刻吓得晕死过去,所以当格里高尔死去后,她如释重负,露出了久违的笑容。妹妹在最初的时候愿意照顾他,但是随着时间的推移,也开始厌弃他,觉得他是个累赘,把他看成他们生活不幸的源泉,她就再也“受不了了”。她痛哭着向父亲请求:“我们必须设法摆脱他”,“他必须离开这儿”,并断言这虫子绝不会是她的哥哥,“如果这是格里高尔,他早就会明白人是不能和这样的动物一起生活的,他就会自动地走开。”至于那些邻人,比如那三家房客,更是像躲避瘟疫一样避开了他。这就等于说,他从人的世界里被踢了出来,变成了“非人”。格里高尔的悲惨遭遇证明,在以金钱为中心的社会中,金钱和物质的力量造成了人的异化,甚至使家庭关系瓦解。

最后,异化还表现对人与自然的关系、人与自我的关系的展示。在人与自然的关系中,也包括人与人的本性的关系。在人的本性中,既有自然性的一面,也有社会性的一面,二者的结合构成了完整的人性。正是在这一点上,《变形记》表现了对人的本性的揭示与否定,在冷漠、沉重的现实世界中,人已经难以保全自己的本性,人分裂了、异化了,即便你还有意识、思想和情感,躯壳却已变为动物,变为动物的人还是人吗?这是现代派作家对人的本性的深刻透视。在人与自我的关系上,现代派作家在现代心理学的影响下,对自我的稳定性、可靠性、理性等都产生了深刻的怀疑。认为自我的核心不是理性而是本能(欲望)和潜意识,因此他们在作品中大量表现人物意识的混沌与虚幻。

同时,这个故事也讽喻性地描写了人类的一种普遍性的生存状况,格里高尔就是人类一切灾难和不幸遭遇的象征。通过小说的描述,我们可以看到格里高尔是一个安分守己、尽职尽责、谨小慎微、诚惶诚恐的小职员,他的工作要四处奔波,非常劳累,也很压抑,时常担心老板的训斥和解雇。当他变成甲虫后,自惭形秽,内心的恐惧感就更强了,担心自己不能正常工作会给家人带来负担。格里高尔"匍匐在地板上的这间高大空旷的房间使他充满了一种不可言喻的恐惧",他父亲抬起脚要踩他时,"一看到他那大得惊人的鞋后跟简直吓呆了",每天都担心"这极度紧张的局势随时会导致对他发起的总攻击"。于是,他衰弱地躺在地板上,等待着灾难的降临。作者正是借格里高尔变形前后都具有的恐惧感,表现了20世纪初期人类的一种灾难四伏的普遍心态。

《变形记》作为表现主义文学最重要的作品,在艺术性方面也具有很高的价值。首先就是作品虚实结合,荒诞的故事与细节真实相结合,形成了小说的第一个重要特色。人在一夜之间变成了大甲虫,这个故事是荒诞不经、梦幻离奇的,但是作者对荒诞故事细节的描述以及人物心理的刻画则是真实可信的。格里高尔在变成了虫子之后时刻关心家人,担心自己会被解雇;他的家人由期望他会康复到最后失望、厌弃,都是一幅幅非常现实的心理活动场景。正如卢卡奇所说的:"卡夫卡作品的整体上的荒谬和荒诞是以细节描写的现实主义基础为前提的","那些看起来最不可能、最不真实的事情,由于细节所诱发的真实力量而显得实有其事。"

小说的第二个艺术特色则是对变形、夸张手法的使用。表现主义的理论家埃德施密特说:"幻觉成为表现主义艺术家的整个用武之地。他不看,他观察;他不描写,他经历;他不再现,他塑造;他不拾取,他探寻。于是不再有工厂、房舍、疾病、妓女、呻吟和饥饿这一连串的事实,有的只是他们的幻象。"在《变形记》中,这种将现实与非现实、合理与荒谬相杂糅的手法,随处可见。卡夫卡主张,只有将生活变形,才能让人们看到生活的真实。

小说的第三个艺术特点,就是小说通过象征的写法构成了一个意义复杂的现代寓言故事。

另外,卡夫卡的语言风格也是独树一帜,并被后代作家广为仿效的。构思奇特、荒诞不经的故事,叙事语言却是平实无奇、质朴自然、冷静严肃的。

第四节　福克纳

1 生平与创作

威廉·福克纳(1897—1962),美国文学史上公认的伟大作家,以意识流写作手法著称,他是美国“南方文学”派[1]的创始人,也是整个西方最有影响的现代派小说家之一。他的作品声名远扬,20世纪30年代开始就已在中国流传,施蛰存主编的《现代评论》上曾刊载过对福克纳的译介作品[2]。正如沈从文将他的故事编织于具有神性美和人性美的湘西“边城”,马尔克斯将视觉的焦点对准南美洲小镇“马孔多”,莫言叙述的传奇都发生在“山东高密东北乡”,福克纳一生写的19部长篇小说与120多篇短篇小说,其中15部长篇小说和相当数量的短篇小说均将故事安置于“约克纳帕塔法”县,这些小说通常被称为“约克纳帕塔法世系”。“约克纳帕塔法”是福克纳虚构的一个地方,这个印第安词汇被有的译者翻译成“河水静静流过平原”。福克纳最有代表性的作品是《喧哗与骚动》《八月之光》等。因他“对当代美国小说做出了强有力的和艺术上无与伦比的贡献”,福克纳于1949年获诺贝尔文学奖。

福克纳生于密西西比的新奥尔巴尼一个庄园主家庭,在密西西比河畔南方气息浓厚的氛围中长大。福克纳四岁时他们全家搬到了牛津镇的附近,在那里度过了他的后半生。牛津镇是他的小说中杰弗逊镇的原型。而隶属于牛津镇里的密西西比里的拉菲特郡同样也是他小说中虚构的约克纳帕塔法郡的原型。福克纳作品中的“约翰·萨托里斯上校”是在他曾祖父威廉·克拉克·福克纳的基础上创作而来,他的曾祖父在密西西比州北部是个很有名的历史人物,曾是南部邦联军上校,修建过一条铁路,甚至有一个小镇还以他的名字命名,还著有几本小说和其他一些作品,因而福克纳的家庭是有文学传统的。福克纳深受家庭传统和南方风土人情的影响。他的作品中有南方人特有的幽默感,深入地刻画了黑人与白人的地位、相处、矛盾等敏感问题,生动地描绘

1　大多数福克纳的作品背景被设定为他的故乡密西西比河畔,同时他也被认为是最重要的南方作家之一。在南北战争后,南方出现了一种严肃而带有悲剧性的文学,这些作品重视家庭、宗教和传统道德观念,反思现代文明,被称为“南方文学”派,代表作家还有马克·吐温、罗伯特·潘·沃伦、弗兰纳里·奥康纳,杜鲁门·卡波、尤多拉·韦尔蒂、田纳西·威廉斯等。

2　20世纪30年代,《现代杂志》发表过他的一篇短篇小说《伊莱》和一篇专论。赵家璧在1936年出版的《新传统》中也用一章的篇幅对他进行了评述;1958年《译文》杂志翻译发表了福克纳的两个短篇《拖死狗》和《胜利》。1979年,译文出版社在新创办的《外国文艺》上登了福克纳的三个名篇——《献给爱米丽的一朵玫瑰花》《干旱的九月》和《烧马棚》。此后,由于李文俊等一大批翻译家的努力,福克纳逐步成为被译介和研究的重要作家。

出了惟妙惟肖的南方人形象。在写作生涯早期，一位编辑错将他的名字拼为“Faulkner”，福克纳本人也决定将错就错使用下去。

第一次世界大战时，福克纳在加拿大空军学校学飞行，战后在密西西比大学肄业。他的第一部小说《士兵的报酬》于1925年出版，写的是参加第一次世界大战的青年的痛苦与幻灭，之后福克纳又去到欧洲游历。尔后他回到家乡，靠打零工为生，1929年出版的《沙多里斯》是以自己虚构的约克纳帕塔法县为背景的小说。20世纪30年代初，福克纳的几部代表作已经出版，在美国文学界受到一些作家与批评家的高度推崇，虽然如此，他的书销路均不理想。为了维持生活，他不得不去好莱坞为电影公司写电影脚本。

使人们逐步认识到福克纳是个兼有深度、广度、历史感、乡土气息与现代意识的大作家，还是在1946年马尔科姆·考利编辑的《袖珍本福克纳文集》出版后。这本书中附有考利所写的长序，以萨特、加缪为代表的法国文学界对福克纳的高度评价引起了诺贝尔文学奖评委们对这个蛰居美国边远南方的作家的注意，福克纳在1950年获得了1949年度的诺贝尔文学奖。此后，他多次接受美国国务院的委派，出访日本、瑞典、委内瑞拉等国。1962年6月福克纳在家乡骑马坠地受伤，7月6日因心脏病发作而卒。

福克纳与海明威都认为美国作家舍伍德·安德森是他们的老师。1921年福克纳来到纽约，在一家书店里做售货员。书店女经理是伊丽莎白，她认为福克纳有自己评判图书的独特标准，对他留下了深刻印象。1924年11月，福克纳在新奥尔良得知伊丽莎白的丈夫就是安德森，于是通过自己的老上司认识了这位著名作家。安德森在对福克纳有了一定的了解之后，颇为赏识他的文学才华，对他进行了创作上的指导。正是在安德森的建议下，福克纳以自己的家乡为原型，创作出了一系列不朽的“约克纳帕塔法系”小说。福克纳的第一部小说《士兵的报酬》就是在安德森的帮助下联系利夫莱特出版公司为他出版的。随着相互间的了解越来越深，安德森对福克纳性格中的高傲开始有所不满。1926年12月，福克纳做了一件自以为很有趣的事情。他和一位画家朋友威廉·斯普拉特林出版了一本书，名字叫《舍伍德·安德森及其他著名的克里奥尔人》。书里有斯普拉特林画的41幅漫画，福克纳为这些漫画配上了文字，所用的风格也是戏仿安德森的，让人一眼就能看出是在嘲笑安德森。虽然这本书总共只印了400册，但无疑对安德森造成了伤害。像对待海明威的讽刺一样，安德森对此虽然伤心气恼，却也只是保持了沉默，但此后很长一段时间他不再理睬福克纳。在安德森逝世以后，海明威和福克纳这两位与他生前交往并有冲突的作家，对他给予了极高的评价，奉其为导师。

人们普遍认为,从1929年发表《喧哗与骚动》起,到1942年出版《去吧,摩西》,这13年是福克纳文学创作的全盛时期。《喧哗与骚动》与《沙多里斯》有类似之处,两本小说都反映了南方世家的没落。但《喧哗与骚动》已摆脱了传统的现实主义手法,通过人物的内心冲突、人与人之间的矛盾冲突,追溯蓄奴制种植园制度的消极影响。《我弥留之际》是福克纳的又一力作,写农妇艾迪·本德仑弥留之际至死后10天之内的事。《八月之光》写一个在社会里找不到自己位置的孤独者被不合理的社会法则支配,受到命运的捉弄,终于悲惨地死去。《押沙龙,押沙龙!》通过几个人的叙述来表现庄园主汤马斯·塞德潘的兴衰史。该作品是福克纳创作中最具史诗色彩的一部。它跌宕多姿,有声有色,悲壮激越,从中可看到古希腊文学与莎士比亚悲剧的影响。

《去吧,摩西》是一部系列小说,由7篇作品组成。主人公艾萨克·麦卡斯林,是一个庄园主家庭的末代子孙。小说一方面是关于麦卡斯林家的族长老卡洛瑟斯的两个支系(白人,包括女儿的后裔;以及黑白混血儿的后裔)的种种辛酸、痛苦的故事;另一方面是有关打猎的几篇故事。其中最长的一篇《熊》尤为杰出,是美国文学史上写打猎、写大森林的最优美的作品,充满神话色彩,饶有象征意味。福克纳的其他重要作品还有《圣殿》《标塔》《没有被征服的》《野棕榈》《坟墓的闯入者》《修女安魂曲》《寓言》《掠夺者》等。"斯诺普斯三部曲"(《村子》《小镇》《大宅》)也很重要,塑造了弗莱姆·斯诺普斯这个精明、狡狯,由原来的穷光蛋变成地方上的银行家的形象,他是南方新兴资产阶级的代表。

福克纳逝世后,各国文学界对他的评价越来越高,对他的研究成为一门学问。各国不断翻译、介绍他的作品,有些地区(特别是拉美)的作家的创作明显地受到他的影响。福克纳已经成为一个现代经典作家,被认为既深刻地反映了社会历史,又是个现代意识很强的作家。他写了现代社会中人与人的沟通与疏远,人如何追求、保持自己的"人性";揭示了西方社会中人性受扭曲与异化的问题。评论家还认为,福克纳是挖掘与表现人的内心世界的高手。在许多情况下,他是通过表现人物的内心活动来塑造人物与表现时代精神的。他还根据自己对现代哲学、现代心理学对人的更深层的理解形成了一种认知生活的独特眼光,并根据这种独特的眼光,相应地创造与采用了一系列新的小说技法,帮助他充分表现出现代人与现代生活的复杂性。在文学语言的运用与创作上,福克纳也堪称大师。他的语言丰富多彩,能写出多种风格的艺术珍品。

福克纳笔下的剧情浸染着人物的复杂心理变化,细腻的感情描写穿插其中。他作品最大的外在特点是绵延婉转、结构极为繁复的长句子和反复斟酌后选取的精巧词汇。他一生多产，令很多美国作家艳羡不已，不过也有很多人对其持批评态度。他和风格简洁明了、干脆利落的海明威更是两个极端。一般认为他是20世纪30年代唯一真正意义上的美国现代主义作家，与欧洲的文学试验者乔伊斯、伍尔芙、普鲁斯特等人遥相呼应，大量运用意识流、多角度叙述和陈述中时间推移等富有创新性的文学手法。

2 经典解析：《喧哗与骚动》

《喧哗与骚动》不仅为作者所钟爱，也是首次全面体现福克纳思想倾向和纯熟技巧的作品。作为“约克纳帕塔法世系”小说的扛鼎之作，它是备受推崇的南方文学杰作；作为一部复线结构的纯意识流小说，它是广受好评的现代文学经典。

《喧哗与骚动》主要描述了南方没落地主康普生一家的悲惨遭遇。在小说中作为家长出现的老康普生整日游手好闲，声色犬马，他的妻子更是自私冷酷，怨天尤人。长子昆丁信奉着南方所谓的旧传统，虽然屡屡陷入绝望的境地，但是至死不渝，后因妹妹凯蒂风流成性、有辱南方淑女身份而恨疚交加，竟至溺水自杀。次子杰生冷酷贪婪。三子班吉则是个白痴，虽然已经三十三岁，但仅仅只有三岁孩童的智商。本书在叙述过程中共分为四个视角，通过四个讲述者来宣告这幕深重的家庭悲剧。通过三个儿子的内心独白，围绕着凯蒂的堕落展开，最后则由黑人女佣迪尔西对前三部分的“有限视角”做一补充，从整体上归结全书。小说秉承多角度叙事的手法，大量地运用意识流的写作方法，穿插着神话模式的荒诞，是意识流小说乃至整个现代派小说的经典名著。福克纳采用“复合式”意识流的表现手法，通过不同性格、不同遭际、不同品质的人物在不同的时间段内的意识流动来叙述同一个故事的始末，造成了一种动态的意识流效果，在象征和隐喻中揭示了时代、人性、苦难和死亡等宏大主题。虽然其中有部分重复，但毫无雷同之感。原因在于作者描写的重心不在凯蒂母女堕落的故事本身，而是该事件在不同人的内心产生的影响及其导致的心灵变化。在福克纳的安排下，故事本身只是小说的一幕背景，而人物内心的辗转变化则是小说的要义。故事化的叙述作为意识流的有机组成部分，旨在将各位读者引入各色人物的内心世界。正是由于侧重于内心变化的展现，在小说中关于时间的描写相对较为混乱和模糊。小说未按时序展开叙述，要想完全了解故事，读者必须同时参与其中，在创造和拼凑、理解中将故事组合完整。而在这种参与过程中福克纳苦心经营的内在秩序也就即刻浮出水面。可以说，福克纳的这本小说充满了意识流的玄妙，在“有意识”和“无意识”间自由穿梭。内外向的叙述视角、叙述者的“浮想联翩”、头脑思绪的飞扬、不甚清晰的文字交代,诸如此类,不胜枚举。这些变换的文字、口气、称谓,甚至叙述内容,都需要读者进入作品后仔细辨认。

小说的书名出典于莎士比亚悲剧《麦克白》第五幕第五场主人公麦克白的著名独白:“明天,明天,再一个明天,一天接着一天地蹑步前进,直到最后一秒钟的时间;我们所有的昨天,不过替傻子们照亮了到死亡的土壤中去的路。熄灭了吧,熄灭了吧,短促的烛光! 人生不过是一个行走的影子,一个在舞台上指手画脚的拙劣的伶人,登场片刻,就在无声无息中悄然退下;它是一个愚人所讲的故事,充满着喧哗与骚动,却找不到一点意义。”的确,小说从内容到形式都包裹着这种痴人说梦式的喧嚣和混乱,揭示了美国南方没落世家中人生的整体无意义和深刻的道德精神危机。

小说的故事发生在20世纪初年约克纳帕塔法县杰斐逊镇一个姓康普生的南方世家之中。曾几何时,这个家族显赫一时,祖上出过州长和将军,广有田地,黑奴成群。但是南北战争之后,家族渐趋没落,只余下一幢破败的家宅以及一户黑人用人,连长子上大学、女儿办婚宴也要卖了最后的田地才能应付。家庭由富贵落入困顿,而生活在这家中的老老小小也只能在日益贫困的家庭中苟延残喘。一家之长康普生先生只知道缅怀过去,发表空论,成天借酒浇愁,醉生梦死,开办的律师事务所也最终崩盘,而自己则因酒精中毒而死。康普生太太念念不忘自己的南方闺秀身份,无法放下毕生执着追求的她逐渐郁郁寡欢,无病呻吟,性格上也自私乖僻,极度地以自我为中心。长子昆丁懦弱无为、多愁善感,怀着对妹妹的病态之爱,19岁时在哈佛大学投河自尽。女儿凯蒂富于生命力,性格开放,由于未婚先孕,便与一位银行家结婚以掩人耳目,被丈夫发觉后撵回娘家,却又不为思想保守的家庭所容,只好将私生女小昆丁寄养在父母家里,漂泊异乡以出卖色相为生。次子杰生没有享受到分毫遗产,中学毕业后便做了办事员,进银行工作的美梦也因姐姐的离婚丑闻而归于破灭,他自私自利,冷酷无情,爱钱如命,用种种手段敲诈凯蒂,虐待小昆丁,侵吞凯蒂寄给小昆丁的生活费。小儿子班吉纯洁善良,可惜是个白痴,33岁却只有一个3岁孩子的智力水平,因为试图强奸邻居女孩,被做了阉割手术。小昆丁在冷漠无望的环境中长大,17岁时偷了舅舅杰生的不义之财,跟一个劣迹斑斑的流浪艺人私奔。家庭中唯一的亮色来自黑人女佣迪尔西,她是康普生太太出嫁时带过来的家奴,多年来一直忠心耿耿,不仅担负起家务重任,还一直保护着班吉、凯蒂、小昆丁等人免受杰生的伤害。

整部小说由四部分组成,由不同的四位叙述者分别讲述自己不同寻常的一天,形成所谓的“班吉部分”“昆丁部分”“杰生部分”和“迪尔西部分”。

第一部分也称为“班吉部分”，正式标题为“1928年4月7日”。在小说中这一天是班吉的33岁生日，迪尔西的小外孙带他到外面去玩。这一天的见闻与回忆，构成此部分的主要内容。由于班吉没有时间观念，过去与现在了无界限，所以他的意识流狂杂混乱，成为一个典型的“愚人所讲的故事”。在他回忆的15个场景和几十个断片中，能够依稀拼凑出童年的圣诞节、凯蒂的婚礼、祖母的去世、父亲的去世、昆丁的自杀等家族重要事件。在班吉的世界里，姐姐凯蒂处于不可替代的中心位置，因为凯蒂真正地关心他、呵护他，所以他依赖凯蒂、崇拜凯蒂，为凯蒂的失身而痛哭，为凯蒂的出走而难过。

第二部分是“昆丁部分”，标题为“1910年6月2日”。这是昆丁自杀的那一天。清早，在哈佛大学的寝室里，他被手表的嘀嗒声弄醒。在砸碎手表、打好行李、写好遗书之后，他乘电车横穿波士顿。这一天他遭遇了很多事——购买自沉用的熨斗、被误认为诱拐犯而遭逮捕、被朋友保释、与朋友打架，不过主宰他思想的，是对妹妹凯蒂的耿耿于怀。他回忆起与凯蒂丈夫和情人的两次不愉快的会面，心绪复杂。昆丁对凯蒂充满一种不正常的爱怜，既为凯蒂的有辱门风而愤怒，又因自己的无能为力而沮丧。到晚上，昆丁投水自尽。因为昆丁处于高度亢奋的状态，所以他的内心独白时而紧张，时而涣散。作为大学生所具有的抽象思维能力和哲理性体悟，与精神恍惚状态的梦呓和种种潜意识活动一道，构成一股复杂的意识流。

第三部分是“杰生部分”，标题为“1928年4月6日”。这是杰生暴跳如雷的一天，种种不如意接踵而至，包括小昆丁逃学并且与流浪艺人交往；凯蒂来信问及寄给小昆丁的钱；收到情妇来信；还有，错过了在股票上赚钱的机会。杰生痛楚地回忆着家人是如何对不起自己，他对凯蒂母女充满着怨毒心理。在饭桌上，他冷酷地暗示母亲，应该把班吉送进疯人院，把小昆丁送进妓院。杰生虽然工于心计、富于逻辑，但同时他又是偏执狂和虐待狂，经常头痛病发作，这使他的叙述也有混乱的一面，特别是其自我表白和辩解反而使他的扭曲心态暴露无遗。

第四部分是“迪尔西部分”，标题为“1928年4月8日”，改用第三人称叙述。这天是复活节，早晨，杰生发现小昆丁偷了他的7000元存款逃跑了，于是气急败坏地报警。但因为这些钱的大部分是他克扣的凯蒂寄给小昆丁的生活费，无法向警察解释钱款来源，因此只能自己四处找寻，怎奈毫无结果。女佣迪尔西忙完家务，带着家人和班吉去黑人礼拜堂做了复活节礼拜。这一部分采用传统的叙事角度，补充了前三部分没有交代清楚的情节。迪尔西以历史见证人的身份,目睹了康普生家族的兴衰。同时,她的忠诚、仁爱与忍耐,与前三个叙述者的病态性格形成了鲜明对照。

可以说,《喧哗与骚动》通过康普生一家的没落为美国南方传统和贵族精神谱写了一曲精神的挽歌。"南方骑士"昆丁对老南方传统恋恋不舍,难以忘怀。不过,他虽然保留了贵族式的骄傲,却缺乏适应社会变化的能力,最终以自杀的方式逃避现实。杰生顺应潮流,完全抛弃了贵族价值体系,却同时丧失了人性,他奉行那种资产者的实利主义和市侩精神,残忍、自私得令人发指。班吉的思想纯真得像一面镜子,但是没有思考的能力,只不过是一个无法自理的善良的白痴。凯蒂曾经天真活泼,充满活力,然而后来失足堕落,彻底摧毁了南方淑女形象。一家人的手足相残,更是破坏了南方重视家庭与亲情的传统。在福克纳的笔下,老南方已经彻底解体,新南方却又充斥着异化,南方的形象在模糊中逐渐走向深渊。可是在这绝望之中却有着一位正直、善良、乐观的劳动者——迪尔西,她体现出人性复活的人道主义理想,正是福克纳所肯定和赞扬的,而那也正是美国真正"新"南方的希望所在。

在艺术风格上,《喧哗与骚动》颠覆了以往小说平铺直叙的传统叙事模式,其艺术上的创新至今仍然被人津津乐道。

小说构思巧妙,结构奇特。福克纳曾说,"这是一个美丽而悲惨的姑娘的故事",凯蒂实为小说的中心人物。作者打破了传统小说的处理方式,通过其他人物对主人公的看法与回忆,塑造出更为饱满和立体的人物形象。福克纳相信:"间接叙述能更加饱含激情;最高明的办法,莫若表现树枝的姿态与阴影,而让心灵去创造那棵树。"作品从四个不同的侧面展现出凯蒂的"姿态与阴影",并给了读者充分的想象空间来"创造"出自己心目中的主人公形象。这种从不同人物视角讲述同一个故事的手法,也叫"对位式结构"。

对位式结构增加了读者在阅读中的参与程度,同样也汇入了流动中的意识流。在小说中,福克纳纯熟地运用了意识流手法。作品除了第四部分运用第三人称全知视角外,其他三部分皆采用第一人称"我"的叙事方法。三兄弟的意识流活动各有特色,不仅能够体现白痴、精神崩溃者、偏执狂与虐待狂不同的心理状态和语言特色,更能揭示人物的内心世界,探索他们的意识与潜意识动机,借此塑造人物性格。福克纳对意识流手法的运用,堪与爱尔兰意识流大师乔伊斯相媲美。

从叙事角度看,小说时空倒置,神话原型与白痴叙述浑然天成,寓意深刻。全书四部分的叙述时间分别为1928年4月7日、1910年6月2日、1928年4月6日、1928年4月

8日。不仅如此，人物在内心独白中不断陷入回忆，而且回忆中还有回忆，“班吉部分”中由现在返回过去的时空切换大约有100次，“昆丁部分”大约有200次。在此，时序的颠倒有着深刻的含义。书中的人物觉得时间是一种与人为敌的力量，他们始终在与时间搏斗，这种搏斗体现了康普生家族无力抗拒历史进程的悲剧。萨特曾经指出，《喧哗与骚动》是一本关于时间的书，福克纳对时间的处理方式体现了南方文化的“回忆”特质，即对现实的失望，以及从昔日旧梦中觅得安慰的期望。此外，作品吸引读者去寻找叙述线索、重建时间顺序，客观上也提高了读者的参与程度，加强了小说的效果。

福克纳经常使作品的故事、人物、结构与人们熟知的某一典故大体平行，使作品在神话原型这一参照系前得以突破具体内容的限制，从而获得一种超越时空的意义。在《喧哗与骚动》中，故事和结构以基督受难周为原型。1928年的三个日期，恰是那一年的基督受难日、复活节前和复活节；1910年昆丁自杀的那个日期，又恰是“圣体节”的第八天。作品与原型既有对应关系，也有反讽关系。比如，复活节前夕是基督下界拯救人类的日子，可怜的班吉正需要拯救；复活节那天小昆丁的出走，与基督临死时留下的箴言“你们要彼此相爱”形成鲜明对立；圣体节是供奉耶稣圣体的节日，昆丁在潜意识中把自己当作耶稣、设法对妹妹的堕落进行救赎，但是他所能奉献的，不过是自己凡人的生命；小说结尾黑人教堂里复活节礼拜的场景，也与主题相呼应，颇为耐人寻味。

最后，小说的语言别具一格。福克纳的文体风格根植于南方文学传统——演说体散文，并善于运用南方方言，尽管这种口语风格有时不符合书面语的严谨规则，但是生动形象。福克纳小说中的句子也不同凡响，似乎作者要把一切都塞进一个句子中去，所以叠床架屋、宛若迷宫，无法进行传统的语法分析。

第五节　贝克特

1 生平与创作

塞缪尔·贝克特（1906—1989），法国著名剧作家，“荒诞派戏剧”的重要代表作家之一，出身于爱尔兰首都都柏林的一个犹太家庭，父亲是测量员，母亲是虔诚的教徒。1927年贝克特毕业于都柏林的三一学院，获法文和意大利文学士学位。1928年贝克特到巴黎高等师范学院和巴黎大学教授英语，与侨居巴黎的爱尔兰著名作家詹姆斯·

乔伊斯相识。精通数国语言的贝克特被分派给失明的乔伊斯做助手,负责整理《芬尼根的守灵夜》的手稿。1931年,贝克特返回都柏林,在三一学院教法语,同时研究法国哲学家笛卡儿[1]的思想,获哲学硕士学位。1932年贝克特漫游了欧洲。1937年,他在给友人的信中写道:"对我来说,用标准的英语写作已经变得很困难,甚至无意义了。语法与形式!它们在我看来像维多利亚时代的浴衣和绅士风度一样落后。"并声称:"为了美的缘故,向词语发起进攻。"1938年贝克特定居巴黎,在德国占领法国期间他曾因参加抵抗运动受到法西斯的追捕,被迫隐居乡下当农业工人。1945年,贝克特曾短期回爱尔兰参加红十字会工作,第二次世界大战结束后不久他返回巴黎,专门从事文学创作和翻译工作。

贝克特从20世纪20年代末开始从事文学创作活动。早期他主要写诗歌、短篇小说和评论文章,在创作上深受普鲁斯特和乔伊斯等现代派作家的影响。1931年他出版了评论专著《论普鲁斯特》,小说创作有《少刺多踢》(1934)、《莫尔菲》(1938)、《瓦特》(1945)等。

进入20世纪50年代后,贝克特进入了他创作的高峰期。在小说方面,他完成了长篇三部曲——《摩洛依》(1951)、《马隆纳之死》(1951)、《无名的人》(1953)。三部曲都注重内心独白、潜意识表现,抒发人生如梦的悲观厌世情绪,《摩洛依》曾被西方评论界誉为20世纪最佳小说之一。小说共分为两章,完全用内心独白写成。第一章写摩洛依寻找故乡的故事,第二章写莫兰寻找自我的故事,然而前后两章没有连续性,甚至主人公的名字也不同,整个故事扑朔迷离,故乡不可寻找,自我也无从建立,充满了无尽的苦恼。小说展示了主人公意识的无序状态,阐述了世界荒谬和人生痛苦这一主题,这也是贝克特大部分创作的主要思想。贝克特在战后发表的小说还有《想象死亡》《如此情况》等,将荒诞内容与意识流表现融为一体,有"小乔伊斯"之称。

20世纪50年代之后,贝克特开始转向戏剧创作。1953年,贝克特凭借《等待戈多》声震文坛,该作也成为荒诞派戏剧的经典之作。贝克特的其他主要作品还有《结局》(1957)、《最后一盘磁带》(1958)、《啊,美好的日子》(1961)、《喜剧》(1964)等。《结局》中的四个主要人物均是残缺不全的畸形者:主人公哈姆是一个双目失明、瘫痪在轮椅上的多病者;推车的仆人克洛夫身患怪病,能站能走但不能坐;哈姆的父母失去了双腿,

---

1 笛卡儿(Rene Descartes,1596—1650)是法国著名的哲学家、物理学家、数学家、他对现代数学的发展做出了重要的贡献,因将几何坐标体系公式化而被认为是解析几何之父。他是二元论唯心主义者的代表,曾留下名言"我思故我在",提出了"普遍怀疑"的主张,是欧洲近代资产阶级哲学的奠基人之一,黑格尔称他为"现代哲学之父"。他的哲学思想深深影响了之后的几代欧洲人,开拓了所谓"欧陆理性主义"哲学。

住在垃圾桶里靠向儿子乞食而活，在孤独、贫困与痛苦中等待着结局的到来。仆人克洛夫在剧本一开始就已经宣告了结局："完了，是完了，就要完了，也许马上就要完了。"所谓人生的结局就是在苦难中等待毁灭，正如法国评论家皮埃尔·梅莱斯说的："这个剧本像一篇遗言，记载着一种文明的毁灭。"剧本《最后一盘磁带》中写一个年近70岁的耳聋眼花、酒精中毒、已经瘫痪的老头生活在孤独与无聊之中，每天反复听自己的录音，并在幻想中与老妓女的影子打情骂俏，借以忘却生活的绝望与辛酸。《啊，美好的日子》是一个两幕剧，人物是一对老夫妇维妮和维利，女主人公维妮在出场时已经被土埋到了脖子，维利则躲在小土丘后面，整个剧本对话很少，主要由维妮的独白和琐碎的日常动作构成。维妮在剧本中不断地说笑逗乐，语无伦次，梳头照镜，涂脂抹粉，唱着轻佻的情歌，即将入土了还不断地赞叹"啊，美好的日子！"整个剧情非常荒诞，写出了人类的麻木与悲哀。

1969年，贝克特获诺贝尔文学奖，瑞典皇家学院的代表在授奖仪式上称颂他"具有新奇形式的小说和戏剧作品使现代人从贫困境地中得到振奋"，"他的荒诞戏剧具有希腊悲剧的净化作用"[1]。他的创作以人生的虚无与绝望为主题，对存在主义的哲学思想——"世界是荒谬的，人生是痛苦的"，进行了淋漓尽致的舞台演绎。从人物塑造、舞台布景、人物语言到戏剧冲突，贝克特都对传统戏剧进行了颠覆。1989年12月22日，贝克特在法国巴黎逝世。

2 经典解析：《等待戈多》

《等待戈多》，是贝克特文学创作的最高成就，也是荒诞派戏剧的经典之作。此剧写于1952年，1953年在巴黎首次公演，连演300多场[2]，在戏剧界产生了轰动，后被译成多种语言在世界各地巡演。随着时间的推移，该剧赢得了广泛的好评与赞誉，成为世界名剧。

此剧为两幕剧。第一幕，两个身份不明的老流浪汉爱斯特拉冈(又名"戈戈")和弗

1　古希腊悲剧的作用通常译作"卡塔西斯"，即拉丁文katharsis的音译，作宗教术语是"净化"("净罪")的意思；作医学术语过去一直认为只是"宣泄"的意思。自文艺复兴以来，许多学者对卡塔西斯有不同理解。我国学者朱光潜先生主张"净化说"，认为其要义在于通过音乐或其他艺术，使某种过分强烈的情绪因宣泄而达到平静，因此恢复和保持住心理的健康；罗念生先生则把"卡塔西斯"译为"陶冶"，主张具有东方诗教色彩的"陶冶说"。

2　1953年《等待戈多》在巴黎首演，引发了激烈的争议，毁者认为"没有比它更糟糕的了"，誉者则称赞其为"异化的里程碑"，"标志着法国喜剧的革命"。在伦敦演出的时候也曾引起混乱，评论家纷纷嘲弄该剧。1956年在百老汇上演，则被视为奇怪的、来路不明的戏剧，演了59场之后停演。1987年在上海第一次排演该剧，不被当时的国人所接受。

拉季米尔(又名“狄狄”),在黄昏小路旁的枯树下,等待着一个名叫戈多的人的到来。他们俩长期生活在痛苦之中,希望戈多的到来能给他们带来好运。但是,两个人谁也没有见过戈多,为了打发漫长而无聊的时光,两个人就开始东拉西扯,讲故事,说闲话,做各种无聊的动作。这时候来了主仆二人——波卓和幸运儿。他们以为这就是戈多,但是到天黑的时候来了一个小孩捎来了戈多的口信,今天戈多先生不来了,他明天准来。第二幕,次日黄昏,两个人如昨天一样在树下等待着戈多,只是昨天的枯树已经长出了几片叶子。由于痛苦的生活与长久的等待,令他们陷入恐惧和沉默。主仆二人波卓和幸运儿又出现了,只是波卓成了盲人,幸运儿成了哑巴。四个人陷入了痛苦之中,这时小孩又捎来口信,戈多先生今天不来了,明天准来。《等待戈多》从剧情到形式,都形成了对传统戏剧的颠覆,这种荒诞性在戏剧界乃至整个欧洲文学领域都引起了巨大的轰动。

剧本通过两个老流浪汉痛苦无聊的生活以及把人生希望寄托在戈多身上,而戈多又永远不会来的故事,渲染了人类生活的凄凉、恐惧、痛苦和不幸,象征性地表达了荒诞派戏剧的哲学性思考,即世界荒谬、无序、混乱,人生活在其中必然充满了各种痛苦和绝望。第一幕已经交代了这两个老流浪汉浑身发臭,穿着破烂的衣服,常年只能吃萝卜,当波卓扔掉一根骨头,戈戈立即冲过去捡起来吃得津津有味,正如他说的“我他妈的这一辈子到处在泥地里爬!”“瞧这个垃圾堆,我这一辈子从来没有离开过它”!他们互相称呼对方为“猴”“猪”“窝囊废”“阴沟里的耗子”,生活如同“谈了一晚上的空话”“做了一场噩梦”,只有寄希望于他人。剧中的“幸运儿”,再次强化了这种普通人的悲惨处境。幸运儿并不幸运,服侍主人做牛做马,如今年岁渐老,满身脓疮,被主人用绳子拴住脖子拉到市场上卖掉,“他身上的精华被吸干以后,像一块香蕉皮似的把他扔掉了。”他活得连狗都不如,整天被主人鞭打,“狗都比他有志气”,“从来没有见他拒绝过一根肉骨头”,他后悔自己当初没有“从巴黎塔顶上跳下来”。贝克特通过这些可怜人荒谬的生活境遇象征性地刻画出现代人的形象,痛苦是一种人生常态。作者通过幸运儿的口表达了对这种生存处境的愤怒:“生活在痛苦之中,生活在烈火之中,这烈火这火焰如果继续燃烧,毫无疑问将使苍穹着火,也就是说将地狱炸上天去。”作者通过对流浪汉、幸运儿的描述,并不在于完成社会批判,而是旨在“揭示人类在一个荒谬的宇宙中的尴尬处境”,揭示世界荒诞、人生荒诞的本质。

关于剧本的意义,争论最多的是“戈多”是谁?戈多在剧中不曾出场,但是两个老流浪汉认为只要等到了戈多,他们就得救了。所以,他是贯穿全剧的中心线索,也是能决定人物命运的人，但是由于其缺乏明确内涵，致使大家争论不休，到底“戈多”象征了什么？有人说戈多是从英语中的“God”借用而来，因此他象征了神、上帝、万能的造物主，表明现代人只有在等待神的恩宠中耗尽生命，苦死了等的人；也有评论者认为戈多就是死亡的象征，他们等待的只不过是死亡的解脱；有的人认为戈多代表永生与理想；当然，戈多可以代表生活中的任一人。当贝克特被问及到底戈多是谁时，他说：“我要是知道，我早就在戏里说出来了。”但不管戈多是谁，流浪汉认为只要等到了戈多，自己的生活状态就会发生改变，“唯一该做的事情就是在这儿等着”。所以，生活于悲苦中的人仍然对未来生活的美好心存希望，戈多可以说就是这种心态的投射，从这个意义上讲，戈多就是希望本身。戈多是一个象征，象征了生活在惶恐不安与痛苦之中的现代人对未来若有若无的期盼。老流浪汉戈戈和狄狄，他们活得猪狗不如，连骨头都没得吃，但是仍然满怀希望。剧本比较有意思的是他们没有等到戈多，可见希望还没有到来，人生就是一场漫长的等待。因此，评论者认为“等待戈多”中的戈多是谁并不重要，剧本真正要说的是“等待”二字。正如狄狄在剧中说的“咱们不孤独了，等待着夜，等待着戈多，等待着……”等待就是贝克特要揭示的现代人的一种心理状态，人们处在一个混乱、彷徨而痛苦的社会中，无力改变自身，他们能做的只是日复一日、无所事事却满怀希望地等待下去。有人说，这种状态正如希腊神话中的“西西弗斯”，每天推石上山，永无止境，但人们还怀着希望，表明无论人类处于什么样的悲惨遭遇中都还不曾彻底绝望，等待戈多的到来表达的就是这样一种心态。但是在剧中又揭示了另一层含义，让“等待”毫无结果，我们只是选择用等待来面对生活本身，是合理的态度吗？戈多今天不来，明天准来，但是他可能永远都不来，可老流浪汉就将在等待中消耗生命，无所作为，人生将毫无意义。所以舞台背景在第二天枯树长了几片叶子，表面看这是不合逻辑的，其实是想表明时间的流逝，这是漫长人生岁月的象征，而非表示具体的物理时间。在第二幕中流浪汉的生活状况更差，幸运儿变成了哑巴，波卓变成了盲人，等待的结局看来莫过如此，从而让这场等待具有了浓郁的悲剧色彩，等待的结局是虚无。贝克特曾在《论普鲁斯特》中说过这样一句话：“倘若受难者希望上帝援助他，他就错了，只有虚无等待着他。”可见，贝克特本人对待“等待”的态度是等待并不是人生得救的途径，希望虽然存在，然后一味等待，将是幻灭。

从艺术形式上看，《等待戈多》具备了诸多反戏剧的特征，大胆借鉴了表现主义的艺术手法，具备了抽象概念和哲理思辨，通过一个“什么也没有发生”的戏剧故事反映人类的某种“心理真实”，以唤起观众对生存境况的思考。

第一,戏剧的情节是荒诞的,没有逻辑性,也缺少传统戏剧必备的戏剧冲突。没有所谓的开端、高潮和结局,人物也没有明确的身份,戈戈和狄狄从何而来,等待戈多来做什么,剧中也并不进行交代。整个剧情也不过是由人物的无聊动作与东拉西扯的谈话构成。他们的谈话内容含糊不清、支离破碎。脱靴子,往里瞧瞧,伸手摸摸,把靴子口往下倒倒,往地上看看,又伸手往里摸摸,穿上靴子;摘下帽子,往里瞧瞧,伸手摸摸,在帽子顶上敲敲,往里吹吹,又戴上帽子;两个老流浪汉在一起已经等了戈多一天了,第二天相见却仿佛不相识;第二天幸运儿就变成了哑巴,波卓变成了盲人,而幸运儿整天脖子上挂个大布袋,里面竟然装满了沙子;等待戈多,但是戈多今天不来,明天不来,老流浪汉很失望,想上吊,也吊不成,说要走,也不走。一系列看起来杂乱无章的内容就是戏剧的情节,而且这些情节在两幕中缺乏变化,单调而重复,这和传统戏剧的有戏剧冲突的剧情相比,充分体现了"荒诞"派的艺术特色。美国评论家L.普朗科说:"能够把一个所谓静止的戏,'什么也没有发生'的戏写得自始至终引起我们的兴趣,这正是贝克特的才能。正如西班牙批评家阿尔芬斯所说的,'难道你不认为这本身就是一个不小的成就吗?什么也没有发生,这正是《等待戈多》的迷人之处。"这种没有明确故事情节的单调戏剧故事正是现代人平庸而空虚生活的写照。贝克特则认为"只有没有情节、没有动作的艺术才算得上是纯正的艺术",可见《等待戈多》正是他的这一艺术主张的实践。

第二,《等待戈多》在艺术形式上的荒诞还体现在戏剧结构的循环往复上。贝克特打破了传统戏剧所特有的发生—发展—高潮—结局的结构模式,创造出了一种荒诞离奇、循环往复的结构。具体表现在:首先两幕剧在内容上形成了重复,第二幕基本上是第一幕的重复,只是比第一幕略短一些。在两幕剧中故事发生的时间相同,地点相同,情节相似,都是流浪汉在长着一棵枯树的小路旁等待戈多,然后遇到了主仆二人,小孩捎来口信,戈多今天不来,明天准来。剧中的细节也是重复的,两个流浪汉一上场都是首先议论一下他们的重逢,抱怨一下他们的命运,诉说一下各自的苦难。两幕都用两个人同样的一番对话结尾,"咱们走吧,咱们走不走,咱们不能走,咱们得等待戈多"。其次,人物的语言和动作的重复。人物的语言是琐碎的片段,且基本是重复的,总在说着"咱们走吧"之类的话,互相询问"咱们该怎么办呢?"幸运儿则通过一段一千多字的长篇演讲将语言的重复与混乱发挥到极致,最后仅剩下几个词一遍又一遍地重复。剧中人物的动作也是重复的,不外是穿脱靴子和脱戴帽子等毫无意义的动作的反复,而波卓的动作则经常是"从口袋里掏出一个小小的喷雾器,对准自己的喉咙喷了几下,把喷雾器放回口袋，清了清喉咙，吐了口痰，重新拿起喷雾器，又朝着自己的喉咙喷了会儿，重新把它装进衣袋”。形式的重复，意味着内容的深化，这种结构上的循环和重复，展示出现代人类的生活在痛苦无聊中不断循环，缺乏变化。贝克特曾说“一幕过少，三幕嫌多”，两幕在长度上刚刚好，这是作者对人类毫无出路的现代生活荒谬感的反思。

第三，人物的塑造也充分体现了《等待戈多》的荒诞性特征。传统戏剧一般都非常重视人物个性的刻画，而在该剧中登场的人物共有五个，却个个思维混乱，行动怪异，都缺乏独特的个性。戈戈和狄狄，每天讲着莫名其妙的话，做着无聊的动作年复一年地等待戈多；幸运儿则发表着无人能听懂的天书般的演讲，消磨着自己的生命；传话的小孩则在第二幕中搞不清昨天传话的人是不是自己。这些荒谬的人物形象缺乏独特的个性，构成了荒诞的现代人的集体写照，充满了多层的象征含义，正如剧中的流浪汉所说的：“在这个地方，在现在这一刻时间，全世界就是咱们，不管你喜欢不喜欢。”贝克特自己也说过：“我的人物一无所有，我是以机能枯萎、以无知为材料的。”所以这些人物是不幸与荒诞人物的原型。

第四，舞台布景的荒诞气息。舞台布景非常简单，第二幕只是第一幕布景稍做更改的重复。在两幕中，主要的布景都是空荡荡的舞台上，一条小路，一棵枯树。这样的布景安排不指向故事发生的确切背景，可以指代任何地方。空荡的舞台象征了世界的冷漠荒芜，一夜之间长出了叶子的枯树表示世界的不可理解。而其他的道具虽然简单却同样具有相当重要的象征意义。如靴子、皮鞭、沙袋等，人类背负着毫无意义的沙袋艰难前行，这荒诞的舞台布景正是当代社会本身的荒诞性的表现。贝克特称这种夸张变形、荒诞不经的舞台景象为“直喻”，赋予舞台布景以及道具、音响等思想内涵，而非让舞台布景仅仅成为故事发生的背景。

《等待戈多》的荒诞性艺术特征还表现在戏剧语言方面。剧中人物的语言无一例外都是琐碎无聊和不可理喻的，这种杂乱无章的荒唐语言体现了现代人陷入荒谬痛苦之中，人生是虚无和痛苦的。

后　记

最初本人接受编写这部教材的任务是在2014年,迄今已7年有余。我也从一个教学新手变成了有多年教龄的中年教师。在学生时代,各种教材曾为我的学习提供了指路的线索;成为教师后,教材又成为我可靠的必备工具。在教与学的过程中我时常困惑于“文学”与“历史”二者的平衡。外国文学史的时间跨度和内容广度实际上大大超过中国文学史,但在中国语言文学系的课程设置中,前者的教学时间远远短于后者,这导致外国文学史的讲授只能浮光掠影,择其概要。作为一门课程,文学变成知识点无可厚非,但作为语言艺术,“知识化”的文学还是让人有些遗憾。文学史的学习,其基础是阅读作品。历史脉络、思潮流派、文体风格等只是后设的标签,只有大量地直接地阅读作品才能真正体会到文学鲜活的血肉、色彩、温度。在这部教材的编写中,我们试图呈现这些。一方面,由撰写者自己报选章节主题,而不是预先指派,从而保证编写者对笔下的作家作品既熟悉又钟爱;另一方面,经典作品解析尽可能地基于文本,尽可能多地引用作品,以一斑而引人深入全豹。由于编写时间迁延,参编人员进退变化,其间有师长、同辈学友至学生。我忝为主编,深感惭愧,书中不足,敬待指正。在此,诚挚地感谢师友们一路以来的支持。

邝明艳

2021年8月